当代陕西文学评论文丛 | 编委会

主　编　贾平凹　齐雅丽
副主编　韩霁虹　李国平　李　震
编　委　（按姓氏笔画排序）
　　　　仵　埂　齐雅丽　李　震
　　　　李国平　杨　辉　段建军
　　　　贾平凹　韩霁虹

当代陕西文学评论文丛

笔耕拓土

文学和精神的高度

李星 著

陕西师范大学出版总社　西安

图书代号　WX24N2327

图书在版编目（CIP）数据

文学和精神的高度 / 李星著. -- 西安：陕西师范大学出版总社有限公司, 2025.6. --（当代陕西文学评论文丛 / 贾平凹，齐雅丽主编）. -- ISBN 978-7-5695-4820-4

Ⅰ. I206.7-53

中国国家版本馆CIP数据核字第2024QP1303号

文学和精神的高度
WENXUE HE JINGSHEN DE GAODU

李　星　著

出版统筹	刘东风　刘　定
策划编辑	马凤霞
责任编辑	马凤霞
责任校对	王丽敏
封面设计	周伟伟
出版发行	陕西师范大学出版总社
	（西安市长安南路199号　邮编 710062）
网　　址	http://www.snupg.com
印　　刷	中煤地西安地图制印有限公司
开　　本	720 mm × 1020 mm　1/16
印　　张	13
插　　页	2
字　　数	190千
版　　次	2025年6月第1版
印　　次	2025年6月第1次印刷
书　　号	ISBN 978-7-5695-4820-4
定　　价	59.00元

读者购书、书店添货或发现印装质量问题，请与本公司营销部联系、调换。
电话：（029）85307864　85303629　　传真：（029）85303879

文脉陕西，评论华章（序）

贾平凹

从延安文艺的烽火岁月，到新时代的文学繁荣，陕西文学以其独特的风格和深邃的内涵，赢得了国内外的广泛赞誉。在中国当代文学史上，陕西不仅拥有一支强大的文学创作队伍，同时也拥有一批占领各个历史阶段文学批评潮头的评论骨干。他们以敏锐的洞察力剖析文学现象，参与文学现场，解读作品内涵，为陕西文学的发展注入了源源不断的活力。在新时代文化浪潮中，文学评论作为党领导文学事业的重要途径和方式，作为文学繁荣发展的重要推动力和引导力，正凸显着越来越重要的作用。

为了贯彻落实习近平总书记关于文艺工作和文艺批评的重要论述，以及中宣部等五部门联合印发的《关于加强新时代文艺评论工作的指导意见》，进一步加强和改进陕西文学批评工作，打磨好批评这把利剑，把好文艺的方向盘，同时也为深入总结和发扬陕派文学批评的历史经验，全面呈现陕西当代评论家队伍及其丰硕成果，推动陕西文学批评再创佳绩，助力陕西乃至全国文学发展，陕西省作家协会精心策划并编辑出版了"当代陕西文学评论文丛"。

在选编过程中，丛书编委会始终遵循着精编细选的原则，力求每篇文章都能代表作者个人的最高水平，同时也能反映出陕西文学评论的独特风格和时代特征。所选文章以研究和评论承续延安文艺传统的陕西作家、作品为主，也不乏对中国文坛或域外文学研究的独到见解。丛书汇聚了三代文学批评家中三十位代表批评家的学术成果。他们或生于陕西，或长期在陕工作。他们以笔为剑，以墨为锋，用睿智深刻的见解，共同书写了陕西文学批评的辉煌华章。他们的评论文章，或激情洋溢，或理性严谨，或高屋建瓴，或细腻入微，共同构筑了这部丛书的独特魅力与丰富内涵。

丛书将陕西老中青三代评论家分为"笔耕拓土""接续中坚""后起新锐"三个系列。三代评论家有学术师承，亦有历史代际。每个系列都蕴含着不同的时代气息和文学精神："笔耕拓土"系列收录了陕西文学评论界先驱和奠基者的成果，他们如同手握犁铧的开垦者，为陕西文学评论的沃土播下了希望的种子；"接续中坚"系列展现了新一代批评家中坚力量的风采，他们的评论既有深厚的理论功底，又有敏锐的时代洞察力，为陕西文学评论的繁荣发展注入了新的活力；"后起新锐"系列则汇集了新一代批评家的文章，他们敢于创新，勇于探索，为陕西文学评论的未来开辟了广阔的空间。

"当代陕西文学评论文丛"的出版，不仅是对陕西文学批评历史的一次全面总结和回顾，更是对未来陕西文学发展的有力推动和期待。相信这部丛书的问世，将激发更多文学评论家的创作热情，使陕西文学创作与批评携手并进，比翼齐飞，为推动陕西文学批评事业的繁荣发展，为陕西乃至全国文学的发展贡献新的智慧和力量。

2024年11月8日

目　　录

001　柳青的文学道路和文学精神

007　还原一个形神兼备的路遥形象
　　　——评厚夫《路遥传》

018　贾平凹文学的时代意义

026　坚硬的现实，优雅的超越
　　　——读贾平凹长篇新作《带灯》

038　天使·魔鬼·"造反派"
　　　——《古炉》人物刍探

051　《白夜》与《怀念狼》意义和价值的再认识

057　一部意蕴深广的山中传奇
　　　——读贾平凹长篇新作《山本》

060　山水不老，人情弥新
　　　——也谈《老生》的意义和价值

064　平凹如山
　　　——浅析贾平凹及其作品研究价值

069　叶广芩的"京派"回归及内心纠结
　　　——《状元媒》及其他

078　现实主义长篇小说的重要收获
　　　——陈彦《装台》印象

084 一部融凝了文化精神"大传统"的厚重之作
　　——致小说《西京故事》作者的一封信

091 "空色"之间，顿悟还是更深沉的迷惘
　　——评《空色林澡屋》

094 充盈着诗意和哲理的人性寓言
　　——读高建群长篇小说《统万城》

099 红柯长篇小说《生命树》反思：另一种人类文明的向度

103 救赎与超越
　　——评红柯长篇小说《喀拉布风暴》

119 深水静流　浑然天成
　　——读王安忆《天香》兼及对它的批评

124 他创造出一个精神和文学的高度
　　——读白描《被上帝咬过的苹果》

127 我们需要什么样的争鸣？
　　——对董健先生《"秦家店"核心价值在当今的反动性》的质疑

142 一部深耕着三秦大地的厚重之书
　　——读阿莹散文集《大秦之道》

146 《书院门1991》
　　——举重若轻的社会历史画卷

148 乡恋和乡离："第一代城市人"的尴尬和乡愁
　　——序戴吉坤的长篇小说《栀子花开》

155 为心灵寻找家园的一代人
　　——以"80后"杨则纬的小说为例

162 诗词非小道　贵有真情寄
　　——读封志忠诗词曲赋集《梅苑撷英》

166　超越俗世苦难的唯美文本
　　——陈毓文学创作印象

170　虽已起飞，但还可以飞得更高
　　——读贝西西中短篇小说感想

173　展现曹氏父子与建安文学的力作

176　孙天才和他的另类散文
　　——读散文集《乐游原》

182　一个经世致用者的思想之光

184　为光耀千秋的文化伟人立碑
　　——读李盛华长篇小说《我本儋耳人》

189　"笑将浮云推心外，方寸一点常留真"
　　——孟建国诗歌集《黄楼吟》序

195　后记

柳青的文学道路和文学精神

在当代中国文学史上，柳青同赵树理、周立波、丁玲、欧阳山一样，是解放区革命根据地文艺和新中国社会主义文艺，具有开拓和奠基贡献的伟大作家，留下了不朽的精神和文学遗产。但是，因为新中国前进的道路和历史曲折、复杂，进入改革开放的新时期以来，对他们的评价，特别是对他们创作的有关社会主义革命和改造的作品的评价，也产生了思想和艺术的分歧，甚至出现了对他们终生坚持和实践的文学道路的怀疑和动摇。习近平同志《在文艺工作座谈会上的讲话》以马克思主义的立场、观点，对柳青"深入到农民群众中去，同农民群众打成一片"的文学道路，以及从方向和艺术上对如《创业史》这样的反映农业集体化的作品的肯定（"他对陕西关中农民生活有深入了解，所以笔下的人物才那样栩栩如生""柳青熟知乡亲们的喜怒哀乐"），高屋建瓴，恰如其分，不仅对柳青，而且对如赵树理、周立波等前辈作家及其新中国成立后的作品，都有着重要的总结和启示意义。作为文学后辈，笔者在柳青逝世前几年，曾在长安的工作室、西京医院病房，多次聆听过他的讲话和教导，更有责任以自己的理解和认识，将他留下的主要文学遗产梳理如下，以就教于方家。

第一，"人无信不立"，说的是诚信，但也可认为说的就是一个人的信仰。信仰有许多层次，但对一个党员作家来说，首先指的是政治信仰，以党的最高理想为自己的最高理想，以马克思主义为自己的信仰核心。在纪念柳青逝世五周年会议上，比柳青小几岁的前辈作家李若冰说："坚定的共产主义信仰是无产阶级作家一个重要的标志。信仰是作家的精神支柱，是写作的原动力。"以柳青同事和战友的身份，李若冰回忆说："柳青从青少年时代起，就开始接受马克思主义，通过亲身参加学生运动和革命文艺运动，找到了自己的信仰，自觉地走上革命道路。""在长期的革命实践中，在长期血与火的搏斗中，他逐渐地形成了自己的世界观、人生观和艺术观。他的文学生涯是和革命历程紧紧地联系在一起的。""柳青，通过他的社会实践和艺术实践说明，他首先是一个共产党员，其次才是一个作家。""一个作家同时也是一个思想家。只有用人类先进的马克思主义丰富自己的头脑，用以观察生活，观察人生，才能站在时代的潮头，深刻地反映生活的本质，预示社会前进的方向。"即使在遭到"文革"时期的残酷迫害时，柳青仍然坚决拒绝加在他头上的"反革命"帽子，坚称自己"是个受审查的共产党员"。1975年，"四人帮"崩溃前夕，他曾充满信心地对青年作家说："我们这个制度，是人类历史上最先进的社会制度"，"无论在我们中国，还是在世界上其他地方，任何人想跟这个制度为敌，破坏这个制度，这种人只有完蛋！"正因为有着如此坚定的信念和理想，他才能始终把自己的创作实践和人民群众的梦想和实践结合起来，集革命家、思想家、艺术家于一身，成为一个"大写的人"。[①]

第二，作为一个伟大的人民作家，从青年时代立下文学理想时起，柳青就有着高度的历史使命感和社会责任感，把文学当作终生的事业，一步一个脚印地攀登着文学的高峰。尽管早从20世纪40年代起，他就因为短篇小说创作，被延安根据地的人们称为"延安的契诃夫"，但是他却从未满足，从未沾沾自喜于一时之得，始终向着更高的文学梦想不懈奋斗。为了文学，他毅然离开延安领导机构，到米脂县的一个乡当文书三年，写出长篇小说《种谷记》。新中国成立后他坚决离开北京的文化领导岗位回西安，再从西安定居秦岭脚下的长安农村十四年（因"文革"而终止），这

[①] 李若冰：《柳青是个大写的人——在纪念柳青逝世5周年会议上的发言》，见《柳青纪念文集》，西安出版社，2016年，第86—89页。

表现了柳青一以贯之的文学坚守。在20世纪50年代初，即使离西安并不远的长安农村生活的艰苦和交通的不便也是可想而知的，然而柳青不仅自己坚持下来，还把全家搬过去，安家落户。在一次座谈会上，他说，因为自己在精神上有追求、有寄托，所以才能"克制住一切邪念：享受、虚荣、发表欲、爱情要求、地位观念……把我在乡下稳住了"。正是依据这些经验和体会，他告诉年轻文学爱好者，当作家"就要能吃得了苦，能坐冷板凳"，并说："文学是愚人的事业"，"六十年一个单元"。这里的"愚人"之说和鲁迅提倡并肯定的"傻子"精神如出一辙。就是要忘记私利，不图享受，不在乎名利和地位。"六十年"为一个单元，强调的正是长期的努力、一生的付出，不急功近利，才能实现更高的文学目标。其实，正是柳青的这种为了崇高使命的奉献精神、奋斗精神、牺牲精神，成了陕西文学在柳青之后的陈忠实、路遥、贾平凹等"三棵大树"的成功之道，他们是真正的柳青的文学接班人和继承者。有非常的信念坚守、非常的奋斗和努力，才有非常的收获和成功。正如习近平同志《在文艺工作座谈会上的讲话》中所说的："人类文艺发展史表明，急功近利，竭泽而渔，粗制滥造，不仅是对文艺的一种伤害，也是对社会精神生活的一种伤害。"没有长期付出，不只是自己写不出好作品，而且不利于文艺发展和社会进步。

第三，从柳青这里，我们才能真正理解"深入生活，扎根人民"中的"深入"和"扎根"的确切含义。在1949年6月召开的首届中华全国文艺工作者代表大会题目为《转弯路上》的发言中，柳青介绍了写《种谷记》时到米脂一个乡工作的情况："我带着一封写得清清楚楚的'长期在农村做实际工作'的介绍信到了县上，县上分配我在一个乡担任乡文书。要说为人民服务，到这里是够具体了。写介绍信、割路条、吵嘴打架、种棉花的方法，甚至娃娃头上长了一个疮，都应该找你。假使你厌烦，表现冷淡，老百姓就比你还冷淡。""秋后我的乡上首先发动减租斗争，接着全区全县，闹得热火朝天，冬天是如火如荼的群众性的反奸斗争。在这些斗争中我和党员干部以及积极分子的关系发展了,他们成了我知疼知热的伙伴……深夜开完会和众人睡在一盘炕上,不嫌他们汗臭,反好像有一股香味。"正是思想感情的转变、实际生活的体验,帮助他写出了长篇小说《种谷记》和《铜墙铁壁》。他将在米脂下乡的经验用于新中国成立后的文学创作实践,深入长安县的一区一乡一村,与干部群众同甘共苦、朝夕相处。为了不放过皇甫村的一切变化,深入了解这里的一庄一户、一家一人,后来他干脆辞去了县委副书记的职务,并把妻子马葳调到乡上,当了一名普通干部。作为一个妇女干部,马葳更从与农村妇女的交往中,为柳青提供了许多家庭的秘闻细故。正是这种深深扎根乡村的工作和生活,使柳青不仅了解了这里的每一个变化,熟悉了这里的一切人和事,写出了记叙农村新生活的散文报告文学集《皇甫村的三年》,以及表现了他对农村生产关系改变过快,管理方式和管理人员素质却不能适应这种变化的忧虑的中篇小说《狠透铁》。其实这种担心和忧虑在《皇甫村三年》一书中就表现出来,正是在此书中他提出了党的农村政策应该兼顾广大中间阶层群众的觉悟的正确主张。我相信以柳青的信念和主张,如果天假之年,《创业史》的完成稿一定会将他的这种思考表达出来。今天,半个世纪以后,中国城市和乡村的生产、生活方式虽然已经发生了巨大变化,但柳青用生命实践的这种文学道路却并没有过时,依然是产生优秀作品和伟大文学的必由之路。

第四,现实主义最早是从法、俄、德兴起的一个文学艺术流派,是对19世纪初法、俄作家所共同具有的创作倾向的概括。周作人曾经旗帜鲜明地说,现实主义就是平民主义。写的是平民生活,表现的是平民人物,用的是适合大众阅读的创作方法。正因为如此,马克思、恩格斯也充分肯定了这种方法在表现工人运动及市民生活方面的伟大作用,并给予了这种方法马克思主义的界定和创造性阐释。这种方法因而成为马克思主义文艺观的一个重要组成部分。针对当时欧洲的工人运动现实,恩格斯指出:"工人阶级对他们四周的压迫环境所进行的叛逆的反抗,他们为自己做人的地位所做的剧烈的努力——半自觉的或自觉的，都属于历史，因而也应当在现实主义领域内占有自觉的地位。"恩格斯认为巴尔扎克是比"现在和未来的一切左拉都要伟大得多的现实主义大师"，并说，巴尔扎克的《人间喜剧》"提供了一部法国'社会'特别是巴黎'上层社会'的卓越的现实主义历史"，并给了现实主义以科学的定义："现实主义的意思是，除细节的真实外，还要真实地再现典型环境中的典型人物。"而柳青正是当代中国文坛的一位杰出的现实主义文学大家。一是他始终把自己的文字目光投向火热的现实，投向劳动者"对他们四周的压迫环境所进行的叛逆的反抗"，表现"他们为恢复自己做人的地位所做出的剧烈的努力——半自觉的或自觉的"；二是他扼守着"文学就是人学"的根本宗旨，始终坚持"真实地再现典型环境中的典型人物（性格）"。他在《创业史》中成功塑造了大公无私、领导农民共同致富的青年农民梁生宝，还有各式各样的传统农民如梁三老汉、梁老大、王二瞎子，忘记宗旨、背叛初心只顾自己发财的共产党员郭振山，以及中农郭世富、反动富农姚士杰、被侮辱被损害的青年妇女素芳等深刻而生动的农村典型人物形象；他继承了俄苏现实主义文学大师托尔斯泰、普洛霍夫和中国现实主义文学大师曹雪芹的伟大叙事传统，将大众的日常生活和普通人物的言行细节通过典型化、理想化的方法，与特定社会、特定时代、特定历史相联系，在情节化的叙述中，形成张力与结构，以实现生活和人生的社会历史意义。正如路遥在《柳青的遗产》一文中所说："柳青的主要才华就是能把这样一些生活的细流，千方百计疏引和汇集到他作品整体结构的宽阔的河床上，使这些看起来似乎平常的生活顿时充满了一种巨大而澎湃的思想和历史的容量。""他的作品不仅显示了生活细部的逼真精细，同时在总体上又体现出了史诗式的宏大雄伟。"其实这也正是路遥和陈忠实所信奉并实践的创作方法。他们的成功，说明了现实主义文学所具有的强大生命力。

第五，凡为大家，在人格气度、精神境界方面，也必有非同寻常之处。在做人方面，柳青也堪为我们学习的榜样。早在1960年初，他就在

《人民日报》发文说："作家在展示各种人物的灵魂时，同时展示了自己的灵魂。这是不可避免的，不可掩饰的，也是不容吹嘘的。……他的生活态度、写作态度、气质和性格，都在他的作品里找得到表现。……到底是为人民还是为自己，也在作品里有回答！作家在创造人物以前，早已开始创造自己的形象了。"当朋友问及他的人生准则时，柳青回答："永恒的党性所要求的，艺术规律所要求的，对客观事物所认识到的，以上三种思想所结合起来的一种精神，这就是（我的）人生的准则。"正因为如此，他全身心投入生活和创作，从不计较地位和名利，也从不跟风赶浪，并且瞧不起那些盲目跟风赶浪的人，形象地称这种人屁股后面"有烧布布气"。《创业史》（第一部）发表后，文坛和社会的目光追逐着他，他却坚持"三不"原则："不谈创作经验、不登报、不照相。电影比照相还引人注目，当然也就更不肯了。"他将《创业史》十万册的稿酬16065元一文不留全部交给王曲公社，说："作为一个社员，这钱算是对公社的投资。"其背后却是在人民群众极为困难时，自己作为一个人民作家的影响和责任，他对朋友讲："谁都知道我写书宣传和私有制彻底决裂。今天出书了，拿了巨额的稿费，全部揣进自己的腰包，改善个人的生活，农民会怎么看呢？他们会说：这老汉住在这里写我们，原来也是为个人发家呀！如果这样，我还怎么在皇甫村住下去？《创业史》还能写下去吗？"心存敬畏之心，为了密切和农民群众的关系，为了能够长期扎根皇甫这块生活基地，为了后面的创作，他舍弃的不仅是个人的合法所得，更是自己的一切！相比于习近平同志《在文艺工作座谈会上的讲话》中所批评的当前文坛上那些做金钱的"附庸""奴隶"及追名逐利、抢位子的现象，柳青的境界和行为不能不令人产生"高山仰止，景行行止"的追慕和敬仰！

　　柳青不朽！柳青所走的文学道路和精神遗产永远是我们广大文艺工作者学习的榜样。

原载《西安晚报》2016年10月1日

还原一个形神兼备的路遥形象

——评厚夫《路遥传》

由厚夫先生积数十年之功撰写的《路遥传》[①]，是一部集文学和学术价值于一体的路遥人生和文学事业的评传性文学传记。在路遥小说持续以各种方式受到极大关注，路遥本人也因之成为广大青年的人生偶像的背景下，这部完备的《路遥传》有着非同寻常的价值和意义。

一

英年早逝的路遥及他的以《人生》《平凡的世界》为代表的文学创作的命运，在当代中国堪称一段文化及文学传奇。作为一个亲历了他的成长和上升、灿烂的生和辉煌的死的同时代的文学评论工作者，在路遥逝世二十多年后却仍然惊讶于他生命和文学影响的诡异和神秘。一是他在生前似乎就不断以超乎常人的勇气和野心，一步一步地建构着自己非凡的人格形象，尽管生命短暂、急促，但他却成功了。生的伟大、死的伟大，谱成了一曲雄壮的生命交响曲，并终于成为一代又一代青年的人生榜样。我疑惑，一个普通人的生命和人生是可以依自己的主观愿望和坚强意志设计的

[①] 厚夫：《路遥传》，人民文学出版社，2015年。

吗？而路遥完全做到了。二是，作为路遥的文学同事，我见证了他《人生》前后在中短篇小说领域的努力和不被承认的失败感，更见证了《平凡的世界》在当时中国文坛及文学界，特别是批评界所遭遇的普遍的失望和冷淡。然而，他却以一人之执拗和坚持，如愿打败了整个的中国文坛和同样执拗的中国批评界，使似乎以托尔斯泰和走托尔斯泰、肖洛霍夫道路的柳青式的理想现实主义方法创作的《平凡的世界》成为偌大中国的文学阅读传奇和自己短暂人生的光辉纪念碑。在他的伟大面前，大众选择胜利了，现实主义胜利了，至今仍掌握着巨大话语权的批评的精英和精英的批评失败了，他们只能随大众选择的天然正确或者沉默，或者说些言不由衷的话。其中又包含了多少社会和文学的密码？

因此，路遥和他的文学影响在当代中国社会和文坛都是一种挑战性的存在。可能距离还不够，"路遥"仍然被包裹在许多真真假假的颂扬文字中，真实的路遥和他的文学仍待时间的筛淘。诚如尖锐深刻的杨争光所言："对他以及和他有关的人与事，我是知道一些的。他为人行事的个性、所处的位置以及现实的情势，是很容易招嫉遭恨的。事实上，在他活着的时候，对他的嫉与恨，多有事在，大有人在，甚至在睡梦里也要切齿的。""路遥逝后，那些在追思怀念中说谎作假的文字，正是这样的他的朋友或同道们以笔墨写出并公之于世的。对于这样的文字我不但要给以轻薄，还要轻蔑的。……而说谎和作假，即使是满篇颂词，也是对逝者的又一次加害，对自己，则是又一次沦陷。"①在如此的话语背景中，由兼有路遥研究者、学人、乡党、校友多重身份的厚夫先生推出《路遥传》，对在海量的路遥回忆文章中，努力还原一个真实而深刻的路遥，更有着特别的意义。可以肯定地说，厚夫先生的《路遥传》是一部路遥逝世二十多年和持续发酵的"路遥热"之后的沉淀之作，是对自己多年努力于文学创作和文学研究的突破之作的丰厚回报，并必将成为"路遥现象"和"路遥研

---

① 杨争光：《我所认识的吴天明》，载《时代人物》2015年第3期。

究"的重要收获。

早在2002年的路遥逝世十周年纪念大会上,厚夫先生就萌生了写路遥传记的念头,发愿"撰写一本兼顾文学与学术的《路遥传》"[①],尽可能还原路遥的性格、心理、人生历程和文学历程,再现他文学理想和重要作品奇迹式创作和问世过程,其还原、探讨和研究具有整体突破的意义。

第一,事实和史料的真实可靠,第二,他将路遥人格成因和文学精神、文学思想的理解和探索,作为自己努力的方向。这些努力和追求,在《路遥传》中,都实现了或基本实现了,表现了一个著作者对路遥、对文学、对历史和社会的责任和担当。书中除了对路遥创作心理和创作精神有一些推理和想象之外,在事实层面,包括许多细节、情境和路遥习惯语言、动作等,几乎做到了无一处无来历,无一字不真实,不仅使一个真实、丰富、多面的路遥跃然纸上,还如一座纪念碑一样,铭刻了路遥的文学功绩和文学境界。

二

当代人物传记,尤其是名人传记写作,面对着的既有社会大众,尤其广大青年渴望成功的励志期盼,又有将他们理想化、完美化的追星心理;既有尽可能真实的历史和社会、专业研究的责任和良知底线,又有亲属、朋友圈出于各种不同原因对名家、大师的维护和对事实乃至细节的挑剔。为尊者忌,为贤者讳,只说好不说坏,掩饰和不涉缺点、错误及争议,几乎成为当代传记文学的通病。作为一部面向广大读者、研究者、文坛同行、青年读者的路遥传记,如何在纷繁的材料中选择取舍,再现他性格、心理、精神的真实,人生及文学道路的真实,更是对著者的严峻考验。拜路遥家属的开明和放手所赐,在突破可能的禁区,确保真实可信方面,

---

[①] 厚夫:《路遥传》,人民文学出版社,2015年,"前言"第2页。

《路遥传》给人留下深刻印象，并成为它成功的标志。

一是它没有回避构成路遥人生主要阶段和重要部分的"文革"问题和"爱情婚姻"问题。前者是"文化大革命"中路遥作为一个县的群众组织"红四野"军长时的言行。如果脱离具体历史环境，如同以现在的眼光看梁山好汉一样，哪一条都可能是触及天宪的逆天大罪，何况路遥还涉及一桩多年纠缠不清的人命案。关于路遥与林达的爱情和婚姻，《路遥传》既肯定他们相爱结婚的志向和情感基础，又明确表现了他们在性格、文化、生活习俗等方面的巨大差异，鲜明地指出他们的婚姻是一场"悲剧"。在林达和其女儿的关注之下，以文字的形式，做出这样的判断不仅需要事实依据更需要极大的勇气。而能做到既不伤害传主，又不伤害他妻女的情感，更是不易。

二是《路遥传》对《人生》和《平凡的世界》的创作灵感的萌芽、创作、发表过程及发表后的社会反响详尽而生动的考证与追述，可谓还原路遥精神意志，文学性、学术性兼具的重要内容。相比于路遥自己撰写的自述《早晨从中午开始》，厚夫对传主的性格、心理做出的深刻的判断和定位，更具有探索和突破的价值。厚夫在大量深入走访基础上，生动再现了路遥人生苦难及非凡意志。早在小卫国（路遥真名王卫国）时代，他就"拥有为了实现一个既定目标的强大自控能力，又永不服输，有不达目的誓不罢休的雄心"[1]，"极度自强，在诸多方面有强烈的表现与征服欲望。……敏感而好胜心强，想方设法改变其处境。他一直是村小学的'孩子王'，他要在这里夺回在城关小学中失去的'话语权'"[2]。在与养父关于自己上不上中学的争论中的胜利，对他一生的影响更为巨大，这就是"在关键的时候，他通过自己的抗争与机智，把握住了命运之船的航向"，消解了大伯这样的尊者在他心中的"权威性"，明白了"自己的事

---

[1] 厚夫：《路遥传》，人民文学出版社，2015年，第25页。
[2] 同上，第28页。

情自己办,自己命运自己安排""勇敢地走自己的路"①的人生感悟和命运自觉。

如果没有"文革",如果他如愿"跳出农门",顺利上了初中毕业时考上的西安石油学校,通过艰苦努力一步一个脚印地攀上国有企业高管位置,并由此进入政坛也未可知;然而一场突如其来的"文革",堵上了他人生的可能更为显赫的这一条道路,却也为他打开了另一条道路。他一个十七岁中学生当上了一个县范围内群众组织的"军长",在派系斗争中,打倒他的大标语被对手粘贴在了延安的街头,他还是"三结合"的县革委会的副主任。虽然在后来的"清查"运动中,他度过了自己人生最为黑暗的时光,但是他的年轻有为、人格光芒仍然吸引了一位北京女知青,二人随后订婚。当他把自己梦寐以求的招工指标让给了她,却阴差阳错地导致了对方的情感背叛。在他痛苦得快要自杀的时候,还在延川的另一位北京知青林达又恋上了他。当发小海波劝他不要好高骛远,现实一点,还是找一个本地姑娘比较稳妥时,他生气地反问:"哪一个本地女子有能力供我上大学?不上大学怎么出去?就这样一辈子在农村沤着吗?"并说:"一个人要做成点事,就得设计自己,先得确定目标。目标一设定,就要集中精力去努力,与此无关的都得牺牲。想样样都如意,结果一样也不能如意。"海波后来成为作家并在西安电影制片厂任编剧,他是路遥发小,与路遥无话不谈,并在许多关键时候被路遥信任。海波这段回忆绝不可能,也无必要造假,应该是可靠的。所以厚夫写道:"由此看来,路遥是一位相当理智并有着超常自控能力的人,他在恋爱与婚姻中有着明确的功利的目的性。"②在书中另外的地方,著者还多次指出,路遥具有对自己的事业和人生的每一步的理性把握能力及设计和坚定不移的实践能力,强调他是一位"非常富有心理暗示与仪式感的作家"③,"他找女朋友就是想找

---

① 厚夫:《路遥传》,人民文学出版社,2015年,第33页。
② 同上,第84页。
③ 同上,第267页。

自己能征服与驾驭的北京知青。他的恋爱开始就是在征服与被征服、驾驭与被驾驭之间的'搏斗'"[1]。正是因此他与林达的婚姻"注定就是一场悲剧"[2]。"两位心志均很高、同样有文才的青年人注定能够在恋爱中交集，也注定能碰撞出耀眼的火花，但却不是最合适的夫妻。"[3]夹叙夹议，旁征博引，类似这种深刻的性格心理、文学心理、人生命运的分析，透彻的洞察，深刻的判断，在《路遥传》一书中比比皆是，让人应接不暇，惊叹不已。作者是深深地热爱路遥并以路遥的后辈、学生自命的，并且以一个路遥研究者的身份，在其母校延安大学参与成立了路遥研究会，努力促成全国首座路遥文学馆的建立，并担任馆长。但是，他并没有匍匐在路遥的脚下，成为一个随路遥影响不断扩大深入的他的讴歌者，借大人以自重的沽名钓誉者，而始终以研究者、探讨者的学人身份面对自己的对象和传主，力求将一个全面而真实、丰富而复杂、深刻而灿烂的路遥呈现在今人、后人面前。这是一种多么难得的传记作家的品质、姿态，这是一个多么可敬的作家和研究者！正因为如此，他笔下的路遥才能如此生动深刻，如此平凡而伟岸，如此厚重而博大。路遥是人不是神，路遥是生活与时代之子，是以自己四十二岁的心血生命、苦难和奋斗所铸造的平凡世界中的文学英雄。坚实的大地与理想的星空，平凡的人生与非凡的成功，这或许是路遥生命和事业的本质，也是他精神与魅力之所在。

三

《路遥传》中的路遥，自我意识清醒而突出，是在中国当代作家中少有的在生活、写作中把对自己形象的设计展示和艺术形象的塑造表现等量齐观，甚至把前者看得更为根本而重要的作家。其重点作品开笔与阶段性

---

[1] 厚夫：《路遥传》，人民文学出版社，2015年，第288页。
[2] 同上，第288页。
[3] 同上，第289页。

成果及收笔都有相应的"设计"和"仪式",以图在朋友圈造成一件文坛大事要发生了的庄严效果。"仪式"是一个幽默而又富含庄重的名词,对路遥自己当然有提气和暗示的心理作用。它揭示出路遥或许更谙熟作家个人形象,常常易被人们忽视的一个重要的文学成功之道。

作家以自己的笔描绘时代,塑造人物,无意之中却也将自己的形象烙印在他那些优秀作品的背面;他们为时代立碑,也将自己的身形雕刻在碑上。作品愈优秀,他们的身形也愈重要。文学史上这样的事例不胜枚举,以致钱穆先生在他的文学研究著作中十分认真地探讨过究竟"人以文名"还是"文以人名"的问题。与向来的"人以文名"论者相反,他得出了"文以人名"的结论:"时代酝酿出文学,文学反映出时代,文学即人生,人生即文学,此一境界,特借此作家个人之生活与作品而表现。故中国文学之成家,不仅在其文学之技巧与风格,而更要者,在此作家个人之生活陶冶与心情感映。作家不因其作品而伟大,乃是作品因于此作家而崇高也。……故曰:'人能宏道,非道宏人。'""所谓文学不朽,必演进至此一阶段,即作品与作家融凝为一,而后始可无憾。"[①]路遥正是一个自觉地使自己的作品与作家融凝为一的作家,《路遥传》是堪与他影响巨大的作品互为表里、相互阐释的一座纪念碑。不过在《路遥传》中,不是其小说中困于城乡二元格局,"连联合国都想去"[②],并因追求城里姑娘黄亚萍而抛弃了农村姑娘刘巧珍,而被以堂皇的理由打回农村的高加林,却是进城以前,度过了人生痛苦阶段的路遥;而在《平凡的世界》中,高加林却在精神上化为赶上了改革开放而在农村劳动致富的孙少安和在个人奋斗中感悟了人生真谛的孙少平。无论是高加林还是孙少安、孙少平,都映射着一个"全时代"和作者路遥的"全人生"。

---

① 钱穆:《中国文学论丛》,生活·读书·新知三联书店,2002年,第40—41页。
② 《路遥文集》第4卷,陕西人民出版社,1993年。

四

不能不承认一个人的性格心理、才能、气质的天赋意义，与其亲兄弟，甚至双胞胎兄弟的也不尽相同，但天赋的品质也需要适合的环境和土壤，需要后天的训练和强化。《路遥传》在路遥的人生和成长进步的每一步，都涉及了文学甚至党政界的许多帮助并提携了他的"贵人"，当然，这也从另一方面揭示了路遥的才能和人格魅力。

柳青是路遥的精神和文学教父，同时也是离路遥家乡百十公里的陕北老乡。《路遥传》对柳青对路遥的影响有着明确的观照，却将柳青对路遥的影响起于文学并止于文学。其实知道柳青的人也必然感觉到了他对路遥的影响是全方位的，性格心理、气质秉性的影响甚至重于或先于文学创作方面的影响。这从他1980年（仅三十岁）所写的《病危中的柳青》一文中就充分显现出来：

"不论说什么事，讨论什么问题，长期养成的思考习惯，使他对涉及的一切都采取一种认真的态度。绝不因为严重的疾病压身，或者所面对的问题和事情是属鸡毛蒜皮一类，就让自己的精神和思想处于麻痹松懈状态……强烈的好胜心和自信心与严谨的科学态度和谦恭的宗教精神在他身上并不对立，而恰当地统一起来，然后力争使自己在所讨论的这一个问题领域中，认识比别人领先，立足点比别人站得更高一些。这不是为了显能。任何一个搞大事业的人就是时时处处这么严格地把自己训练到生活排头兵的位置上的。毫无疑问，在这个人的生活目标中，有一点是明确的：一时一事都严格训练自己，使自己最终能跑在同时代、同行业人们的前头。""这个个性很强的人，一生都是这样要求自己的——就是眼下已经快要最后倒下去了，他手里握着氧气瓶，还继续往前跑——他觉得最好是把所有的'文学健将'都甩在他的身后！"[①]

[①]《路遥文集》第2卷，陕西人民出版社，1993年，第387—388页。

熟悉柳青的人，包括他的朋友和敌人，都没有像只和柳青匆匆见过几面、远远不可能成为其"忘年交"的年轻的路遥般，如此深入地理解着他，准确地抓住了柳青心理、性格、气质的最突出最根本之点。更为可怕的是，一个刚刚走上文学之路的青年人，在自己的事业还远未打开时，就借柳青之身，坦露或预设了自己全部的心灵世界和人生目标：在一切领域一切事情上都要比别人强，都要当"排头兵"，即使快要倒下去的时候，也要把所有的"文学健将"甩在后头。从少年时代的"孩子王"、与养父斗争胜利，到"文革"动乱年代稳坐一派的领袖位子，到三十五岁当上副厅级的省作协副主席，四十三岁已经稳拿省作协主席（正厅级）的职位（省委已决定路遥为即将换届的省作协主席的唯一候选人）。如果不是生病，以路遥的努力、影响、人脉、人气和命运控制力，他的文学前途，甚至更广阔的政治前途都未可限量。一个同时代人所写的《路遥传》，当然不可能更加详尽地展开也许更为重要的为杨争光所意会的"情势"和人事，但就现在这个传记，它关于路遥对自己人生的每一步的"设计"，近乎自虐式的行动力，他对己的严苛、对人的"驾驭"和"控制力"，都有着深刻的发现和坦率的表现。只有与路遥有着长期同事经历的人，才会知道厚夫文字的分量与表达的艺术。就以路遥将爱情婚姻与个人前途联系起来和后来两人已"决定离婚"来说，以道德立场评判或许会对路遥甚至林达造成伤害，但厚夫对前因后果的叙述、分析和认识、判断却让人觉得在当时的社会、家庭条件下，路遥的"规划"虽然对林达有失公平，但既然许多无产阶级革命战士曾经有"革命加爱情"的兼顾，路遥的"前途加爱情"也就并非不道德。世界上哪有完全脱离经济、文化、家庭的纯粹的两性之爱！鲁迅所说的焦大不会爱上林妹妹，林妹妹也不会爱上焦大，不只是阶级、文化的原因，更有功利价值的考量。至于后来的决定离婚，也在一定程度上成全了路遥以文学为生命、为第一爱人的人格高度，与许多古今英烈和事业成功者的"公而忘家""忠孝不能两全"有着同样的人生境界，而道家学说的道德评价不仅苍白无力还显得丑陋。

五

在对路遥精神个性的考量中，厚夫先生坚持了历史主义和道德主义的平衡，并充分呼应着时代和大众的需要与期待。放眼古今，人们不难发现张扬事业责任和进取精神的儒家文化和主张顺应自然、无为而治、安于现状、看透生死的道家文化精神，构成了中华民族人格的两个基本类型。儒家文化中读书人"士不可不弘毅"的进取精神和从儒家分离出来的法家（陈寅恪先生观点）的为政之术，以及后世发展为势和术的统治术、驾驭术，在历史上虽然不断遭到正统儒家和道家的共同批判，但在阶级、国家这个人类漫长的社会历史阶段，却有着它的必然性和合理性。路遥的文化人格无疑属于重视"势"和"术"的儒—法原型人格。笔者曾经在一篇文章中谈到打破旧秩序的进取与守护习惯秩序两种基本"文化人格"的关系时，肯定了各自的历史合理性和现实必要性："在中国正在进行的社会现代化的过程中，这两种文化（人格）的互存，恰能成为一种合理的互补。如果没有前者竞争性的进取人格，历史的河流就可能会因激情不足而缺乏荡涤积年陈腐的力量，如果没有后者，历史的河流可能将因缺乏理智和思想的力量，而使人类蒙受可以避免的灾难。人类社会永远前进在激情和理智的双轨上……"[①]以此观之，我们不能以纯粹的道德标准去衡量、评判路遥性格、心理和行为与方法中的"势"与"术"；而也正是他的雄心、野心和"设计"才能让他实现文学的成就和人生事业的梦想，"赢得生前身后名"。非常之人方能建非常之功，"不想当元帅的士兵不是一个好士兵"。路遥的性格、心理、气质上强烈的争胜心和进取意识，既是他成功的人格基础，也是古今所有成就大事业者的共同人格核心。"好风凭借力，送我入青云"，几乎是所有读书人的梦想，但能否入"青云"，历

[①] 李星：《李星文集》第2卷，太白文艺出版社，2009年，第37页。

史、时代和现实大环境固然重要，个人的努力却是决定性的因素。于此，也才能体会到厚夫先生入人、入世之深，价值标准的适当。

还是在《病危中的柳青》一文中，路遥说："但他一天又一天地活着，不停地创造着。他雕刻《创业史》里的人物，同时也在雕刻着他自己不屈的形象——这个形象对我们来说，比他所创造的任何艺术典型都具有意义；因为在祖国将面临的一个需要大量有进取心人物的时代里，他是一个具体的、活生生的楷模！"[1]路遥在以自己顽强不屈的意志和力量塑造了高加林、孙少平、孙少安等艺术典型的同时，也将自己的形象镌刻于中华文学和时代历史的纪念碑上。或许厚夫的《路遥传》完成的只是自己心中所理解并企图还原的路遥形象，但在笔者看来，这正是体现了路遥不朽的人生和文学坚守与创造精神的真实、深刻、形神兼备的路遥形象，而这种形象和精神正是祖国和时代所需要的崇高的楷模！

原载《文学报》2015年3月12日

---

[1] 《路遥文集》第2卷，陕西人民出版社，1993年，第388页。

贾平凹文学的时代意义

"以中国传统的美的方法，真实地表现现代中国人的生活和情绪"[1]，并且将此主张、追求贯穿于自己创作实践的全过程，得到越来越多的研究家和读者的承认。其作品，呈现出一个不断追求美和创造美的贾平凹，一个祖国和人民的儿子的贾平凹，生活和时代之子的贾平凹，他用自己如椽的笔为他生活的时代命名。

用自己如椽的笔为人民讴歌，为生活的时代命名

作家们用自己的语言为人、为人生、为他的时代雕塑，也在不经意间将自己的形象烙印在自己的创作中，越是成熟的作家、伟大的作家，他个人的形象越突出、越完整。通观贾平凹的全部创作，我们不仅看到了一个不断追求美和创造美的贾平凹，同时也看到了一个祖国和人民的儿子的贾平凹，生活和时代之子的贾平凹。越到后来，他越享受到热爱祖国历史文化和人民生活现实的痛苦和欢愉，他用自己如椽的笔在为自己所生活的时代命名。

在中国当代产生了重要影响的作家中，贾平凹几乎是唯一旗帜鲜明地宣布要"以中国传统的美的方法，真实地表现现代中国人的生活和情绪"

---

[1] 贾平凹：《平凹文化集》，青海人民出版社，1985年，第70页。

的作家，并且将此主张、追求贯穿于自己创作实践的全过程，使自己的作品以浓烈的"东方的味""民族的味"融入现当代世界文学的潮流……他是以自己为传统文化所陶冶了灵与肉的精神和创作，与当代世界做着深层的对话。从某种意义上说，他是保守的；从另一种意义上说，他又是先进的，因为他总是敏锐地感应着文化和人类情绪的脉搏，提出生活的新课题。凡是伟大的作家，都有他自己对自己民族生活和艺术的独特理解，都有自己切入世界文化潮流的独特角度，都有自己在自己民族文化史上的独特地位。贾平凹究竟在多大程度上找到了自己在民族文化史上的独特位置？是否已经在当代东西方文化的交流、对话和冲撞中树立起自己独立的艺术山岳？这些都可以讨论，但是很显然，他是少有的自觉追求这个目标的作家，并朝此迫近。但是，新世纪以来贾平凹小说创作的最新发展，中国国内乃至华语文学界对贾平凹及其创作的高度评价，却让笔者获得了如此评价的自信。这里只举两个事例：

一是2005年，由25位专家学者和《新浪网读书频道》读者所进行的"世纪文学60家"的评选活动，贾平凹仅居鲁迅、张爱玲、沈从文、老舍、茅盾之后，为第六名，在至今健在的作家中名列第一。特别能说明问题的是，读者评分与专家评分竟是如此接近，分别为92分和94分。还可特别指出的是，专家委员会中有约三分之二的人是基本上不参加当代文学批评（不参与不等于不关心）的专家学者，如杨义、王中忱、王富仁、赵园、洪子诚、孙郁、陈子善等新老学者，这更保证了这种评选的客观、公正与真实。

二是《秦腔》等长篇小说出版后，作品以及作者所受到的可以以"极高"来形容的评价。陈晓明说《秦腔》是"乡土中国叙事的终结。这部作品，非常令人震惊地写出了乡土中国历史在这样一个后改革时代的终结"，《秦腔》中的乡土，"肯定是我们不能理喻的乡土，也是新世纪中国文学更具有本土性力量的乡土，它可以穿越过全球化的时代和后现代的场域，它本身就是挽歌，如秦腔般回肠荡气又令人不可忍受，在全球化时代使汉语写作具有不被现代性驯服的力量"。[1]李敬泽说："这部小说极端地瓦解了我们到目前为止的关于乡土写作的所有成规、想象方向，它无疑是一部非常重要的作品，是一部使我非常吃惊的作品。我的吃惊就在于贾平凹这个作家永远能和我们这个时代在出人意表的地方建立一个非常秘密而直接的联系"[2]。李洁非说："它（《秦腔》）要表现的是农民的内涵，要挽留的是农民这一古老事物代表的精神。可不可以这样讲，几千年里中国的主流文学终于有了一部陈述农民自己理念的、从内容到形式上都称得上纯粹的作品，《秦腔》确实是一块大碑子。"[3]特别有意思的是，好像离陕西很远的南方两位当红女作家也谈到自己阅读《秦腔》时的美妙感受，林白说："我觉得《秦腔》里有一种沉痛，这种沉痛把我内心的凄清带到了一个空旷的地方，我觉得我的心情也从冷寂变得辽远，有一种疏朗的旷远，我一时觉得，我身边可以没有任何别人也能够从容。……《秦腔》就是这样一部我曾背靠过的书。"[4]范小青说："有的鸟飞得很高，展翅翱翔，很美，也有的鸟就一直贴着水面飞，始终不离不弃，却让人感受到飞得很高的那种境界和美感，这也是对《秦腔》的感觉。"[5]与此同时，就是贾平凹及其《秦腔》问世后的获奖纪录：由《当代》杂志牵头的一年一度的优秀长篇小说评选，《秦腔》是2005年唯一中选的作品；因为《秦腔》的突出成就，贾平凹荣获第四届"华语文学传媒盛典"最具分量的"年度杰出作家奖"；由香港浸会大学牵头、由聂华苓等海内外专家任评委的全球华文长篇小说"红楼梦奖"将首届最高奖授予《秦腔》。无独

---

[1] 陈晓明：《本土、文化与阉割美学——评从〈废都〉到〈秦腔〉的贾平凹》，见林建法主编《信仰是面不倒的旗》，辽宁人民出版社，2014年，第21页。
[2] 《〈秦腔〉：乡土中国叙事终结的杰出文本——北京〈秦腔〉研讨会发言摘要》，见李伯钧主编《贾平凹研究》，陕西师范大学出版社总社有限公司，2014年，第394页。
[3] 同上，第398页。
[4] 林白：《读贾平凹的时候》，见林建法、李桂玲主编《说贾平凹》（下），辽宁人民出版社，2014年，第31页。
[5] 范小青：《关于〈秦腔〉的几段笔记》，见林建法、李桂玲主编《说贾平凹》（下），辽宁人民出版社，2014年，第34页。

有偶，偏重于社会政治经济问题的《瞭望》杂志，刊登了一篇《伟大的中国作家藏在哪里》的文章，所列出的被世俗尘雾遮蔽的可以以"伟大"形容的当代中国作家，第一位就是贾平凹。果然，《秦腔》也当之无愧地获得该届的茅盾文学奖。

完成了小说语言民族化的探索

下面，笔者将从时代、语言、文体与精神等方面，进一步讨论贾平凹的主要文学成就。

在《秦腔》座谈会上，李敬泽这个一向以冷峻严厉出名的批评家充满感情地说："我的吃惊就在于贾平凹这个作家永远能和我们这个时代在出人意表的地方建立一个非常秘密而直接的联系，这种联系在十几年前我们在《废都》中曾经体会过，现在我相信对于中国的农村来说，对于我们如此广大的乡土来说，这一部《秦腔》也是建立了一个非常准确而秘密联系的通道。"这段话的关键是："在出人意表的地方"（同我们这个时代）所建立的"非常秘密而直接"的联系。因为，以往中国文学对时代精神的强调，往往与典型的矛盾冲突、典型的人物等宏大叙事联系在一起，从而成为一种固定的文学表现时代的模式，至今这个模式仍然是主流社会评价文学时代内涵的主要标准。贾平凹的小说，尤其是长篇小说，并非没有这种模式影响下的作品，如《浮躁》《腊月正月》甚至《土门》等。但是更多的也更得心应手的却是《天狗》《黑氏》《太白山记》《废都》《怀念狼》《高老庄》《秦腔》这样的或者远离时代中心，或者非常个人心灵化、情绪化，或者要么怪异独特、要么放弃评价的一地鸡毛式的琐碎凡庸的作品。它们总是能够呈现出现代化、全球化大背景下，丑陋而又美丽、欣慰而又痛苦的民族精神文化心理裂变的大风景。即如《怀念狼》，它的独异奇诡的文本价值与深刻的思想精神价值，至今仍被老旧的文学观念所遮蔽。保护狼这样一个普通而又平常的生态题材，在贾平凹神秘飞扬的叙述中，却成为对人类和地球生物的大关怀与大悲悯，对人性的愚昧与偏执的大批判、大反省。小说中的猎人傅山既是人类的辉煌与勇敢的象征，也是人类的怯懦与专制、麻木与偏执的象征。近年来专注于文艺生态学研究的学者鲁枢元先生指出："人们不仅在征服中失去了'灵魂'，甚至'灵魂'也已经被征服欲所充斥。"《怀念狼》《古炉》《老生》等小说表现的正是在全球化、现代化背景下，高科技、生态危机所导致的人类安全感的丧失、征服欲的膨胀、灵魂被物质欲所淤塞的精神生态危机。

贾平凹文学语言的独特性早在《山地笔记》《月迹》中就表现出来，当时人们说他的语言特点一是空灵，二是动词名用、虚词实用，受古代散文影响较明显，有说是仿古，也有说是简古。在得到许多肯定的同时，也引起了一片讨伐声。我的一个中学语文老师就在我面前对选入中学语文课本的《丑石》语言大加指责。直到《怀念狼》出来，仍然有论者指责其"不今不古""不文不白"。但是贾平凹无疑是当今中国作家中对汉语言文学最具贡献的一个，从《废都》以来，贾平凹的小说语言已进入一个极高的艺术境界，并且形成了一个属于自己的独特的语言符号系统。他把从庄子散文到中国古代文人才子的笔记小说、白话小说中的白描、对话，甚至肖像描写融会于当代生活的口语之中，洒脱、简练而又古朴、传神，给人一种朴素自然的美感。

语言之所以被称为民族生活和文化的活化石，就在于它丰厚的文化传承。贾平凹、余光中们对古代语言传统的重视，同许多作家的向民间学习，不仅是新中国文学之需要，而且是正本清源，尽自己改造并规范民族语言传统之责任。当年，贾平凹语言中的那些脱胎于古汉语又源于自己心灵感受的倒装句，曾经招来许多批评，并被讥为不通，而曾几何时，平凹式的简古倒装句，已成为当代中国散文语言的一大范式。蔡翔曾经在关于贾平凹《太白山记》的一篇序文中说：从此作开始，中国小说才找到了自己的叙述语言，实现了对"五四"以来欧化语体的终结，完成了小说语言民族化的奠基。

贾平凹在短、中、长篇小说文本创造所取得的成就、所达到的高度，都是不言而喻。但是更能代表其文本创造高度的是《废都》以来的《高老庄》《怀念狼》《秦腔》及此后的一批长篇小说。新中国成立以来的中国主流文论一直把从19世纪法、俄舶来的现实主义文学，当作既是革命的又是传统的小说创作的不二法门。与此同时，大家也常提起小说民族化的问题，但"民族化"往往却成为一种从语言到地域生活图景的风俗点缀，也有一些作家为此做出了自己卓有成就的努力和贡献，如过去的老舍、赵树理，当代的如莫言、余华，现在则是做出深层次的全面突破的贾平凹。早在1982年贾平凹就旗帜鲜明地宣布要"以中国传统的美的方法，真实地表现现代中国人的生活和情绪"，并且将此主张、追求贯穿于此后自己创作实践的全部过程。为此他付出了大量的心血和劳动，并终于在《废都》《白夜》《怀念狼》和《秦腔》中以充满中国作风和中国气魄、具有民族思维和民族审美精神的艺术创造，得到了越来越多的研究家和读者的承认。其实早在20世纪末的《高老庄》中，这个转变已经完成了，并且被敏锐的批评家所发现。如雷达先生当时就在关于《高老庄》的文章中说："现在的贾平凹，早已走出故事，走出戏剧，而走向了混沌，走向了日常性，走向了让生活自身尽可能血肉丰满地自在涌动的道路。从《废都》到《高老庄》，贾平凹的小说观念发生了深刻的变化，他实现了现有小说范式的大胆突围，形成了一种混沌、鲜活而又灵动，具有很强的自在性和原在性的小说风格。"果然在这段话以后，雷达先生就得出结论：这是从"小说历史的源头，致力于传统化、民族化和现代性结合的一种艺术探索"。[①]

维护并坚守着文化的良知和责任

最后，贾平凹《秦腔》及其他小说的"精神性"也是一个存在较多

---

① 孙见喜、穆涛：《〈高老庄〉北京研讨会纪要》，载《小说评论》1999年第4期。

争议的问题。其实，关键的问题是对"精神性"的理解，如果将精神性理解为一种正确的观念和精神的图解与演绎，理解为一种"崇高"形象的导引，贾平凹确实没有；但是如果将精神理解为广义的人文关怀，例如对人的生命及其幸福追求的理解和尊重，如对人的生存境遇，包括物质生活、心灵状况、文化处境等的关怀，在贾平凹的创作中不仅不缺少，反倒十分突出。在贾平凹小说中确实有一些病态的人物、畸变的心灵，如《秦腔》中的引生、《废都》中的庄之蝶，甚至《土门》中的成义等，但他们折射的却是现实和时代的病症。例如《秦腔》中的引生，他最为病态的行为是阉割了自己，并且经常想入非非，好做白日梦，但如果想到他是一个得不到社会关怀和家庭温暖的孤儿，是乡村社会的弱势个体，他的自我惩罚和保护式的自残，就是可以理解的，何况他的病态心理与行为并没有掩盖他内心的善良。其实庄之蝶也是个病态的文化名人，他的病态的灵魂折射着一个欲望疯长的年代。一个智识者多么巨大的心灵痛苦，在不甘沉沦中更深地沉沦并颓废着，这就是庄之蝶，也是今日中国现实中许多知识分子的真实存在。在同样文本中，有人读到的是大关怀、大悲悯，有人读到的却是对生命和灵魂的漠视，是精神支撑力的贫乏，这不正说明贾平凹的深厚和复杂？说不清道不尽的贾平凹，不断引起争议的贾平凹，不正说明他小说文本的独创和丰富，说明其内在精神内涵的巨大？

在笔者看来，构成贾平凹创作的巨大内在精神张力的，是他对这个急遽转变的历史时代敏锐的心灵感应，以及内心的痛苦和焦灼。父亲的乡村知识分子身份、大家族家庭特有的人际关系、山区农村的文化背景，决定了贾平凹文化心理构成中仁爱、中庸、礼让的儒家伦理本色，而聪敏内向的性格，又决定了贾平凹对外在生存环境的超常敏感，也注定了他并无安全感的痛苦人生意识，文学成为他证明自己、实现最大程度的安全感的主要手段，也成为他释放内心痛苦、对抗喧闹的外部世界而保持内心平静的重要工具。他生活在一个开放的和平的而千年传统生产、生活方式发生根本变化的时代，一方面是物质的极大丰富、社会的进步，一方面是欲望的疯长、文化规范的缺失所导致的人和人关系的功利化、人的心灵的失所。他不可能继续如早期的散文、小说那样单纯面向自己内心的写作，而将自己的写作转向了现代化巨轮碾轧下的乡村或城市芸芸众生的生存及心理情绪，转向了描绘传统文化的尴尬和人的心灵的困境。在当今中国的作家版图中，贾平凹的文学形象是现代的甚至后现代的，他的思想精神形象却是传统的甚至是保守的。但是他维护并坚守的并不是良莠并存的甚或腐朽的封建伦理，而是健全的文化秩序、人的心灵的完整、人际关系的安全与温暖。这正是任何一个优秀作家都应该具有的良知和责任。所不同的是，在当代中国作家中，贾平凹的坚守不仅更为彻底，更出自其痛苦的心灵的自然，并且因其创作中美学精神的民族性还原，其文学的实现更为丰富深厚广阔。面对滔滔的人欲、商潮，这种无边的爱与悲悯，这种世风日变的焦灼与忧虑，这种巨大的沉沦与自恕，不正是贾平凹文学的灵魂和精神吗？

在当代中国文学中，贾平凹已经是一座巍峨矗立的大山，它风光无限，奥秘无限，它对中国文化与文学的意义也因《秦腔》而显露其为许多研究者所认知的一角。他才六十四岁，还能写，《秦腔》这部蜚声文坛的作品，不会成为他写作生涯的"终结"，也不可能是他最后一部长篇。但一个高度在这里，一块碑子在这里，他和他的文学之路将更为艰难。这里谨祝贾平凹放松心态，将后面的路走好。

原载《陕西日报》2016年12月2日

坚硬的现实，优雅的超越

——读贾平凹长篇新作《带灯》

一

依读《古炉》后的感觉，我想用"震撼"，在我的理解中，一部作品能引起阅读者内心的震撼，就是很具分量，但用在《带灯》上，却觉得有些空泛、一般，于是想起了同行青年友人谢有顺的话——"疼痛感"。疼痛不仅有心理状态的意义，还有物理上的意义，像心，或者身体上的某个重要部位，被人划了一刀，由生理上的疼痛，进而引起了心理、精神上的痛苦。然而这痛苦、疼痛又并非由自身引起，而是关于我的父母、我的兄弟姐妹、我的父老乡亲、我的民族、我的国家的现在和未来。我在他们中间，在这块他们世代耕耘的土地上，生长到二十岁，然后因升学离开了，住上了城里的高楼，然而我的心却未曾忘记他们，年龄愈大，仿佛离他们愈近，以至于我常用"我也是个农民"自我称呼、自我介绍——好像贾平凹也有书名为《我是农民》。虽然，我的生存、生活和工作方式已经同他们（农民）有了很大的距离，但我好像永远生活在他们中间，连夜里也做着童年时与家乡的伙伴在一起，长大后与父母兄长在家乡土房子生活的梦。……所以我对农村、农民，甚至进城打工的农民兄弟有一种天然的感情。改革开放以前，我为他们辛苦终年却缺吃少穿而愁，这些年更多的是来自乡村农民的好消息，打工的工资高了，由几元、十元到三十元，再到今天的每日近百元，年近八十的姐姐，甚至刚过六十的妹妹们都有了低保、医保。但是这些好消息这些年来又常常被坏消息所冲淡。贾平凹的《高老庄》《怀念狼》《秦腔》《高兴》《古炉》写的都是这块土地上的人，这块土地上的故事。重点在当今、当代，但背景却常常溯及20世纪50—70年代。《古炉》写的是这块土地上创伤巨大的"文革"全景，但它的背景却广阔到千年、百年的中国文化和人们的命运精神，还有并未因多次"革命"而根本改变的物质的贫困和精神的匮乏，人性的至善和至恶、聪明和愚昧。在《古炉》之后，即以近三年时间完成的《带灯》写的则是当下更加鲜活的中国农村——尽管它具体到半山区的一个镇，但我们还不能说它只是个别，甚至不能将它的意义就框定在农村。

读了《带灯》，你痛苦的已不只是这块土地上的贫穷——物质的匮乏，而是人们的被忽视、被欺骗，权利的被剥夺，是乡村社会秩序之下的公平、正义的缺失。在这种缺失了真诚、信任和公平、正义的社会结构网络中，受压抑的不仅是村民中的弱势群体，有病的或生存能力差的，还有村民中的强者、镇政府的工作人员，如十年一贯制的马副镇长、能干的综治办主任带灯等等。因为大家都被一种习惯的力量所压抑着，他们可以善良、软弱得让人同情、可怜，又可以凶恶、蛮横得让人心寒齿冷。如书中对联络上访的"刁民"王后生的拷打、逼供，正是平常病弱的马副镇长的得意之作——他要以独当一面的政绩，证明自己。

与对女主角带灯在各村所亲密交往的众多"老伙计"姓名、经历、家庭及结交过程叙述描写的不厌其烦、带灯笔记中所记录的困难家庭名单的详细开列相反，小说对樱镇现任书记的名字却是隐匿的，连一个姓氏都刻意不给他。但这并不影响他在樱镇权力顶尖的位置，也并不影响他在全书中的第二主人公的角色。他的形象和作为、心理和性格，让人想到钱理群教授的批评，当今教育制度所培养的"精致的个人主义者"。能当上领导的秘书，起码说明他是有知识、有才能的，他到樱镇当"一把手"，也是领导者着眼于未来大局的人事安排。他果然不负所望，他抓大事、谋大计，大事是坚决"维稳"，大计是引进因污染严重而被发达地区否决的"大厂"，不是干出一般的政绩，而是干出轰动全县、影响樱镇全局和未来的政绩。八九十年代的文学作品，经常将这种人塑造成"改革家""开拓者"，然而在新世纪第二个十年的贾平凹的笔下，这种人不仅可疑，而且令人惊怵、恐惧。他不仅可以玩同级的镇长于股掌之上，而且可以将那些乡村强者、富者、能人玩弄于股掌之上。他接到王后生要联络上访的消息之后，在电话指示中的"七大原则"，或许可以被正面理解成"魄力""个性"，但背后却是对党纪国法、公民权利的淡漠和仇视，深刻揭示了当今许多权力者的肆无忌惮，无法无天。正是这"七大原则"直接导致了马副镇长和手下的几个干事对王后生的残酷折磨，让办公室成为临时的"渣滓洞"。权力的肆无忌惮和疯狂，固然包括了权力在经济上的腐败，但权力的对公民权利的践踏却是更可怕的腐败。贾平凹的深刻在这里表现为不以通常的经济腐败、性腐败为坏干部的标志，虽然作品也揭示了樱镇书记有经济问题，但重心却放在他的野心，以及野心之下的"政绩"。将一个个可以称为政坛精英的人物置于锐利的解剖台之上，我们似乎可以窥见贾平凹对他匿名处理的用心。他是当今中国社会，特别可能是县以下基层社会产生的最集中，也最大、最坚硬的"权力"拥有者的象征。在以维稳为基础，以经济政绩论优劣的官场生态中，多少这样的人被升迁，多少这样的人支撑着表面和谐的社会秩序，多少祖宗留下的土地被"政绩"。如此洞察幽微，入木三分，如此独特的社会生活发现，如此跃然纸上的熟悉又陌生的典型形象，如此的文学胆识，怎不令人钦佩而安慰，又怎不令人产生铁锥挖心式的内心之痛！

二

瑞典文学院院士、诺贝尔文学奖评委会主席佩尔·韦斯特伯格说"在瑞典，文化高于国家，文化高于君王"①，因为与政治相比，文学总是关注人，关注人的命运。二百年前，法国文豪巴尔扎克也说过："作家的法则，作家所以成为作家，作家能够与政治家分庭抗礼，或者比政治家还要杰出的法则，就是由于他对人类事务的某种抉择，由于他对一些原则的绝对忠诚。"②，《带灯》以其对现实的坦诚、勇敢和深刻，证明了不只是莫言，而是在当今世界、中国新的文明背景下成长起来的中国最优秀的一批作家，对自己使命和责任的觉醒和坚守，对自己文学信仰的忠诚，对"作家法则"的实践。学者型批评家李敬泽在关于《秦腔》的一次座谈会上就曾经敏锐发现："我的吃惊就在于贾平凹这个作家永远能和我们这个时代在出人意表的地方建立一个非常秘密而直接的联系，这种联系在十几年前我们在《废都》中曾经体会过，现在我相信对于中国的农村来说，对于我们如此广大的乡土来说，这一部《秦腔》也是建立了一个非常准确而秘密联系的通道。"他说："从《秦腔》中，我们知道一切都在瓦解，人与土地、农民与土地的关系，经济关系，伦理关系，人与天地的关系、与传统的关系一切都在崩解。而崩解之后是什么？我们为什么崩解？应该说在我们的现代性进程中，无论是土地革命时期、公社化时期，那个时期的崩解是有个历史前景在那里的，我们知道我们是在破旧立新，而现在我们看到的一切就是在这样一个没有前景的想象空间的情况下崩解。我觉得是一个巨大的沉默区域，是确实的历史展现在那里，让我们感觉到以及历史神秘莫测地向我们展现一个无声的沉默区域在那里，而能够意识到这个东西的，能够看到这个无声的沉默的巨大区域凶险地在那儿摆着的，中国作家我觉得为数甚少，甚至我觉得在《秦腔》之前我没有看到哪个中国作家充分地意识到这个问题了。"③。仅从这两段引文我们就知道，比起我

---

① 《专访诺贝尔文学奖评委会主席：没人像莫言那样打动我》，载《环球时报》2012年10月19日。
② 伍蠡甫等编：《西方文论选》（下卷），上海译文出版社，1979年，第169页。
③ 西安建筑科技大学中国现当代文学研究中心编：《秦腔大评》，作家出版社，2006年，第38—40页。

们这些贾平凹的研究者，李敬泽更为深刻、内在地读懂了《秦腔》，也理解了《浮躁》《废都》以后的贾平凹。沿着李敬泽在读《秦腔》以后的发现，我们也找到了一把解读《带灯》的钥匙，这就是相对于《废都》所表现的文化、文化人的沉沦主题，《怀念狼》的现代化历程中的人类生命精神沉沦的主题，《秦腔》的传统与文化的"崩解"主题，《带灯》所表现的是在飞速发展的工业化城镇化过程中社会管理、政群关系的严重危机，群众对执政者的信任危机，而对如樱镇那样的各级政权的为政者来说又是诚信危机。是那里大大小小的主政者首先抛弃了百姓，欺骗了上级，没有了诚信，才有了百姓的不信任，才有了小说中那些上访者和下级政府之间的猫捉老鼠、老鼠玩猫的博弈。我们不知道所谓的对上访人"一票否决"的政令是怎么产生和出台的，也许它压根就没有堂而皇之出台过，只是一种层层管制的"潜规则"，然而正是它让樱镇的大小官员，包括小小的"维稳办"主任带灯们疲于奔命，不惜工本，采取一切手段将上访消灭于萌芽状态。这成为《带灯》全作中的政群关系主旋律。而最后竟然酿成以权力的名义对村民的法西斯式的迫害，酿成了樱镇两大家族（都有官方背景的元家和薛家）的持续了一天的械斗。而以生命阻止械斗的带灯主任却背上了沉重的处分，成为死伤事件的替罪羊。如此夸大"敌情"的"维稳"操作，如此的"政绩"冲动，收获的是表面的"和谐"与秩序，带来的是实在的深层敌意和疯狂的利益冲突，遗患无穷。

《带灯》以真实的乡镇生活现实和丰富饱满的乡村生活细节，忧心如焚地告诫人们，所谓管制危机、诚信危机、信任危机，归根结底是和平年代发展经济的社会危机。媒体披露的官员们触目惊心的腐败案件，强拆所导致的人身和生命伤害事件，以及上访者被强制收容、强制送精神病院事件，都使人们相信，樱镇所出现的危机并不只是樱镇的危机，同时也是中国城乡大地已经司空见惯的社会危机。中国需要的确实已经不只是经济改革、文化的产业化，更是社会改革、深层的体制改革。李敬泽在《秦腔》

中所看到的，"在这样一个没有前景的想象空间的情况下崩解"，"是历史展现在那里"，"展现一个无声的沉默区域在那里"，完全适用于《带灯》所触及的社会现实。李敬泽感叹于《秦腔》所揭示的文化精神的崩解现象还未被更多的中国作家所认识到，而对贾平凹通过他所特有的与当代中国社会心理的"秘密联系的通道"，在《带灯》中所揭示的更加巨大的"无声的沉默区域"，他又将作何感想？因此读对当今中国现实危机有如此坦诚通透自信的观察、理解和表现的《带灯》，我们不能不为在改革开放年代成长起来的贾平凹、莫言等作家骄傲，是他们以自己充满深厚的人道主义情怀和丰富想象力的创作，提升了当代中国文学的品质和品位，体现了中国文学和中国作家的担当精神。无疑它会给予物质生活日渐富裕而精神上陷入深切焦虑的当代中国人以安慰，毕竟有文学为他们发声，有有识之士替他们戳破黑暗，呼唤光明与正义。而他们的声音之所以能够传播，有赖于改革开放所带来的社会进步，并带来一个更加进步的历史新机遇。

三

甫一进入对《带灯》的阅读，我就感觉到了贾平凹语言、叙事的新气息：更简约，也更厚朴，用真准而直白的语言讲事、写人，用类似电影艺术的空镜头写自然、写环境，疏密相间，张弛有度。比起《秦腔》的吃喝拉撒，《古炉》的乡间日常更能唤起一种文章的美感、阅读的愉悦。更出乎意料的是，刚从大学毕业的美女带灯的出场——进入人们视野，不是高尔基《一个和八个》所引起的性想象和人性冲动，也不是许多同类小说过度渲染的适应过程，而是很快进入樱镇的现实，并以"维稳办"主任的身份直接参与最现实的农村、农民工作。叙述人是作者，而切入的角度却是这个嫁于当地农民后代的美女"新干部"带灯，她以女性目光的柔软、温暖和内心的同情、善良，发现和理解着一个个村庄、一个个人的一颗颗心灵，强猛中的脆弱，软弱中的坚强，残忍中的善良，善良中的仇恨，尊严中的屈辱，屈辱中的希望。通过带灯在各村所交往的三十多个女伙计，人们知道了外面人很难了解到的一家一户、一村一社的生存状况和在表象之下隐藏着的家庭内幕、邻里隐私。这使她比镇上其他干部更能针锋相对地解开工作中的难题，化解一个个危机，也使读者看到了许多同类作品中很难看到的乡村生活、乡镇干部的生活和工作，以及其心理真相。

小说逐渐将情节聚焦于带灯所参与的一个个事件：在事急如救火的多次"拦访"故事之外，高潮由抗旱、抗洪到书记终于如愿引进已经造成生态问题的"大工厂"，到樱镇两大豪门元家、薛家圈地于河滩建沙场、谋算于镇街搞房产。中间插入的重要事件是迎接市委黄书记视察。为了保证接待的成功，封杀村民王后生等的联名上访事件就成了重中之重，终于演变成一场无法无天、惨不忍闻的权力暴力。然而"大工厂"引进的必然后果，是薛、元两家持续了一天死伤多人的火拼。坏人与坏人的火拼或许能让人产生一丝快感，而最先赶往火拼现场，并以弱女子的血肉之躯阻挡飞舞的刀棒的带灯和竹子，收获的不只是脑震荡和棒伤，更是维稳不力的严厉处分。超尘脱俗、对权位无所求的带灯在乎的不是降级处分，而是她平日参与维持的樱镇秩序的崩解，是时刻绷紧了的神经错乱。她终于与经常在镇街上游荡的疯子成了一类人，夜里梦游，白日做梦。当助手竹子将带灯生病的状况告诉书记时，她得到的竟然是"不要用她的病来威胁我"，体现出他不可侵犯的权力哲学的冷血。

我们终于可以说说带灯了，她不是一个乐于犯上的人，她只是一个具有同情心和人格尊严感的年轻女干部，对已经不太在乎自己的丈夫和丈夫的后母是这样，对她工作中接触的村民和同事与上级也是这样。或许她不是好妻子（对丈夫不管不问，顺其自然），却是一个忠于职守的好干部。她尽己所能，甚至拿出自己的工资去帮助困难民众，聘请律师为外出打工的十三名矽肺病人，申请医疗鉴定，争取赔偿，组织并带领多名妇女去平原地区果园打工、摘棉。为了帮助那些在山区多发的慢性病患者，她又自学中医，搜集了一百多例行之有效的草药验方，为他们治病。尤其是她以自己知根知底的优势，以聪明和智慧化解了多起村民纠纷、多次上访。然而，面对乡镇农村积蓄已久的潜规则，如弄虚作假，贪占救济资金，救灾报告的隐匿死亡、扩大灾情和经济损失，接待工作中的虚报冒领，她洞若观火，却无力与之斗争。更重要的是，作为维稳办主任，她忠实执行对上访人员的监视和围追堵截、恐吓威胁，而在做"恶人"的时候，她并不是不知道他们的要求常常是合理的，还有更好更有效的治理办法。

这里要特别提出的是，她在内心压抑、纠结、痛苦、孤独时写给樱镇人的骄傲和偶像——省政府副秘书长、后提升为省委常委、出版过多部散文集的官员作家元天亮的二十七封信。如小说中所言，元天亮似乎给她回过手机短信，并对她多加鼓励。善良的读者也曾期待她与元天亮的交往会给她带来好的命运，然而始终没有。于是，这些信也就成为她毫无功利的心灵倾诉了。倾诉的内容包括：自己工作和生活的细节，对自己和自己的工作环境、生存状态的不满，对可能给自己援助的元天亮的期待。带灯后来又顺理成章地发展为他的情人，渴望与这个自己心中的才子徜徉于樱镇的山水，美满、幸福地生活。而这个时候，也正是她为樱镇的现实所折磨，甚至痛苦到坚持不下去的时候。这二十七封信的意义，不仅在于深入内心，立体地塑造一个美丽善良、多情多才的女性形象，以与她所生存的丑陋的环境相对照。她的心理，包括强烈的倾诉、交流的欲望，对一个遥远的偶像由崇拜到单相思到意淫，都有充分的女性心理学依据和人性逻辑。然而她对现实的一些知性认识和评价，甚至一些生活习性，却明显有贾平凹自己思想、认识介入的痕迹。这种痕迹的出现并不破坏人物形象和作品的美，因为它成为作者和读者在面对压抑而痛苦的现实时的"出气孔"。让好女人、好干部在粗粝的现实中展开她想象的翅膀，让她的灵魂优雅而自由地漫游吧，读者或许并不在乎这是她在想，还是作者在想。因此这二十七封信不仅有人物塑造的意义，还有文章结构的意义，外在和内心、丑和美、现实和超越、紧张和放松，只有贾平凹这样的文章大家才会有如此收放自如的章法布局。它增加或延长了故事悬念，赋予一部以触及坚硬而残酷、痛苦的现实的小说，更多的心灵空间和优雅的品质。

四

从20世纪80年代最早的小说散文集《山地笔记》起，贾平凹就以继承明清以来"性灵派"的美学风格而独步于现实主义独尊的中国文坛。他的散文是这样轻灵、唯美，连长于纪实的小说也是这样，以至于在1988年，他因突发事件的触发而创作的写实性较强的长篇小说《浮躁》也使他不满意，他甚至在序中再三直言：他不会再这样写了。此后的《废都》《怀念狼》《秦腔》《高兴》《古炉》等，都是意象先行，以虚带实，具有强烈的以主观意念、情绪统帅现实的色彩，虽为编年史式的当代中国现实，特别是乡土中国历史的记录，但迥异于迷恋史诗追求的传统现实主义文学，不是历史社会事件的记录，而是细碎而动人心魄的中国心灵、情绪、文化精神的记录。从《带灯》全文弥漫的忧愁、痛苦、哀伤、压抑的调子来说，从主人公带灯的象征含义和行为心灵的分离来说，它也是意象的、情绪的、心灵情感的，但其中却出现了大量的录以备考的足以让当代后世的社会学家、历史文化学者研究考察的历史文献和史笔。计有：1.县委、县政府发放的"维稳"目标（6条）；2.带灯手拟的樱镇影响"维稳"的重点人和事（38条）；3.在王后生群访事件被发现后，正在县上开会的镇书记随即口述的"七大原则"；4.针对频繁发生的"闹访"事件，镇长召开镇干部讨论分析的"六大原因"；5.带灯手录的13名感染矽肺病人员名单及其家庭生活状况，带灯笔记中的其他困难伤病户名单；6.竹子在县上召开的视频会议上所记录的县委书记讲话实录；7.县委、县政府办公室关于市委黄书记来县视察的接待要求（8项）及镇上的实施细则。其他如散列不全的"抗洪"总结，保证"大工厂"顺利征地施工的文件，"收购烟叶"

文件及总结等。正是这些文献和资料，提供了一个时代百姓真实的生存状况、基层权力运作的秘密和权力者自我膨胀的心态，深刻涉及了人民所赋予的权力到底对谁负责。大众百姓，还是上级领导？是造福于百姓的实在的政绩，还是虚假的繁荣？可以看出，人治习惯与法治社会、执政为民与执政给上级看的矛盾，执政党高层的执政理念、作风的转变，并没有化为严格的人事考核和任免的制度规范，没有有效的社会监督和制约。归根结底，仍然是决定生产关系性质的制度设计与高科技、信息时代飞速发展的生产力的错裂。这可能就是历史学家所说的中国社会当前所出现的"瓶颈"。

在本书后记中，贾平凹以一贯少有的坦诚和勇气，说出了这样一个事实："文学出现了前所未有的困境，其实是社会出现了困境，是人类出现了困境。"这是世界性的科技化、物质化、城市化的困境，也是发展中的中国困境。因此，在这部长篇中，他将源于一个作家的历史使命感和现实责任感的观察和体验、思考，以两汉文章的史家笔法化为一个矛盾重重、危机四伏、面临"崩解"的樱镇世界，以引导人们"清醒"地"正视和解决"，如"中国农村，尤其是乡镇政府"的那些如陈年蜘蛛网积压的"体制的问题、道德的问题、法制的问题、信仰的问题、政治生态问题和环境生态问题"，以使我们的民族性情和社会行为习惯"怎样不再卑怯和暴戾，怎样不再虚妄和阴险，怎样才真正公平和富裕，怎样能活得尊严和自在"，提供给人类和世界一个真正民富国强的"中国经验"。

五

其实，不用看《带灯》后记中贾平凹的陈述，人们从他20世纪90年代以来接连而出的长篇小说，特别是《古炉》和《带灯》就可看出过"知天命"以后，贾平凹文学境界的扩大，对快步于经济全球化过程中的人类生存现状和中国这个后发展中农业国家所出现的社会问题和人的心灵、精神状态的深重关切,就连《古炉》看似着笔于四十年前的那场严重的文化浩劫,他思考的也是它的偶然性和必然性,不仅是积累着的社会矛盾,还有人性问题、人的素质问题,更是文化血脉断裂所产生的人们精神上的种种"病症"。在回答笔者关于《古炉》写作动机时,针对社会上一些人对"文革"认识上的暧昧,他说:"我觉得我一定要写出来,似乎有一种使命感,即使写出来不出版,也要写出来","告诉读者我们曾经那样走过,告诉读者人需要富裕、自在、文明、尊严地活着"。①因而《带灯》写的正是在经过三十多年的高速发展,中国的经济财富总量已超过日本,成为世界第二的时候,中国人活得是否自在、文明、尊严,中国要不要以及从哪个方面进行进入深水区的社会体制、执政方式的继续改革。这种巨大的忧患,来源于一个以文学创作为生命的作家的历史使命感和社会责任感,更来自一个天才作家,几乎与生俱来的真诚、善良和对处于社会沉默层的弱势群体的悲悯和关怀。在《带灯》中,他不仅以史家之笔解剖了一个镇乃至一个县所存在的贫富差距,公平、正义,以及人们尊严的严重缺失,其批判的矛头,更是直指这个镇的权力者以及他们背后更大的落后的体制力量。在当代中国文坛,写苦难,写对人的尊严的藐视的作品可谓多矣,但如《带灯》这样,将人们关注的视线带入那么多的家庭、那么多的乡间生存个体,深入心理、精神层面的并不是很多,把他们的心灵命运那么紧密地与现实体制,与某些权力者的傲慢与疯狂联系起来,让它处在一个更为本质的裸露状态,却又少之又少。这是贾平凹的自信和勇敢,也是他的睿智和深刻。更为难得的是,应该说早已以自己的丰富的创作,奠定了自己在中国当代文学史上的重要地位的他,在盛誉天下的《秦腔》《古炉》之后,叙事艺术的求新求变。自省于以往所追摹的"明清以至三十年代的文学语言","不免有些轻的、佻的、油的、滑的一种玩的迹象出来",而改之以"中国两汉时期那种史的文章的风格",兴趣于它的"沉

---

① 贾平凹、李星:《关于一个村子的故事和人物——长篇小说〈古炉〉的问答》,载《上海文学》2011年第1期。

而不糜，厚而简约，用意直白，下笔肯定，以真准震撼，以尖锐敲击"，确实带来了《古炉》以后的《带灯》语言叙事和美学风格的变化。尖锐、真准的史笔，与温润、浪漫的女性心理、情感、精神世界的拼贴式的铆榫结构，使作品既有骨的坚硬，又有风的柔软浩荡，使全作具有了作者所期待的"海风山骨"的风范。一个年过六十的作家，能有如此改变的勇气，让人想到中国历史上许多书画大师在"衰年变法"中所具有的自我否定的精神和气度。《带灯》所带给中国社会和文坛的不只是一部伟大的小说，还有一种伟大的精神和伟岸高蹈的作家人格。

原载《南方日报》2012年12月16日

天使·魔鬼·"造反派"

——《古炉》人物刍探

一

一般来说,《废都》及《废都》以后的贾平凹长篇小说创作与社会现实、历史时代的联系,主要是通过特定生活状态下人物的心理、情绪及环境氛围来实现的。这种厚背景、全状态、多人物、多因果的小说理念和艺术表现方式,主要体现的是作者对乡土中国的文化与伦理恒常的哲学感悟,既有自己对人与乡土传统的理解,又暗合后现代思潮对人在世界中主宰地位的消解意味。这种独特的哲理性感悟,不仅决定了他小说迥异于理想现实主义的表现性特征,也带来了他长篇小说叙事的深刻变化:如结构与人物关系的近乎原生态的自然生活逻辑流程,语言与叙述的散文化、意象化。最突出的当数《秦腔》《古炉》在"吃喝拉撒,鸡毛蒜皮"表象下对神韵、意境的诗化追求;如以"重精神、重情感、重气韵,抽象而丰富"[①]的人物意象,代替设计目的明确的典型环境、典型冲突下的典型性格。他笔下的人物确实如他所倾心的汉代雕刻:形象的生命力量、精神气质或与古朴自然的石头的生命融而为一,或与砖石、金属材质的空间造型

---

① 贾平凹:《贾平凹自选集》,作家出版社,1994年,第196—197页。

合为一体,具有一种弧线性的圆融型中和美。它的艺术精神无疑是现实主义的,但这种现实主义是由深厚的"天人合一"的宇宙观、生命观所决定的,而不是由特定社会的意识形态和发达的思想、技术所决定的。前者是源于自然生命的人类艺术本质,后者却是由可操作的名词概念和技术所肢解的被加工的现实。这就是贾平凹常常自述其小说多从书画艺术受到启发的根本原因,也是贾平凹小说遭到许多误解的原因——如神秘、晦涩、自然主义,如有人认为他的小说成就不如散文成就,如可读性差、情感冲击力弱等等,纯然是审美观念的差异造成的。这是一个执着地追求着自己所赓续的中国美学传统的艺术家所遭遇的现实尴尬。毕竟法俄文学的现实主义传统及其在革命中国所发生的演变,已经成为大众和部分专业人士心目中的文学正统。所以直到今天,还有人以没有留下几个为人们所熟知的"典型人物"而为贾平凹遗憾。

确实,《废都》中那个灵魂分裂的庄之蝶是当代中国文化人人格分裂的意象,《怀念狼》中那个昔日辉煌而今日怯懦无比的老猎人是当今人类脆弱的心理精神象征,而《秦腔》虽然也塑造出了夏天智、夏天义、白雪、夏风、夏君亭等各式各样的人物和命运,但核心却是他对"变化中的乡土中国所面临的矛盾、迷茫,做了充满赤子之心的记叙和解读",是笼罩全书的那声抑郁、深长的"喟叹"。①

冯友兰先生在其《中国哲学简史》中,曾经这样论述中国传统艺术的美学特征:"富于暗示,而不是明晰得一览无遗,是一切中国艺术的理想,诗歌、绘画以及其他无不如此。"②又说:"道不可道,只可暗示。言透露道,是靠言的暗示,不是靠言的固定的外延和内涵。……诗的文字和音韵是如此,画的线条和颜色也是如此。"③这种不无复古意味的艺术理想及精神,同样适用于贾平凹的新作《古炉》。早在读该书手稿复印件

---

① 第七届茅盾文学奖获奖作品《秦腔》的授奖词。
② 冯友兰:《中国哲学简史》,涂又光译,北京大学出版社,1985年,第14—15页。
③ 同上,第15页。

的时候，笔者就有如鲁迅当年读《红楼梦》的感觉："悲凉之雾，遍布华林。"那些平时杀鸡、杀黄鼠狼也不忍的村民，竟然以革命的名义刀棍相向，互相杀戮，那些因此犯了人命案的头人和凶手，虽然在集体暴力事件中侥幸活下来，却难逃国家法律的制裁，仅古炉村一次就处决了霸槽、天布、麻子黑、守灯等四人。而动乱平静之后的村民延续了鲁迅当年所批判的"国民性格"，或围观，或拿着馒头准备蘸了死者的鲜血治病。然而无论是对这场自上而下所煽惑的动乱的批判，还是对逝者无谓牺牲的生命的凭吊，都必须通过一个个具体而具有象征意味的人物形象来实现。也只有从人物的性格命运和象征性内涵出发，我们也才能理解《古炉》主题的深刻和批判反思的力量，理解贾平凹对乡土中国文化现实和人性现实的高度抽象。

二

如果从人物入手解读《古炉》，我们就会发现贾平凹为我们塑造了三组人物。一组是蚕婆、狗尿苔、善人等以其信念、精神、行为超越了世俗争斗和现实苦难羁绊的隐喻性人物。他们的生存和行为方式或许是受环境压迫的另一种从精神上解放自己的生存、发展智慧，但共同的是对自己及同类的悲悯与关爱，度己度人的努力。这是一些立足不幸的人生此岸、精神灵魂却向着神圣的彼岸的具有神性的人。诚如贾平凹在《古炉》后记中所说的："这些人并不是传说中的不得了，但他们无一例外都是有神性的人，要么天人合一，要么意志坚强，定力超常。"从现实的乡村剪纸艺术家周苹英，到小说中的蚕婆，都"有一种圣的境界"。狗尿苔"前无来处，后无落脚，如星外之客，当他被抱养在了古炉村，因人境逼仄，所以导致想象无涯，与动物植物交流，构成了童话一般的世界。狗尿苔和他的童话乐园，正是古炉村山光水色的美丽中的美丽"。所以，"我恍惚认定狗尿苔其实是一位天使"。天使在宗教中的含义，如基督教的耶稣，如佛教的释迦牟尼,在世俗生活中人们用来比喻天真无邪的儿童,所以以狗尿苔视角洞察古炉村"文化大革命"的生活回忆,既是纯正无邪的儿童视角,又如耶稣和释迦牟尼的大悲悯与大关怀。

当狗尿苔一次又一次穿行在浓雾弥漫、如白云一样舒卷流动的村巷中时,当他不仅能与鸟兽、树木对话,并且理解着他们的忧愁与欢乐时,当成群的飞禽鸟兽在他的率领下浩浩荡荡、旁若无人地从村人面前通过时,你不觉得这是天使在人间吗?当蚕婆虽然眼花耳聋、衰朽老迈,却能以一双灵巧的手在一片片树叶上、旧报纸上、大字报残片上,剪出神态毕现的种种动物时,你不觉得她是化腐朽为神奇、赋万物以生命的神吗?当狗尿苔婆孙俩不断以德报怨,甚至给整过自己的人以帮助,多次以绵薄之力化干戈为玉帛时,你不觉得他们是止讼止斗的和平之神吗?至于王善人,他原本就是被逼还俗的和尚,但是在纷争不已、争斗不已、烦恼不已、病患不已的古炉村,他仍履行着"说病"救人的佛陀意志。

这不是贾平凹的无端夸张,也不是他的胡诌乱编,而是几千年来中华民族就具有的"和谐邻里"、"和谐自然"、天人合一的理想和信念。用余秋雨的话说,这就是自古以来"中华大地上千家万户间守望相助、和衷共济的悠久生态"[①]。这种古老的文化和精神传统,是苦难人生中的希望和灯塔,是中华民族牢不可破的精神凝聚力之所在。只是在曾经的"一分为二"的斗争哲学时代,在今天成为现代化的社会环境中,它被有意无意地遮蔽了。用秋风先生最近一篇文章中的话说,就是只要摘下有色眼镜,"就不会认为,中国人是另外的一个物种","古人和今人并非两个不同的物种。生活在这块土地上的人们,一直以来都在追求美好的生活",而不是成天在思考"如何出卖自己,毁灭自己"。[②]即使在中国历史上最黑暗的时期也不例外。降低标准看,那些在动乱中仍顶着压力,为了不违农时,坚持生产的村人,何尝不是追求和平美好生活的良知坚守者。那些听

---

① 余秋雨:《艰难的文化》,载《解放日报》2011年3月11日。
② 秋风:《走出概念牢笼,温情对待传统》,载《南方周末》2011年4月7日。

从内心的道德律令，坚持做人的良知和本分的人，无不是放射着神性光芒的人。

三

与蚕婆、狗尿苔的以柔克刚、以爱化仇，以及善人的"我不入地狱，谁入地狱"，拯救世人于水火的牺牲精神相比，麻子黑、守灯、黄生生、甚至水皮则是一些恶魔式的人物。在作品中，四个人的心理状态又是各不相同的。大字不识一个的麻子黑是天性凶恶，常常无端欺负戴着"反革命"家属和地主帽子的狗尿苔、蚕婆和守灯，但因其贫农出身，却成为村民兵连的一员，成为古炉村"阶级斗争"的急先锋，并因此而为支书朱大柜、民兵连长天布所用。这使他错误地估计自己，估计形势，以为自己有资格接替重病死亡的满盆出任生产队长。当发现磨子成为自己的障碍时，又对磨子下毒，却毒死了他的叔叔，虽然阴差阳错却又理所当然地被关进监狱。正当人们等待着对他的严厉惩处时，"文革"爆发，他两次逃出监狱，并正大光明地与守灯成立了复仇性的造反组织，以焚烧自己家房子的破釜沉舟之举，抢劫、放火、杀人，与社会和人类为敌。至于守灯，由研究制作青花瓷工艺、企图有所作为的回村知识青年，变为对古炉村及其村人充满仇恨的怨鬼式的恶魔，完全是社会环境所造成的。小说明确告诉人们，不仅他家的地主成分是错划的，他头上的"地主"帽子更完全是强加的，正是这顶帽子不仅使企图有所作为的他遭到歧视，动辄得咎，而且使他发明创造的雄心壮志化为乌有，从而使这个心高气傲的青年彻底绝望，并由绝望而生出对社会的深仇大恨。"文革"给了他报复的机会，"文革"又断送了他的生命。守灯个人的人生悲剧，是对无限扩大的"斗争"哲学和"文革"的强烈控诉！

笔者越来越认识到，对黄生生这个古炉村煽风点火的红卫兵，贾平凹的表现是有欠缺的，最大的缺陷是一开始就没有把他当作一个受"文革"意识毒害的青年学生来写,而当作一个从天而降的恶魔,阴险毒辣,凶暴残忍。正因为如此,作者才将他的死亡痛苦写得那么长,又让他死得那么"不体面"。在与贾平凹的对话中,笔者问他:"这是不是你人道视野中的盲区或偏离、失误?"并大胆猜想这或许与作者痛心疾首的人生经历和体验有关——确实,在每个人,特别是成功型人物的经历中,都有这种"不能原谅"的人和事,刻骨铭心的伤害。好在贾平凹很快省悟了:"现在看来,是对他们狠了一点,也简单了一点,应该再写得深刻些就好了。"但他也坦承,这个人物,包括麻子黑,都是"有原型的"[1]。水皮是一个令人常常不寒而栗的帮凶式人物,在我原来的阅读印象中,他好像是中学毕业,但重读《古炉》一书,才发现作者给他的学历是"小学毕业",但从谈吐和写作才能来看,他应该是除霸槽以外古炉村最有知识的、写作才能最为突出的一个人。贾平凹说他与守灯一样都是历次群众性的"政治运动"的结果,不同的是守灯是被"运动"的对象,他却常常是运动的积极分子和受益者,就连他的母亲也因为有这个值得骄傲的儿子而自以为高人一等,并以儿子的观点为自己的观点,成为一个老而不尊的恶婆。虽然只是一个村子的才子和笔杆子、智囊,但在他的身上却能看到从古到今许多自命不凡的、为了自己利益不惜告密陷害亲近的人的文人、士大夫的影子。所以贾平凹评价他"随风倒,没骨头,有一些文化知识的人容易是这样"[2]。话虽简单,但意蕴深藏,表现出贾平凹对这号人物的鄙夷。他的死同黄生生的死一样,表现出柔韧内敛的作者内心世界中爱憎强烈、金刚怒目的另一面。

---

[1] 贾平凹、李星:《关于一个村子的故事和人物——长篇小说〈古炉〉的问答》,载《上海文学》2011年第1期。
[2] 同上。

四

借用印度教"三界"（欲界、色界、无色界）的说法，我们可以称如蚕婆、王善人、狗尿苔等人为在现实世界曳尾于泥途的从苦难之炉火中升华出了以大慈悲、大关怀为核心的精神境界的人，可称为"神界"；而麻子黑、守灯、水皮等人却是在现实苦难之炉火中，灵魂出窍，失却人性，沉沦为以仇怨为使命的恶魔式的人，可称为"魔界"；而如夜霸槽、朱大柜、杏开、天布、秃子金、磨子、戴花、半香等古炉村的大多数人，则是生活在欲望界、为直接的欲望所控制的人，他们成分构成最复杂，也最为变动不居。在一种情况下，他们可以为善，让自己的思想和灵魂接近于"神界"，在另一种情况下，他们却可以为魔。前者如不顾外界舆论，执着于精神及带有欲望之爱的杏开、戴花、半香等，她们是不掩饰自己女性生理欲望的世俗礼教的反叛者，又是崇拜身体和能力超群的男性的爱神。尤其是杏开，她对为村人和父亲所鄙夷的夜霸槽的爱，堪比萨翁笔下的朱丽叶、中国传统爱情戏剧中的白素贞与祝英台，虽然遭遇世俗障碍，屡受挫折屈辱而九死未悔。后者如夜霸槽、朱大柜、天布、秃子金等人，则一度离魔界更近一些。

这里着重分析《古炉》中古炉村"文革"的点火人和始作俑者、古炉村"联指"司令、武斗组织榔头队队长夜霸槽这个形象。

毫无疑问，夜霸槽的社会历史角色定位是古炉村"造反派"的头儿，这是一个在当时得到领导人支持，虽无体制内级别，却权力无边、风光无限的角色。当"文革"结束，并进而被明令否定之后，夜霸槽们又承担了"文革"所造成的所有罪恶。如果有人统计一下，全国究竟有多少"造反派"领袖、骨干被逮捕判刑，甚至如霸槽那样被处决，这将是一个巨大的数字。因此，从最早写了"文革"并获得全国小说奖的路遥的《惊心动魄的一幕》，到戏剧名作《于无声处》，到后来余华的《兄弟》、阿来的

《空山》、东西的《后悔录》等等，几乎所有触及或以"文革"为题材的小说，造反派的领袖、骨干无一不是被写成地痞、流氓、变节者、劳改释放犯，至少也是挟嫌报复者，心怀不轨的野心家、恶棍等等。而《古炉》中的夜霸槽却是一个没有被意识形态和世俗偏见污名化的更为真实的造反派领袖形象。

　　从小说第二节霸槽出现在村巷与狗尿苔的对话中，人们就不难发现这是一个为朱大柜领导的古炉村现实秩序所压抑而不满，并且渴望变革的人，一句"古炉村快把人憋死啦，怎么就没有了（死亡）气味"，道出了他全部的内心苦闷。因为是贫农出身，又有文化，他是古炉村唯一敢于不顾禁令和规定，在公路边搭建小木屋补轮胎，敢于不给生产队交钱的人，又是古炉村少有的不顾阶级成分而对狗尿苔及蚕婆，甚至地主分子守灯心怀善意的人。因为胸怀大志，有文化，又有英俊的相貌和强壮的体魄，并常常不掩饰自己的不满和内心欲望，心怀坦荡，他不仅吸引了狗尿苔这个长不大的捡来的孩子，更吸引了古炉村的第一美女杏开。孩子和姑娘们对人的感觉常常是最接近真实的。

　　"贫穷容易使人凶残，不平等容易使人仇恨"（《古炉》后记），有道是"槽里无食猪咬猪"，这正是不得人心的以"阶级斗争为纲"的群众运动乃至"文革"的社会经济基础和群体的心理基础。同样是人，为什么你生活得比我特殊（对村干部），为什么你的先人比我有钱（对地主资本家）？霸槽因此而被村人所非议着，又因为是光棍一条，无家室之累，敢作敢当而被村人畏怯着。就连支书朱大柜，背地里虽然称他为"逛荡鬼"，其妻甚至像防贼一样防着他，但朱大柜不仅竭力回避与他公开冲撞，容忍他在小木屋搞"资本主义尾巴"，而且，从霸槽的种种"造反"行为中，他看到了自己年轻时斗地主、搞土改时的影子。小说一再强调霸槽与年轻时的支书性格、行为的相似性，不仅要强调这种不满现实的具有"造反"基因的人性内涵和深远社会历史背景，而且，并不因为它发生在后来被枪决的霸槽身上，就否定他的合理性和积极意义。贾平凹对此十分清醒，并且做出了理性的判断，他说："有野心的能干事又能干成事的男人往往是这样的（指霸槽对杏开始终的三心二意），他们不是占有就是利用。钱穆说：依照中国人的观念，奔向未来者是欲，恋念过去者是情，不惜牺牲过去来满足未来者是欲，宁愿牺牲未来迁就过去者是情。夜霸槽是欲的，杏开则是情的。夜霸槽就是始终在为未来命运而奋斗，是欲，所以村人往往看不起他，主张安命、主张保守。"①所不同的是，历史上的造反派，陈胜成"王"，刘邦成了"皇帝"，项羽失败了，却成为史圣司马迁笔下的盖世英雄。古炉村土改时的夜霸槽——朱大柜也成功了，成为古炉村这个小王国几十年不变的支书，虽然支书在国家层级中是个最低的"官"儿，但他却自视为古炉村数十户几百人的家长，不仅说一不二，而且雕刻了象征自己权威的石狮子，让其蹲坐在村子最显眼的位置。与此同时，成功了的铁帽子支书朱大柜，却安命而趋保守了，成了不合理的现存社会、政治、经济秩序的维护者，用帝王的治人之术来降伏村民和霸槽这匹野马，因此他也就成了夜霸槽革命、造反的首要目标。有趣的是，当霸槽以造反组织的名义，对朱大柜进行诸如隔离关押、送公社学习班改造、转移至村庙关押甚至吊打之时，他并没有激烈反抗，而是采取了积极配合的态度，表现出些许的淡定和从容。特别是在自己的境遇如此恶劣时，他还始终不忘村子的生产、群众的生活，在激烈的群众性武斗中，他甚至想以自己的牺牲来避免群众的伤亡，表现出与他自诩的家长身份相匹配的另一种人生的境界，正所谓皮肉遭罪，精神得道。我们可以认为这是一个共产党人的觉悟，但也不能不承认这是一个一家之长的责任和胸襟，是"国难显忠贞"的传统文化的力量。

在动乱中攀上古炉村权力顶峰的夜霸槽，一方面不得不按照山外面的"文革"程序操作，破"四旧"、揪斗"走资派"和"黑五类""牛鬼蛇神"，组织文攻武卫队伍；另一方面他又不得不走上征服日渐坐大的对

---

① 贾平凹、李星：《关于一个村子的故事和人物——长篇小说〈古炉〉的问答》，载《上海文学》2011年第1期。

立面的斗争：砸瓷窑、抢粮食、图生存、搬救兵，终于把古炉村导入腥风血雨之中。这里将他的行为说成"不得已"，不是为他开脱，而是为了突出"权力"的逻辑——征服"异教""异端"，甚至不惜从肉体上消灭他们之中的最顽固者。显示权力逻辑的，不只是征服敌人，还有对自己作为普通人的同情心、善念、柔软、犹豫、不忍的征服。不征服敌人，他们就会来征服乃至消灭自己，不征服自己，自己就会被以自己的造反思想武装起来的群众所抛弃，就会被人代替。权利是一匹疯狂的马，当它疯狂起来时，骑手也不得不随之而舞。所以启蒙主义思想家伏尔泰说：相比于牛顿等伟大的科学家，那些大名鼎鼎的政治家和征服者，不过是些"大名鼎鼎的坏蛋罢了"[①]。与朱大柜具有同样造反者、征服者基因的夜霸槽就是这样的"坏蛋"。他被依法处决了，这不仅是他个人的悲剧，也是历史及"文革"所造成的生命悲剧。斯威夫特说："一个人选择好适当的时机，跨过深渊，成为英雄，便被称为该国家的拯救者；另一个人虽取得同样事业，但是选择了不幸的时机，他被指责为疯狂"[②]。霸槽、天布等许许多多的"文革"中的"造反派""群众领袖"就是这样选错了时机的不幸者。那些许许多多的揭露和诅咒"文革"的文学作品，有谁能如贾平凹在《古炉》中所做的深刻？那些许许多多的"文革"造反派形象，有哪个比夜霸槽更真实、更人性，更具有巨大的历史和时代感？

　　人生目标远大，除了不欺老压小之外，在《古炉》中贾平凹还赋予了霸槽成大事的人物所具有的许多非凡的人格品质。他是古炉村唯一一个敢于挑战朱大柜权威并蔑视现有政策秩序的人。谁都知道私自开修车铺挣钱、在小木屋开设换粮点、挖集体饲养室、养"太岁"卖神水，在当时是多么大的罪恶，然而他做就做了，还理直气壮地质问："没钱花谁管？"他又是第一个敢在支书的太岁头上动土的人，当众锯下支书家伸在他家院

[①] 伏尔泰：《哲学通信》，上海人民出版社，2005年，第56页。
[②] 莫蒂默·艾德勒、查尔斯·范多伦编：《西方思想宝库》，吉林人民出版社，1988年，第50页。

中象征"五子登科"的树枝，破了他的风水，支书只好忍气吞声，强忍羞辱，不仅不开罪他，反倒让他当了四轮拖拉机手，隔三岔五去镇上送瓷货。他的身份确是农民，却视角高远，眼界开阔，摆脱了一般农民的狭隘与自私。他鄙视秃子金、长宽们在破"四旧"中的挟嫌报复行为，而他对朱大柜的挑战，又非狭隘的个人恩怨、人身攻击，而是把他当作政治的对手，一旦从政治上打败了对手，他从来没有揪住不放，更没有想从肉体上消灭他，否则，十个朱大柜也不可能从"文革"中活过来；在政治斗争中，他又是一个很有谋略的人，知道对方的薄弱环节在哪里，知道怎么反败为胜，知道什么时候该避其锋芒，什么时候该借力出击。杏开的父亲满盆（前队长）因气病而亡之时，正是他对珠胎暗结的杏开的冷淡期，但在满盆的葬礼上他却以一声痛哭流涕的"大"（父亲），取得了自己在古炉村政治形势上的主动，打败了新任队长磨子，有力地震慑了朱大柜，以亡者女婿身份理直气壮地发出"这个时候朱大柜怎么不来？"的诘问，在以朱姓人物为主的灵堂上，鸣响了一声炸雷。他知道怎么识人，也知道怎么用人，深得"用人不疑"之古训，牢牢地将全村最大的笔杆子水皮笼络在身边为己所用，使水皮的朱姓族人徒唤奈何。黄生生、马卓（部长）本来在洛镇这个更广大的天地，但是霸槽却能设法将他们"引进"古炉村，奉若神明，发挥了本村人难以企及的作用。他是怎样请来黄生生的，我们不得而知，但对女部长马卓，他崇拜她的能力和气魄，她喜欢他的阳刚气质，所以两人一拍即合，他们是惺惺相惜而非现在的"性贿赂"。爱他、知他的杏开对人说："他只是俯卧太久，有机会想飞起来"，所以她能理解和原谅他的一切，包括愤怒时打她的耳光，对怀孕的她不忠。更有意思的是，就连乡村哲人善人也说他："你是古炉村的骐骥，你是洲河上的鹰鹞。"初读这一句话时，笔者曾经怀疑它是贾平凹的失误，但仔细读完全书，你就会觉得这正是贾平凹借善人之口对他的非凡的能力和人格的肯定。

　　像一切出众的人物一样，霸槽也胸怀大志，野心勃勃，并认为自己是会干一番大事的,并善于用神秘文化来引导周围人物对他的崇拜服从。如在不得志时,对狗尿苔说他的男性生殖器上有颗痣,像杏开这样的美女能与他睡觉,是她的荣幸;稍得志时,似乎觉得不雅,又说他脚心有颗痣,主腾达。他自我感觉前世是能鼓腮暴目在草叶上飞来飞去的青蛙,他的崇拜者狗尿苔说他是北极的超级动物白熊。因为自命不凡,他有着强烈的征服和统治的欲望。在不得志时,丑陋不堪的狗尿苔是为他点火、提尿盆、跑腿报信的"桑丘"(骑士堂·吉诃德的马夫跟班),得意时长宽是给他扛大锨的随从。反讽的是,仅仅因为他便秘,常常要去远山大便,长宽的任务就是用大铁锨掩埋他带血的粪便。笔杆子水皮的任务就非同寻常了,他负责每日记录古炉村"文革"的"大事记",实际上是霸槽每日的言行,作为日后他成为伟人后的历史资料。

  霸槽的女性观,实际上是以男权为中心的家族家法制的女性观,他认为女人是茶杯,男人是茶壶,只能一个茶壶配多个茶杯,而不能一个茶杯配多个茶壶。但是却不能将他归入"好色"一类男人。风流成性的半香、美丽如花的戴花,都曾明显地向他示爱,但他却毫无所动。小说中让他动心的只有三个女人:一个是守灯的姐姐,但她却被父母嫁给一个城里人,他始终深以为憾;一个是杏开,他喜欢她,首先因为她是除守灯姐姐以外,古炉村现在最美的女子,其次因为她父亲是生产队长,他对她的追求和占有带有对在村子里当权的朱姓的报复意义;第三个是原镇防疫站的干部,现洛镇"联指"的部长马卓,他与她的来往不可能是单纯的"色",而只能是政治上的"结盟"。与封闭乡村社会的其他恋人偷偷摸摸不同,霸槽的性与爱是无所顾忌,因而公开挑战现有乡村伦理观念和秩序的。这让人记起学者张柠在《英雄的人格和语义》一文中的相关论述:"英雄与美女的关系,是一个英雄与欲望关系的原型,也是英雄人性的隐喻。……英雄是能量无限的人。他们将能量的一部分用于对付自然和人间的敌人。他们的剩余能量常常转化为英雄与美女的故事。英雄与美女,将一种最刚强的形式与一种最柔美的形式结合在一起,使得那些既不刚强也不柔美的平庸状态黯淡无光。"①这完全适用于在一定意义上可以以"英雄"称之的霸槽。他对杏开的占有是欲的，人性的，但却不能判定就是爱情的，然而这种通常以喜欢为前提的"英雄与美女"的故事，却确实将作品"文革"现实中刚强的形式与最具人性最柔美的形式结合在了一起，也确实凸显了古炉村的这段黑暗历史的丑陋与野蛮，并有了些许的亮色，也使霸槽的身上有了更多的人性色彩。

霸槽与朱大柜是"文革"运动中相互对立、你死我活斗争的两极，但他们又有着相同的"造反者"人格基因。笔者和贾平凹一样认为，有"造反"基因的人，是人类社会历史中最活跃的因素。正是因为有了他们，积淀已久的历史的陈腐和污秽，才会被荡涤，历史的社会编码才会改变，程序才会重写。但是他们身上反抗既定社会历史秩序的另一面，却是对他人的征服和统治，是权力和荣誉的无限渴望与扩张，所以这样的人又易成为专制者、独裁者，或早或晚地走向历史的反面。现代人类社会已具有的自由、民主、人权等观念，正寄托着人们抗拒和防止"造反派"成功以后人格畸变、权力异化的美好愿望。所以不论是夜霸槽，还是朱大柜、天布等的审美意义和文学价值，远远超出了"文革"历史所赋予他们的身份和角色定位，是一个高度抽象化的艺术典型。

原载《小说评论》2011年第4期

① 张柠：《英雄的人格和语义》，载《南方周末》2007年1月18日。

《白夜》与《怀念狼》意义和价值的再认识

　　1995年由华夏出版社首次出版的《白夜》，2000年由作家出版社首次出版的《怀念狼》两部长篇在贾平凹至今出版的十六部长篇小说中有着重要的地位和非凡的文学价值，但因为它们或一开始就被冷落，或在"热闹"中被引向寂寞，其重要的文学价值却被忽视了，以致贾平凹小说权威的研究家陈晓明在2015年的一次会议上说："贾平凹曾有一部最可能与世界文学潮流接轨的小说，它就是《怀念狼》，有机会我要写一篇关于它的文章。"时隔二十多年，恰恰是当年《白夜》的约稿编辑及责编之一的高苏先生在"传世经典"的丛书中隆重推出，遂让我有宿命之叹。借《白夜》《怀念狼》出版的机会简要地谈谈对这两部书的多年来的看法，以就教于它们的读者朋友。

　　《白夜》初稿落笔于1994年11月，足以说明一个事实。即使在外界出现关于《废都》的种种争议，甚至《废都》被有关方面查禁之时，贾平凹并没有被汹涌而来的种种非难和误解击垮，坚持走着自己既定的文学之路。早在文坛还在为《废都》热闹的1993年秋天，他就穿越蜀道进了四川，在绵阳参加了目连戏研讨会，观看了五台目连鬼戏，并开始搜集有关目连戏的资料。从1993年10月接到嘉峪关市张三发所寄的《精卫填海》的新寓言起，他就有了《白夜》的结尾。《白夜》后记没有提供他开卷的时间，只讲了他在绵阳师专的构思和写作。但从1994年他住了半年多的医院才"决意正式动笔"可知，实际上从1992年夏他就开始构思和写作《白夜》了，"却先后推翻了三次"。推敲这些时间，只是为了说明贾平凹的神经是多么坚强，内心的律动并没有因为《废都》风波而受到多少干扰。这种"走自己的路，让别人去说吧"的精神状态就不能不让人心生钦敬了。

《白夜》中的夜郎与《废都》中的庄之蝶的差别不只在于名人与非名人，还在于他们的生存处境天差地别。夜郎混迹于西京文化圈，当过市图书馆的馆长助理，被辞退后又到一个民间目连戏班整理剧本，并客串一个叫"杂事"的角色。人不够时，他又化装成一个被追拿的野鬼。他会吹埙及其他乐器，又被民俗馆请来写宣传推广的文章，多才多艺，见多识广。虽无固定职业，与引车卖浆者同居一旧楼，却也从无衣食之忧，还似乎有一副好身躯，不然不会招来进城打工、后来当了模特的美女颜铭的喜爱，也不会被出身高贵、优雅、美丽的独身女人虞白一见钟情，并准备与之成家。他是集文化人的才情与浪子闲汉、市井无赖，甚至打手于一身的市井混混式的人物：上可结交市长、区长与市府秘书长，下可与打工卖菜者、小偷、厨工下棋、喝酒；文可与警察宽哥、虞白、媒体工作者丁琳、目连戏班主南丁山、小老板吴清朴奏乐雅聚，"武"可雇小偷偷文化局局长家、告恶状、身藏暗器与纠缠情人之市井流氓拼命。他很善良，乐于助人，有求必帮，长期雇人看护当年帮助过自己的植物人市府秘书长祝一鹤，足见其侠骨柔肠。他又很冷酷、多疑，颜铭委身于他，他却嫌她非处女；颜铭怀了孕，他又怀疑非他种；孩子生下来，他又嫌孩子太丑，嫌与自己不像，因此对颜铭很冷淡，以致颜铭愤然携女出走。他却并不去寻找，反而告诉虞白，自己已单身，希望回到她身边。这是一个体制边缘的夹缝中的文化人，沉沦于市井，迹近于无赖，却又心慕高雅，欲脱掉自己身上的俗气，似君子又似流氓、小人，像好人又像坏人。

20世纪90年代初的西京城，商品、市场、房地产开发、文艺娱乐化皆已蔚然成风，"文化搭台、经济唱戏"的时髦口号，造成了文化为发展经济、物质生活服务的扭曲的文化观。《白夜》对这种重物质、轻精神的文化观有着倾向鲜明的批评，指出这只能造成目光短浅、金钱至上的小市民文化。在这种社会文化大背景下，夜郎却如鱼得水，活跃一时，但因为缺乏体制与财富背景，他只能属于红火却未能致富的穷文人。他对富人、掌权者充满怨气，牢骚满腹，内心孤独。眼见他的警察朋友宽哥有雷锋般的品质却遭上级不满，并因一个失误被除名；他的另一个朋友考古学家吴清朴托女友邹云名下的房产之福，下海经商，开了一家饺子酒楼，邹云却被矿商勾引，成了他的二奶，后矿商暴死于仇家暗算，邹云被大房赶出，沦为娼妓，清朴遭邹云之兄夺产，终因疾病而早逝；而夜郎仇恨的图书馆馆长，不仅未被拉下马，反倒升了文化局局长，夜郎和他的目连剧社成了被打压的对象。有人说夜郎是"盖世的丑陋，旷世的孤独"。他的"丑陋"自然不只是长了一副马脸，还包括他的行为和灵魂；他的孤独也不是因为他精神境界之高蹈，而是源于他对自己的评价与他所处社会地位、所扮角色的差距。"月明星稀，乌鹊南飞，绕树三匝，无枝可依"是有天下之志、之才、之能的曹孟德式英雄的孤独，而他的孤独则是一个失意文人的幽怨和伤感。看不起，甚至并不在乎与自己地位相当的颜铭，却高攀着大家才女虞白，或许正是他这个在西京一贫如洗的农民儿子摆脱精神孤独、高枝可依的生存方式。而虞白对他的惺惺相惜式的眷恋，或许也是看错了人，投错了门，即使成婚，却也注定不会有好结果。郎是才郎，郎却也有天然的狼性。

在中国现代文学史上，鲁迅是继写《儒林外史》的吴敬梓之后敢于将讽刺批判的矛头指向知识分子、读书人的清醒而伟大的作家。学问、研究大家钱钟书的唯一一部长篇小说《围城》，就是批判讽刺与自己同类的留洋者的。《废都》继承了他们的伟大文学传统，创造了社会历史转型期，在权力和金钱的双重压迫下庄之蝶这个自知沉沦却不能自拔、陷于深沉痛苦之中的文化名人典型。而在《废都》之后，他则将目光瞄向了自己所在的西京文化圈，塑造了夜郎这个既令人同情又偏激、可憎的文化人形象。如果知道现在已被文坛广泛承认的《废都》，当年曾经给贾平凹惹了多么大的麻烦甚至旷日持久的官司，就知道在《白夜》的创作中有多么如行雷阵的纠结和谨慎，其中的苦心和智慧恐怕只有我们这些事中人才略知一二。文学创作既不能脱离现实中的生活和体验，又不能让人对号入座，惹出文学以外的是非，不啻在荆棘丛中舞蹈。

其实，从《浮躁》以后，贾平凹真正的努力方向，是从已有的长篇小说结构和叙述模式及套路中突围，创造出一种长篇叙述的新方式。这种改变讲述人居高临下的"高台"位置，如"给家人和亲朋好友说话，不需要任何技巧了，平平常常只是真"，看不出任何技巧的长篇叙述方式，是从《废都》开始的。记得当时就有不少识家发现了他石破天惊、别具一格的叙述方式。《白夜》乃至此后的《高老庄》《怀念狼》等正是这种语言方式和文体探索的继续和巩固，并使其达到了炉火纯青的程度，打上了鲜明而独特的贾式叙事印记。读《白夜》，首先感到的是这种不装腔、不扎势、不做作、不卖弄的叙述魅力，让你于极其浅近、日常、平易的言说中，感到芸芸众生生存与生命的律动、人性的渴望。这种叙述自然而又简洁，并不时有智慧的流露，充盈着禅意机锋和哲理光芒。不仅平凹自己从中体验着"生活是美丽的，写作是快乐的，人世间有清正之气，就有大美存焉"的心境和乐趣，也让读者有日常生活、柴米油盐、吃喝拉撒、人情世态美不尽言之感。

在小说基本情节、故事以外，将中国传统文化典籍、民间传说、神话引入长篇叙事，或增厚现实故事文化精神的广度和厚度，或使现实生活笼罩在一种幽深奇诡的叙事氛围之中，或以中国传统精神伦理映衬和观照现实社会的荒谬和丑陋，已经成为贾平凹长篇叙事的鲜明个人印记。这种叙事方式从《废都》就开始了，庄之蝶岳母的神神叨叨、老牛会说话、牛皮鼓会示警、货郎传递民意、歌唱民谣，将一个当代文化名人的精神沉沦与人生痛苦，熔融于浓重的现实氛围和民情风俗文化的广阔背景之中。《白夜》将再生人寻亲、连台大戏《目连寻母》贯穿于全作之中，并与主人公夜郎的人生命运形成一种隐喻映衬的互文关系。川剧《目连寻母》的戏文全本我尚未接触过，只从《白夜》所引的片段中看出个大概，依稀演绎的是一个孝子穿越阴阳两界、苦苦寻母的感人故事。其中阴曹地府的情境让我想到曾经引起德国戏剧美学家布来希特关注的中国包公戏《乌盆记》和秦腔黑头名剧《探阴山》。大致是人间的冤屈正义不能实现，要依靠清官包文正穿越到阴曹地府，甚至与阎王争辩才能寻得。《目连寻母》的艰难曲折、再生人团聚希望的破灭，突现的既是人间的真爱和深情，又是无限的生的痛苦、希望的难酬。《目连寻母》的结尾借用的是《精卫填海》的远古神话，并让现实的夜郎扮演了精卫的角色，面对千辛万苦衔石填海，而填满了海也没有了自己生路的人生尴尬。《白夜》后记中说这则将人生寓言化了的《精卫填海》是从一个甘肃作者处借来的，它恰贴了平凹对不幸的女子颜铭和薄幸而见异思迁的夜郎，好人不得好报结果的宽哥、吴清朴，甚至前途并不会好的虞白等人的人生命运，有着无尽的同情与悲悯。或许这正是无端遭遇《废都》风波，自己被人骂、家破（离婚）人病之后的平凹的苍凉和忧伤，这种心境也真实无欺地投射于夜郎、宽哥、吴青朴、虞白、邹云、颜铭的故事中。

　　社会和文坛的浮躁、娱乐文化的汹涌，使我们许多人正在丧失阅读雅文学的时间和能力，连许多自称当代文学的研究者、批评家的人，他们留给一部不在自己研究范围内并且娱乐性不强的哪怕名家作品的时间也少之又少，翻一翻，浏览一下，知道他有这部作品就行了。我怀疑正是这种浮躁和专业功利心与对一个作家的先知之见，造成了对贾平凹别有心曲、别具新意的《怀念狼》这部大视阈、大境界的作品的种种误解和轻视。其实，只要静下心来，稍有语言和文学敏感性的读者，只要开始读前几页，就会为贾平凹独特的叙事语言风采所倾倒。它是通过一个记者或作家外甥的视角去讲说其舅舅傅山的。傅山是50年代全县闻名的打狼英雄，今天却奉命去保护已面临灭种危险、硕果仅存的十只狼。然而却因为他思维中所存留的对狼这种生物生命力旺盛、凶猛而又残忍、狡猾的定式而最终阴差阳错地将它们全部消灭。从他对狼的恐惧心理中人们读到的不仅是老猎人的思维和意识的偏狭麻木，更是这个当年的老英雄和他的徒子徒孙生命力的委顿、削弱，面对生气蓬勃的具有强劲生命力的动物的无能。曾经长期关注生态文艺学研究的学者鲁枢元先生，曾经在他的文章中指出，茫茫宇宙中这颗地球曾经有过宇宙生命的世纪，又有过动植物生长繁茂的生物世纪，如今地球圈又进入了一个人类的世纪，"较之其他生物，人类的优越和幸运在于他们拥有了地球的'精神圈'，然而，人类社会如今所面临的种种足以置人于死地的生态环境，也正是由于人类自己营造的'精神圈'出了问题"，"人们不仅在征服中失去了'灵魂'，甚至'灵魂'也已经被征服欲所充斥"。《怀念狼》中傅山这个形象既是人类的辉煌与勇敢的象征，也是人类专制、麻木、偏执与自身生命力委顿，心理精神生出了病瘘的生动象征。这是在全球化、现代化大背景下，极端发达的高科技、互联网虚拟世界所导致的人类与大自然隔离所导致的肌体能力退化和生命危机，以至于在多样生物面前连自己的安全感也丧失了。与之相应的却是为虚拟世界所培育的征服力的膨胀，灵魂被强烈的物质欲望所淤塞的精神生态危机。而精神的生态危机，比自然环境的生态危机，更应引起人类自身的警觉。保护狼这样一个普通而又平常的生态题材，在贾平凹神秘飞扬的诗意叙述、汪洋恣肆的自由想象中，成为对人类和地球生物的大关怀与大悲悯，对人性和人的生命力的大批判、大反省。这或许正是陈晓明心目中《怀念狼》的人类价值和世界意义。这样一部作品，却在一片喧闹声中，遭无情否定，以至于沉寂，这是中国长篇小说乃至中国文学界多么巨大的悲哀和损失！

原载《文艺报》2016年12月21日

一部意蕴深广的山中传奇

——读贾平凹长篇新作《山本》

20世纪的拉美文学因一部《百年孤独》举世瞩目，贾平凹新作《山本》由人而史，实为一部中国近代之《百年孤独》。它无百年之长，却显百年之忧。这是一部如海洋般广阔、如大山般厚重纷繁的文学巨著。它写的是大山里一个叫涡的镇中一个家族从兴到衰的故事，但却有着鸟瞰中国社会数十年变迁的宏大视野。

时间大概从20世纪20年代到40年代，这里有蒋介石的势力和红十五军团的武装，有土匪逛山的武装，也有名义上属于民国政府实际上却自成一体的地方家族武装，作品讲述三者之间在秦岭东段山里的争斗和百姓的生存状态。然而这只是这方山水中穷人富人等所处的共同环境。核心却是一个女人与一个男人互相欣赏却无关情爱的故事。女人宁静致远，在婚姻中的男人不堪造就之时，却心系于他人，塑造和培养着自己心仪的男人，以他为心目中的英雄，他也以女人为自己心中的人中"丈夫"——称她为尊贵的"夫人"。然而女人看着成长起来的英雄，却离她的理想目标渐行渐远，按照权力和财富聚敛者的逻辑成为一方霸主，行善着更作恶着，以自己的方式建立着自己的独立王国，招贤纳士，夜不暇寝地扩大并繁荣着，也孤立着自己和自己在涡镇的存在。在自己的土地上，他锲而不舍、一意孤行地建立着唯我独尊的新的统治秩序，并给了自己心目中的"夫人"以许多财富和权力。

在自己全部的创作中，贾平凹始终都在关注着社会历史现实中的人性、人心的改善和健康（全），寻找着人之为人的根本，并痛苦着他们的变异。《山本》理想化着这个似乎心如止水的女人。正是这个女人冷静的观察，见证着一个英雄的成长和心灵的腐败。他贪恋着权力，聚敛着财富，家有娇妻却贪恋着更多的美女。然而他却早已失去了一个男人的性能力，似乎是为占有而拥有，为拥有而占有，逐渐失去魂魄的英雄气，消损着正常而健全的人性。最后，他的王国在巨大的人民革命的炮火中轰毁，多少英雄好汉、智谋之士都难以保全，自己也不知中了哪个仇人的暗枪。从这方面看，《山本》是一则权力和英雄的寓言。

与许多文学之士居高临下、以冷漠甚至嘲讽的目光看着自己笔下的英雄豪杰和为稻粱谋的芸芸众生不同，对人们，贾平凹却始终饱含着化解不开的悲悯和同情。我毫不怀疑他是带着痛苦和哀矜，描写着他们的不幸和死亡的。书中的那个女人的目光就是他的目光。她爱他们，愿意帮助一切人，却不能阻挡他们灵魂的坠落，眼看着他们如野兽一样地厮杀，最终却都走向了自己的人生末路。他否定着人性中的一切恶与恶念，肯定着哪怕为恶者身上一息尚存的善。他笔下没有绝对的坏人，也没有绝对的恶。那个男人始终牵挂着在另一阵营里的兄长，从未伤害他心中伟岸如丈夫的"夫人"，软禁却也优待着失势的县长。

《山本》是贾平凹六十五岁以后创作的第一部离开了他的故乡棣花镇这个地理背景的小说，以中华地理上的龙脉大秦岭为主叙事空间。他已从"看山不是山"到了"看山还是山"的人生新境界，不动声色地以饱满的现象，展现出人与历史、历史与人的深刻本质。我惊讶于他叙事的绵密、语言的智慧和隐含的机锋，更惊讶于他感觉的敏锐、不与自己此前任何一部小说重叠的新鲜和饱满。这里有"草蛇灰线，伏笔千里"的缜密，更有一丝不苟、忙里偷闲的人生情趣，从一滴水之微到大千世界之广。他写了那么多的人物，那么多大大小小的枪战、杀戮，却无一处雷同。他是山里人，熟悉秦岭的一草一木、一禽一兽，本来可写一部草木的秦岭志的，以筹生他养他的秦岭山水。这个任务在《山本》中却让失去权力和影响的麻县长替他完成了，他只一心专注着山中人的命运和苦难，为他们唱出一曲曲悠长的颂歌和哀歌，扼守着一个作家笃信的文学是人学的本分。他一如既往地关注着社会历史的变迁，却又在小说中淡化着教化者口中的政治，而集中笔力去写有着各式各样的愿望和心理的父老乡亲，深味着芸芸众生的灵魂的骚动和安妥。

记得当年他在回答《古炉》一书为什么津津乐道于山中的小人物和他们卑微的生存的时候，他几乎是脱口而出：为了今天人们的幸福。是的，他胸中藏着写不尽的山里人的故事，每个故事中都含有对人性和社会历史悖论中社会痼疾的深沉追问，对处于历史重压之下人们命运的喟叹。四十万字的小说，他用笔三年抄了三遍，如果不是有如此的抱负和广大的胸襟，这样的劳苦、寂寞和孤独是难以忍受的。虽然我已到了该马放南山的年龄，但在有幸拜读了烙印着他旺盛的生命信息的四十万字手迹后，却不能不钦佩他非凡的事业意志和永不倦怠的文学创造力。

一览众山小，《山本》是一个不倦的文学攀登者又一个重要的文学高峰！

原载《文学报》2018年4月19日，原题为《一部意蕴深广的百年之忧——读贾平凹长篇新作〈山本〉》

山水不老，人情弥新

——也谈《老生》的意义和价值

　　直觉告诉我，因为小说主要社会历史内容这些年来在他的作品和他人作品中多有呈现，此作可能产生不了如《古炉》《带灯》那样"震撼"和某种程度的"轰动"效果，甚至会招来如"新意不多"的评议。但我仍以为这是一部对长篇小说艺术有贡献有创造，凝聚着已过六十岁的贾平凹的思想、智慧，于混沌、琐细中饱含社会历史和人生命运感悟的深厚之作。

　　首先，它对长篇小说艺术的创新具有独特意义和价值。这部作品主要是以中国最早形成的人文地理著作《山海经》引起并串连了现当代发生在这片山、这块地的故事，赋予这些故事以更加深远、广阔的文化历史背景，既有结构上大筋脉的作用，又有隐喻的意义。读了它，我的脑海中总回响起秦腔《白蛇传》戏词中白素贞所唱的"西湖山水还依旧，憔悴难掩满面羞"。社会是进步着的，但是祖先的土地山河却总充满着苦难与不幸，人命如蚁，山河如蚀，被贪婪自私的人以一个个伟大的名义毁坏着，作为炎黄子孙，怎能不反省又反省、羞愧又羞愧！

　　用一个唱阴歌的唱师的回忆和叙述，让不同历史时代，甚至不在一地一山发生的不同人物命运故事，成为一个结构、一个整体，断中有续，碎中有序，浑浑然而又浩浩然，意味深长隽永，诗意盎然。如《山海经》这部古老的著作一般的鸟瞰高度，如它一样的时空视野，没有人敢这样写，也没有人能这样写，其中蕴含的大悲悯、大关怀，让人顿生陈子昂"念天地之悠悠，独怆然而涕下"的莫名其状的感慨、乡愁。"举重若轻"，这是《老生》的非凡之处，也是作者贾平凹的非凡之处。

我在谈《古炉》的文章中曾经说过，把当代的故事与这片古老土地上的文化、文明传统连接起来，使事件的意义得以凸显、深化，构成大江大河般奔涌的历史生活之流、大海汪洋般社会人生时空，使《古炉》中一个村子的"文革"事件与丰富、深厚、博大的传统相通，从而使它与许多就当代现实论现实的平庸之作拉开了距离。《老生》对当代事件的观察与思考亦如此，能给人以贯穿古今的江河海洋之感。

其次，不知年龄的唱师讲的故事，内化成了写作者的心灵记忆，涵纳了三代人的经历和生存故事。人的记忆总是有选择性的，作家的记忆更是具有选择性，他选择的只能是那些让他动心、动情并刻骨铭心的体验，或许它并不是完整的历史，但却会完整、丰富、具体着历史之大潮流在凡夫俗子生命、情感、心灵中的感受。它们不是对历史客观、全面的评价，却铭刻着进步的代价，揭示着大历史的疏漏和遗憾。《老生》中的记忆正是这样，高歌猛进中的破坏和残忍，光明之下的黑暗，理想化追求中的痛苦和凡人的不幸。奈保尔说，用文学之眼或者借助于文学，可以看到许多人所看不到的东西。在《老生》中人们看到的正是许多人看不到或者看到了却因为许多原因不愿说、不便说的真实的苦难和不幸、黑暗和血污，以及由"革命""进步"所造成的伤害和痛苦。作品反省着：革命中能否少些杀戮和仇恨；建设中能否不以"继续革命"的名义，行人整人之实，不给马生、老皮、刘学仁之流以行其私的正当空间；改革、发展能否改变使人民赋予的公权力异化为谋私本质的"政绩"文化，少些"形象工程"，让老余这样的人不能以一个个"规划"之名，行折腾之实，毁山、毁水，最终造成自毁。当代社会中有多少政治家良好的初衷被从私欲出发的"好大喜功、急功近利"的"政绩"文化所危害、断送，却很少去注意百姓大众的意愿和实际感受。贾平凹对人，对一家一户、一村一社百姓的生存关怀，对他们不幸的命运遭际的悲悯、同情，读《带灯》时就给我留下了深刻印象，《老生》中的老城村、棋盘村、当归村的故事，延续的正是他近些年来一以贯之的心理情怀。在"老生常谈"里面所包含的更是贾平凹不变的目标和文学坚守。《老生》又一次告诉我们，真正的文学永远与现实中的痛苦和不幸联系在一起，作家应与他的时代和人民同生死、共命运。

在《老生》后记中，平凹站在自己人生命运六十年的结点上，回顾走过的路，说道："回望命运，能看到的是我脚下的阴影……命运是一条无影的路吧，那么，不管是现实的路还是无影的路，那都是路，我疑惑的是，路是我走出来的？我是从路上走过来的？"在外界看来平凹是成功的，是当代中国文学王国的强霸者，完全不能理解他的怀疑、迷惘、孤独。从《老生》中，我们看到了他对自己人生事业的审视、反省，回望经历的时代、命运与时代中自己的"影像"，摆脱不了的是既定的历史对自己的影响。如人逃不出自己的影子，任何人也逃不出自己的时代和历史，"历史决定"论是马克思主义者列宁的观点。人们所能并企图改变的只可能是未来，哪怕是当下的下一秒钟。《老生》所涉及的七八十年的秦岭山地的历史，就是影响和决定着百姓命运的七八十年的社会历史，政权更替、阶段斗争、"文革"劫难和大多数人不再为吃发愁的改革开放。上升与下降、死亡和新生、光荣与耻辱、梦想与希望、痛苦与快乐、繁荣与萧条……平凹把这些连同自己都放在《老生》中回忆与思考，坚定与怀疑，坚守与迷惘。

以中国人的观念，人进入六十岁就进入老年了。"六十而耳顺"，他对世界的思考常常是"删繁就简"，单纯而明了的。《老生》可谓平凹进入老年后的第一部作品，他耕耘的仍然是他已经耕耘了许多遍的山水土地，却有了以往人所不见的发现，更惊心动魄的故事，更深邃幽暗的人心，更惨烈的人生命运，更丑陋、荒诞的历史和现实。曾经的"看山是山"，经由"看山不是山"，又回到了"看山是山"，一部《山海经》终于使他获得了对祖国山水的灵感，找到了以小说的形式整合心中六十年山水苦难的锁钥。小说对《山海经》的理解，充满着老年人的耐心和智慧，发现了古人于繁复琐碎中的单纯和世界观念，发现了山水、社会与人和谐相处的大哲理，感悟了从"天人合一"退化到"天人对立"甚至"人与自己对立"的人性之恶、历史之罪。遗憾的是，爱看故事的读者，也许会跳过它所引、所解之"经"，甚或抱怨平凹何不直奔四个时间段的人物故事？若果真如此，如树之无根、无枝、无叶，只剩一个直立的树干，何来作者深长的咏叹和寄托？何来一棵根深叶茂的生命之树的神韵和风采？贾平凹也就不是贾平凹了。正因为有了《山海经》的背景和氛围，那些让人痛苦、绝望的故事和命运，才能让人们从中感到作者的深厚与广博、智慧和技巧，才能贴近讲述者内心的深情和温热。"庾信文章老更成"，作为比平凹拙长几岁的更老的人，我却像喝青茶一样，品着其中的涩与苦，以及苦涩中的悲悯与关怀，也理解着在讲述这些故事时作者"回望来路，感慨万千"，痛苦而孤独的心境。

原载《文艺报》2014年10月17日，原题为《贾平凹〈老生〉：山水不老　人情弥新》

平凹如山

——浅析贾平凹及其作品研究价值

贾平凹是改革开放三十余年以来，中国文坛的一棵常青树。20世纪70年代末80年代初，他以一篇风格独异的短篇小说《满月儿》获1978年首届全国短篇小说奖，又以一本空灵隽永的小说集《山地笔记》走上中国文坛。以后，就始终挺立于流派林立、新潮汹涌、代际嬗递的中国文学潮头，屡屡充当弄潮者的角色，狂风吹不倒，漩流湮不灭。纯净空灵、清新优美而迥异于时代的文风，为他赢得了一代又一代数量巨大的读者；图新求变、永不止步的探索精神，使他各个时期的创作总是能给人以意外的惊喜。三十多年的时间淘洗，使他成为一个始终畅销的纯文学品牌。他创造的是一个并不伟岸的作家的文学生命创造力的奇迹。

他是一个具有多方面才能，并且在文学艺术的各个方面都取得了杰出成就的作家。在小说方面，他的短篇、中篇、长篇创作都有代表一个时期最高成就的名篇佳作，尤其是被人们认为标志一个作家最高成就的长篇小说，屡获国内外大奖的就有《浮躁》《废都》《高老庄》《怀念狼》《秦腔》《高兴》等。在散文方面更开了一个时代的散文新风，既有优美空灵的代表作《月迹》，也有捕捉世风流变、浑朴真惇的《商州三录》；他的诗歌公开印行的只有薄薄的几十首诗，但其诗格神韵却足以表现出他根植于民族民间诗歌传统的不凡追求；在文论方面，他没有高头讲章式的专门著作，但其关于自己创作的自述、答问、序跋，散见于散文随笔中的如《卧虎》《丑石》等，却常常点石成金、高屋建瓴，表现出超迈高蹈的时代和文学的新见解，是漫步式的散文体美学著作，包括书画美学、小说美学、语言美学、社会美学等，散见于他的多种文体中的美学观点和理论价值，远远高于同时代许多摆弄名词概念和搬弄教条的所谓理论家的著作。贾平凹的书法艺术在拙稚中呈现出天然、浑厚的人文情怀，从20世纪80年代就吸引了人们的眼光，成为大众人文收藏的热点，以至使以写作为主业的贾平凹难于应付，只能以价格涨之又涨来防止自己成为写字的机器；他的绘画天性早从学生时代就表现出来，80年代就有人翻刻印刷小册子《平凹的画》，直到90年代中他才用水墨作画，视域逐渐从人物走向风景、心境、宗教场景、人物肖像，以至有书画研究大家如陈传席等称其绘画艺术意涵远迈当代许多职业画家。与此同时，贾平凹还是兴趣十分广泛的文物古董收藏家，他的收藏无论古今，纯从兴趣出发，尤以宗教、祭祀、木石雕刻、汉唐瓦罐、奇石、枯根、怪木等小器型为主，就这已经充塞于他从家居到工作室的多处房间，以至于他写作时常要屈腿扭身，他说，正是这些古今的天然器物，使他的文学创作获得了饱满而神秘的"气场"。

作为一个文学评论者和小说文本鉴赏者，我更不能忽视贾平凹在领导和实践小说美学、语言民族化方面的重大贡献。"五四"以来和新中国成立以来的主流文论，一直把19世纪法、俄舶来的现实主义文学、当作既是革命的又是传统的小说创作的不二法门，从来没有人提出过异议，虽然如老舍、赵树理、汪曾祺等曾以自己充满地域和乡土气息的创作，为中国现当代小说民族化做出了自己的努力和贡献，但真正从理论和实践两方面作出深层次突破，标示了中国小说叙事的另一种可能的是贾平凹。早在1982年他在散文《卧虎》一文中就旗帜鲜明地宣布要"以中国传统的美学方法，真实地表现现代中国人的生活和情绪"，并且将此主张、追求贯穿于此后自己创作实践的全部过程。据费秉勋教授在《贾平凹论》一书中的研究，贾平凹早期的作品渗透着婉约派词人的才情和性灵派作家的自由心性,后来他的创作更继承了从《世说新语》、唐人传奇、宋人话本到《浮生六记》《聊斋志异》《金瓶梅》和《红楼梦》一脉相承的中国古典艺术美学精神,改造了自"五四"以来新小说的创作方法,在一定程度上使中国古典诗词、戏曲、造型艺术(包括书法、绘画、雕塑)的表现性传统得以大面积地继承和现代转化。80年代末期,针对学习西方现代主义文学"只能学习艺术形式""不能学习内容和哲学"的流行观点,贾平凹指出,所谓"形式"恰恰属于民族思维和审美方式的范畴,不应该也没有必要弃中而学外,重西而弃东,应该学的反倒是西方文学中人类性、世界性、普世性的人文哲学内涵。他说:"云彩之上都是灿烂的阳光。我们应该追求那阳光的地方,但不必抛弃东方思维的这块云彩而去到西方思维的那块云彩。中国人不能写西方小说。"[①]为此他付出了全部的心血和劳动,并终于在《怀念狼》和《秦腔》中以充盈的中国作风、民族气魄,得到了越来越多的研究者和读者的肯定。雷达先生说:早从《废都》到《高老庄》,贾平凹就"实现了对现有小说范式的大胆突围","深思并比较了小说历史的源头,致力于传统化、民族化与现代性结合的一种悟性,一种艺术探索。"[②]论者以为,从《废都》以来,贾平凹的小说叙事就进入了一个极高的语言艺术境界,并且形成自己独特的民族语言符号系统。当年贾平凹文学语言中那些脱胎于古汉语又源于自己独特心灵感悟的"不文不白"的语言,曾经招来了许多批评,然而曾几何时,连他的激烈的批评者也不得不承认他的描写和叙事语言为"语言奇观",不得不承认他"是个语言天才"。当代文学研究者蔡翔曾经在关于贾平凹《太白山记》的一篇序文中说:从此作开始,中国现代小说才找到了属于自己的语言,完成了小说语言民族化的奠基,实现了对"五四"以来欧化的翻译语体的终结。现当代以来中国贡献卓著的作家、小说家多矣,但还没有听到对任何

[①] 贾平凹、陈泽顺:《贾平凹答问录》,见王永生编《贾平凹文集》第14卷,陕西人民出版社,1998年,第400页。

[②] 雷达:《丰盈与迷惘》,载《中华读书报》1999年1月13日。

一个作家的民族化贡献的评价有如对贾平凹般如此高的评价。

自出道以来，贾平凹就是一个不断引起关注和话题的作家，争议始终如影随形地追随着他。从早期的对"为艺术而艺术"的唯美主义的否定，到1982年由《二月杏》《好了歌》引起的批评风波，从1985年对《腊月·正月》《鸡窝洼人家》《小月前本》的怀疑，到一批新锐青年批评家对《废都》的围剿，再到新世纪之初由《怀念狼》一书引起的对贾平凹长篇小说的通盘否定……可以说从文学理念到创作方式、思想内容、结构语言乃至作家的人格态度、文化理想，质疑不断，批评不断，指责不断，有几次甚至可以说规模空前、声势浩大。如对《废都》当年就有七本尖锐的批判性著作出版，如围绕《怀念狼》一家报纸动员了数十位全国知名的作家、批评家，名为讨论，实为文学"诛灭"。在新时期中国文坛，还没有一个作家遭受过贾平凹这样基本是从文学界内部进涌的"批评"待遇，也没有一个作家经受过如此火热的文学"炼狱"。然而贾平凹却一次又一次挺过来了，虽然不能说他没有短暂的惊慌，一时的"失态"，但确定无疑的是他成了最大的受益者，该坚持的坚持，该调整的调整，该不理的不理，坚定不移地走自己的文学探求之路。这里表现的是他对文学的执着信念，也表现出他的强大，表现出他的人格定力。一堵墙是容易被推倒的，但一座山却是难以以人力撼动的。贾平凹已经成为一座外表土厚草深、树木葱茏、杂花迷离、百鸟喧闹，内里巨石穿岩、坚固如铁的文学大山。

贾平凹文化艺术研究院的发起者显然知道"贾平凹"三字的庄严性和历史性，它以"院"这个包含丰富的名字来命名关于他的研究组织，就是一个证明。可以想象的是，它里面应该包含着几个部门，如文学馆、收藏研究中心，它应该收集贾平凹的身世生平、文学道路、笔记、手稿、书信，文化艺术活动的发言、录像及著作版本，海内外专家学人、读者批评家关于贾平凹及其文学的所有资料信息，由此建立一个庞大的网络及图书库，如文学研究中心、书画研究中心等等。还应创办一个综合研究类刊物，及时向研究者披露相关资料信息，并将发表或摘登最有价值的研究成果，交流海内外最新研究信息。要在三五年内完成这样一个"五脏"俱全的研究院所，单靠现有筹备处的人力，是远远不够的，它应该吸纳更多的文学情报和研究人才，形成一支有创造能力的研究队伍。可以聘请特约、兼职顾问、客座研究员，但从长远看，必须有属于自己的专职的研究力量为骨干。笔者深知，这一切都需要钱，没有钱将寸步难行，因此，我提议还可以有专门的筹资营运机构。另外，我还希望贾平凹给研究院以巨大的支持，既然已经将"贾平凹"三个字送给他们，索性放弃一下清高，利用自己的身份，为草创期的研究院做几件实事，这是一种合作，也是一种高尚的文化责任。

诗曰："靡不有初，鲜克有终。"我相信，贾平凹文化艺术研究院不仅会有一个轰轰烈烈的开始，还会有个兴旺繁荣、硕果累累的生存和发展，十年、二十年以后，人们将客观公正地评价它对当代中国文化、文学艺术，以及对未来中国文化的不朽贡献。

原载《陕西青年职业学院学报》2012年第2期

叶广芩的"京派"回归及内心纠结

——《状元媒》及其他

甫一进入叶广芩长篇小说《状元媒》的阅读，我就被其浓郁的老北京味儿，包括地理、掌故、语言、风俗、文化、饮食、人物及其命运所深深吸引。出版方北京十月文艺出版社在腰封中以"老舍之后，京味文学的旗手叶广芩"为推介点，除了"旗手"的说法让人恍然想起"文革"时期"京剧革命"的"旗手"之霸道和矫情以外，将叶广芩与老舍相比，称她为继老舍之后的又一个"京味"小说家、代表人物或大家却是所言不虚的。

一

作为占世界人口四分之一、经济总量稳居世界第二的中华人民共和国的首都，北京已经成为一座现代化的国际性大都市，但在高楼林立中的城门、箭楼、故宫、天坛、日坛、颐和园、鼓楼、中山公园、中南海等等名胜古迹，却成为代表着她昔日辉煌与荣耀的历史文化符号，不仅成为北京的骄傲，也成为中华民族的共同骄傲。它们让人想起地处中国北部的沙漠、草原与广袤中原大地结点上的元上都，想起堪称伟大的明王朝的兴盛和衰落，想起从关外浩然兴起入关，以北京为国都，创造了康、雍、乾盛世，又在挟工业革命之力的西方列强坚船利炮和国内革命浪潮双重打击下，艰难而无奈地前后支撑了近三百年的爱新觉罗氏清王朝，加上沙漠、草原建立的元王朝的百年，江淮大地兴起的朱明王朝的近三百年，在这里留下了无数的从人口、种族到风俗习惯、语言文化、地理建筑和许多王朝政治、历史、文化的遗迹，以致辛亥革命虽然赶走了皇帝，收回了皇宫，社会主义革命拆毁了城墙，改造了"皇帝"，昔日威风八面的"八旗"后代纷纷改名换姓而成为平民，但它的文化烙印却如人的遗传因子一样，并不会随着外在社会环境的改变而改变。人们否定或诅咒旧王朝统治，却在精神和灵魂上背负着它的文化和影响。当与西方工业革命共起的现代化潮流已经挟现代科技革命之风席卷全球的时候，当老北京的胡同、四合院生活方式已经被林立的高楼、单元生活方式所替代时，人们却有了对胡同、四合院的怀念，有了家园不再的失落感，如叶广芩所谓的"我体会到了以往生活细节逝去的无奈和文化失落的不安。这种感觉，也是我在故乡停留，面对拆迁的四合院，一次又一次从心底翻涌出来的难以言说的对生命、对人生的另一番滋味"（《状元媒》后记）。

老舍先生无疑是"京味"小说的鼻祖，但那不是他未卜先知地要开创一种地域、城市文学的流派，而是他的生活和人生经历决定了的，一写人生记忆中的人和事就离不开北京的胡同、四合院和穿行于胡同、四合院的各式人物。因了这种生活和人物，它们就不小心成了"京味"小说，老舍便成了一个流派的创始人，以致他小说的流风余韵、色香味，传染给从山东乡下走来、随解放大军进京的邓友梅，传染给比他小二十年的陈建功，以及随解放大军进京的军人后代王朔。邓友梅的《那五》、陈建功的《蓝靛颏儿》《鬈毛》、王朔的痞子小说，都是传承了老舍先生流风遗韵的"京味"小说佳作，如果没有他们，就看不出老舍先生开创的京味小说的魅力，先生身后就太寂寞，历史文化积淀深厚的伟大古都北京也就太寂寞。比起王朔、邓友梅、陈建功，甚至老舍，叶广芩是幸运而得天独厚的，不仅与老舍一样是旗人后代，而且与爱新觉罗家族有着千丝万缕的联系，属于被辛亥革命这个时代大潮卷进民间胡同的皇亲贵胄的飘零子弟，直接从父辈那里传承着皇亲贵胄和旗人的精神文化传统。但在她20世纪80年代得以走向文坛的早期小说中，却是竭力向劳动人民、无产阶级靠拢和亲近的"载道的严肃和使命的庄重"（《状元媒》后记），及与青少年时代京华生活记忆的刻意疏离。笔者曾经就她的中篇小说《洞阳人物录》说过："从中可以看出她挣脱自身文化习俗，进入另一种社会和人物及与陕西作家连在一起的努力。"说她少量的写京华故土的小说，"京腔京味京韵，可以看出作者自在的文化习尚与文化认同，对京华故土的怀恋"。①并在另一篇《关于叶广芩小说的文化本质》一文中说："家族的精神文化传统，过去她一直逃避着，学着说粗话，经常表现得比平民还平民。"②其实，早在2000年初她发表在《延河》杂志的第一个家族生活短篇《本是同根生》和出版的自传体长篇小说《没有日记的罗敷河》，以及此后的《采桑子》由系列中篇所连缀的长篇家族小说，她就卸下了外在社会的压迫所加给她的层层束缚，开始了面向自己真实的家族生活记忆的抒写。只是由于心有余悸，却难免有所保留。她敢于写其他命运各不相同的家族人物，却将他们与作者自己的人生尽可能地隔离起来。而写在她退休之后的《状元媒》却有了将家族成员生命、人格、精神传统和价值观念与自己的生命人格精神如血肉连在一起的坦荡。

二

首先，在写这些家族和与家族成员密切交往的人的命运遭际的时候，她并没有回避与他们的命运相关的中国共产党领导的武装革命历史和国共斗争、抗日战争，以及中华人民共和国成立以后的镇压反革命，城市工商业改造、公社化、"文化大革命"、"上山下乡"及改革开放、旧城改造

---

① 李星：《逃避贵族》，见《李星文集》第2卷，太白文艺出版社，2009年，第42页。
② 李星：《关于叶广芩小说的文化本质》，见《李星文集》第2卷，太白文艺出版社，2009年，第49页。

拆迁等社会历史事件对这些人、这些家庭的冲击和影响，写出了大时代、大历史与曲折的个人命运复杂多样的因果联系。其次，尽管社会主流已对这些历史事件早已有了是非分明的评价，但她却并没有一味地迎合这些评价，而始终着眼于处于大浪潮中的家庭和个人命运。没有回避光明中的黑暗、阳光下的罪恶、历史前进中的苦难及家族的人生命运悲剧。这种聚焦于大历史下的家庭、个人命运的写法，甩掉了社会、政治评价的包袱，使《状元媒》的笔墨具有空前的自由和灵气，也具有抛开以往阶级的进步与反动的压抑制约直接胸中块垒的酣畅淋漓和写作的真诚。这是真正的心态放松的自由的写作，肯定也是愉快的写作、快乐的写作。尽管她会因为一些美好人物的悲惨结局而心伤、哀凄，但这种哀婉和忧伤的释放却有着掏心挖肺的透彻与快乐。

叶广芩的京味长篇小说《状元媒》，在叙事、结构、语言上有着自己与众不同的特点，概括起来是：北京特产开胃小吃冰糖葫芦串式的结构。如以父母婚姻，家庭、命运为总线索，上面串着他们一个个子女、亲戚、朋友的性格、行状、事业、命运的"葫芦"，合起来是一部家族生活、人物、命运长卷，拆开来可以独立成章，可以作为中篇小说来读，表现出其面向社会大众阅读兴趣、习惯、心理的俗文学的特点；叙事语言则可分为人物语言的京韵、京味、京腔的地域特点，而叙述贯穿，讲述语言多用宋、元、明、清诗词，京、昆戏曲语言，或写景、抒情，或议论品评，婉转、优雅、简练，表现出以俗入雅、以雅统俗的深厚传统文化根底和修养；每章、每篇不仅以脍炙人口的著名京、昆剧目命名，而且现实人物关系、命运、性格、情绪多与经典戏曲的内涵意蕴相映衬，表现出既可意会又可言传的文本讽喻关系，构成独特的戏剧效果和戏剧化意境。这种融传统入现实的戏曲、剧目与小说文本的互文关系，表现出作者睿智的叙事智慧。如果说《状元媒》《三击掌》《盗御马》几章是明喻、显喻的话，那么《三岔口》《逍遥津》《凤还巢》则是一种可以给人以更多联想的暗喻。无论从长篇小说、中篇小说文本的创造性价值来说，《采桑子》《状元媒》都可以称为当代中国文坛独树一帜的文学奇葩。思维上翻、转、腾、挪，时今时古，时风土渊源，时人物掌故，时而冷峻严肃如士大夫，时而嬉笑怒骂如厉妇，时而天真如童子，时而幽凄如怨鬼，细考全作，虽偶有生硬之处，但以总体观之，却也可以以细针密线、草蛇灰线、伏笔千里、浑然天成来形容。孔子将文学艺术的功能概括为"兴、观、群、怨"，古人曾将"小说"这一文体说成是里巷之语、稗官之言，从这样的意义上看，叶广芩的小说是真正的中国传统意义上的文人小说。比较之下，经法俄文学创造、苏联意识形态改造的如今成为中国文学的一大流派的理想现实主义小说，则是那样拘谨和矫情。

三

从长篇小说《没有日记的罗敷河》《采桑子》及中篇小说《梦也何曾到谢桥》开始，在金氏家族中常常出现一个老幺女儿"丫丫"的形象，只是除了《没有日记的罗敷河》之外，这个叛逆的女孩常常作为叙述人或叙述视角的形象，虽然人们可以意会这在某种程度上就是作者自己，但她常常只起着引起叙述的作用，是一个若隐若现的回忆者角色。在《没有日记的罗敷河》中这个代金氏家族受"阶级"惩讨的角色，虽然完整得多了，但更大程度上，她还是个小说人物。而在《状元媒》中，这个"耗子丫丫"终于显形为写过《没有日记的罗敷河》《全家福》等作品，漂泊陕西四十四年的北京籍作家叶广芩。这种让作家自己的身份、身世逐渐显露的过程，可以文学地理解为细水长流的叙述策略，也可以世俗而现实地理解为作家的生存之道，它见证了阶级化、政治化的中国，向文化的、传统的、开放的承认每个个体的人的现代中国的演变过程，本身就是一部社会史、文化史。从叶广芩个人的人生经历，也可以看出一个从出生起，就带有阶级、家族"原罪"的皇亲后代，从被外在社会塑造和压抑中回归自我的过程。正如中国最后一个皇帝溥仪的从皇帝到公民，这也是叶广芩以本色本相的自我成为一个堂堂正正的中华人民共和国公民的过程，她终于有了《宪法》赋予每一个公民的"自由"和"权利"。这种权利从她开始陆陆续续发表家族小说时就有了，但她却像一个小说人物一样，逃脱不了习惯压抑，仍然受着不可改变的出身所强加的"原罪"恐惧。《状元媒》是一个作家的新阶段、新开始。被她出生之地的文人圈子慨然封为老舍之后的新一代"京味"作家的叶广芩，虽然也知道这只是一个荣誉，但她却从中得到了一种压抑已久的北京心理情结的满足。

在《状元媒》后记中，叶广芩说："小说以父母的结合为契机，以家族成员和亲戚朋友的故事为背景，以我的视觉为轴线，冠以京剧的戏名而写成。其内容本可以不出京城，陕北的'插队'、华阴的'农场'似是多余，但是我不能收笔，因为命运将我甩出了京城，将我安置在了黄土高坡，所以才有了《盗御马》《玉堂春》。这是我这一代人的经历，是绕不过去的岁月，是京味题材的别样记忆。"其实，这种解释是多余的，因为"京味"从来就不只是人情风俗、地理掌故，从根本上来说更是带有这座古城的历史和文化气息的人物。不说《盗御马》《玉堂春》本身就是京味儿文化艺术的鲜明符号，以丫丫为代表的一批北京知青的遭遇，更是在特殊社会政治、历史下的京华人物的创伤和经历。如果"京味"就是四堵明城墙内的事，反倒有画地为牢之感。而它们在这部长篇中的结构的意义，以及对表现丫丫这一形象及其命运的思想、价值观念和审美习惯更是不可或缺。它们突出了小说对疾风暴雨式的阶级斗争所造成的历史伤害的反思，也突出了小说对泯灭了血缘伦理价值的民族侵略和人们自相压迫的社会乱象的批判，突出了爱和尊严在人的生命中的核心价值。如最近主流媒体呼唤的"生命高于一切"，正是从这种以人为本的宽广的人道主义关怀出发。小说写出了在反抗异族侵略、阶级革命和社会变革的失序中从宫中奴才太监、贵家公子小姐、普通劳动者到曾经的达官显贵及从中走出的知识者、实业家、艺术家的生难、死亦难的被日渐剥夺的尊严和于九死一生中对自己人格尊严的坚守和捍卫。

四

　　所谓人的尊严是与人的物质生活相联系的人格意识，属于人的不可或缺的精神需求范畴。丧失的尊严与捍卫坚守的尊严是《状元媒》乃至叶广芩《采桑子》《没有日记的罗敷河》等家族小说独特而鲜明的总主题，也是叶广芩全部小说的独特心灵标志。生活于平民区、穷人区的南营房的母亲盘儿已与风味食品作坊的二儿子老纪相恋，并已到了谈婚论嫁的阶段，但因为一次阴差阳错的避雨却被仍然沾溉着皇亲福泽、袭镇国将军衔的金四爷所相中，由中国最后一个状元和七舅老爷作伐，毫无思想准备地成为金家四老爷的新娘；但在得知金四爷不仅比自己大十八岁，而且第一房夫人虽病故，仍有第二房夫人张允芳时，就毅然逃回娘家；在得知自己以一介民女，却可以以正堂妻子名分掌握金家家务时，却认同了这门事实婚姻。而她以及儿子老七在穷病与"文革"中"造反派"的夹击下决然而平静的自杀，则是为了捍卫自己作为一个奉公守法的老人的在世界上已被摧残净尽的尊严。与他们一起先后选择了自杀的还有皇贵妃的厨师刘成贵和他的妻子他他拉·莫姜。尤其是莫姜，当她由一个贫女子而成为贵妃的奴才时，即使不视为荣耀，却也视为穷家儿女的出路；当贵妃将她像猫儿、狗儿一样赐配给厨师刘成贵时，她虽有委屈，却接受了，但面对"文革"中物质、精神的双重绝境，她却自杀了。比起金四爷夫妇的自杀，莫姜的自杀、抗议、拒绝侮辱的意义要淡一些，是一种真正的"走投无路"，但同样彰显了这个劳动妇女的从容和自尊，这从她对曾经关护过她的金四爷夫妇的感谢就体现出来。心境不同，以死捍卫生命尊严的意义却是一样的。同样与皇家皇族有着千丝万缕关系的七舅爷儿子纽青雨的自杀式的反抗和牺牲自己的决绝，更有着超越个体尊严的象征意义。这个文不喜读书、武不能开弓的八旗后代，却与金家老五一样喜欢出入于酒楼茶肆、赌场妓院，斗鸡遛鸟，在父亲七舅爷已经无力供养他之时，才无奈拜名师学艺，成为万人拥趸的著名坤角。然而，艺名带来的不只是贵妇名媛的趋之若鹜，更是日本军官的侮辱和以他为炫耀献给上司的多人共享的男宠。这个尊严良知似乎已经丧失净尽的"男儿"，却因父亲去世、日人的强迫演出，终于良知发现，成了轰动一时的反日重大事件的主角，一举开枪打死数名日本军官，自己也被乱枪打死，一雪自己压抑已久的耻辱，成为街谈巷议的民族英雄。

对于我们这些曾经与叶广芩交往较多的文学界朋友，《凤还巢》一章所表现的"文革"中曾在陕西历经劫难，后来却步步高升、功成名就、光荣退休的"耗子丫丫"却在六十六岁时选择了以北京为最终家园，并自豪地宣称自己是"京派"作家，可能令人错愕不已，遗憾万分，但当想到"狐死首丘，叶落归根"的人性规律和这可能只是为了长篇主题完整、突出的一种文学姿态时，我们还是可以理解小说为它的叙事主体，潜在的主人公所设计的必然结局。无论是生活的根基和生命的根基，属于叶广芩永远萦回于心的童年、少年记忆，究竟在北京的市井胡同与皇亲金家之间。而她的离开北京并不是自己的需要与选择，而是在一个非正常年代强迫之下生命之树离开自己土壤的移植。陕西的四十四年固然漫长，一般人可能选择了对"第二故乡"的适应，但对"丫丫"这个将自由、尊严、故土、家园、亲人、归属看得无比重要的知识女性来说，四十四年也许只是一段寄寓和漂泊，甚至是一个爱恨交集的噩梦。在社会对个人的宽容度越来越大的时候，她的选择仍然也完全可能是一种精神与灵魂的还乡。在小说中，还巢之后的"凤"已经感到了孤独，在现代化背景下皇家后代一个个从俗或出轨、堕落，她六十六岁生日聚会中许多该来的不来，许多不该来的却来了。失望与落寞已经告诉了自己，四十四年是何等漫长，四十四年的人生、社会已经远离了她回忆中的想象。实际上，这棵在黄土高原、汉唐古都生活了四十四年的北京树，已经很难适应旧胡同消失殆尽的已经现代化了的坚硬的北京的土壤。至少在笔者写这篇文章的西安炎热的夏天,她仍然居住在一个离一些有品位的陕西文友很近的终南山下。叶广芩的心可以离开陕西,她的身却已经离不开祖国西部的这片土地了。

原载《海南师范大学学报》2013年第10期

现实主义长篇小说的重要收获

——陈彦《装台》印象

我完全没有想到，以陈彦对戏剧文学沉浸之深，会写出如《装台》这样文学品质纯正、生活视野开阔、内容扎实丰富、具有极强的思想和心灵穿透力、能让读者产生痛感的长篇小说。他的长篇处女作《西京故事》也很出人意料，有许多令人惊讶之处，但究竟有同名戏剧的热演在先，把一些戏剧无法呈现的感受和生活装进去了，难免有某些戏剧的痕迹，而《装台》却是原创的小说，是纯文学作品，能达到如此的高度，我的感觉就不只是惊讶，而是对其一步跨进当代中国优秀长篇小说前沿的敬畏了。

小说一开始就让人进入了《装台》的叙述气场中，给人一种被击中的震撼。它来源于主人公刁顺子卑微软弱的生存和他面对环境的逆来顺受，以及几乎是缺失心灵自尊的善良和爱。无论是对亲生女儿菊花，还是对雇主，他都具有反抗、还击的充足资本，然而他却以"咱就是下苦的"的自我定位选择了低三下四的求告。为了一帮投靠他的农民打工者，因为对女儿的亏欠，还有爱。如喜剧大师严顺开的小品《张三其人》中的张三，他本可以不卑微、不软弱，然而他却被自己所处的环境，被生存、被爱、被血缘亲情压抑和绑架了。我从中感到的不仅是现实生活残酷的真实，而且有如自己一类人常常视为善的卑微的存在意识深处的怯懦与幽暗。

难道人人生命中都潜藏着一个刁顺子？刁顺子是不是一个甚至可以同

古典文学上的猪八戒、现代文学史上的阿Q、闰土成序列的，具有经典意义的文学典型？在小说后边，作者甚至想让他"硬"起来，但他却始终没能走出自己的卑微，他的内心有一个自设而永远走不出的牢笼。在现实法律案例中，不乏这种弱者的爆发与反抗，但他们却也常常表现出疯狂的破坏力。所以从某种意义上看，他的存在或许正是人类社会中最难能可贵的克己守恒和社会稳定的力量。这是奉献的力量，也是善良得宁愿自己忍受也不敢与强者对抗的力量。为鲁迅所赞扬的"民族的脊梁"，是否也包括这些"拼命苦干"的沉默而卑微的人群。小说中《人面桃花》在北京演出的巨大成功，正是作者对这些卑微者、沉默者最高的礼赞。

小说中的刁顺子在人类社会中，既是一个古老的存在，又是一个有着鲜明时代特征的存在。作者不仅把他放在深远的人性的长河中，更把他放在城乡二元对立、商业化、物质化、信息化，人们的欲望空前膨胀的现实背景中，放在快速发展的城市化背景中，放在城中村的村民正在开始城市人的新生活的具体环境中。他们人进入了城市，但精神却在传统与现实之间尴尬着，以至于找不到自己的尊严。对他们，作者矛盾着，有"哀其不幸，怒其不争"，有对他们正在经历的心灵精神痛苦的同情，又有对他们这些潜藏着巨大创造力的人物的赞美。对历史进步中慢一拍的这类人的生存，作者有着深刻的透视和感同身受的理解。这是同情和爱，是巨大的悲悯，是像对自己父兄一样的关怀和拥抱。这正是作者注笔注情于他们的原因，也是刁顺子这个人物成为当代中国文学画廊中一个成功典型的基础和土壤。

在读未定稿时，我曾批评作者把一个农民女儿菊花写得太恶，太残忍，太无人性了。在阅读中，这种感觉却消失了，不知作者是否有所修改、校正，但现在我却同时看到了这个大龄丑女的不幸和可怜，因之充满同情。而使她失却了人生自信和理想的，正是环境的压迫、浮华奢靡的社会风气和人们价值观的扭曲。看到她在有可能去澳门开始新生活后，变了一个人似的善良宽厚，看到她终于找到爱自己的烟酒商人谭道贵以后对父亲的孝敬，我们终于知道，她也是个原本善良的好女儿。一个哪怕是境遇不好的女儿对亲人无情的冒犯和心灵折磨都是可鄙可憎、不可原谅的，但作者却如鲁迅赞扬陀思妥耶夫斯基时所说的，做到对人物灵魂的拷问，不仅拷问出他们的恶，也拷问出了他们灵魂的善，甚至清白。对菊花，对刁大军，作者都表达出了陀思妥耶夫斯基般对人性理解的深刻。这种坚定透彻的人道主义立场，覆盖了《装台》的所有人物，从有缺点和恶习的农民工大吊、猴子、三皮、墩子到艺术疯子靳导，都是凡庸与高尚的复杂结合。让人想到陈彦先生在就《西京故事》接受采访时的说法：当专注于某种事业，置于某种特殊境遇时，每个人的身上都可能表现出伟大的神性。其正与佛教信仰的"人人都可成佛"的教义相通。其实，古今中外一切伟大作家的伟大作品都贯注和充盈着这种高贵而奢华的慈悲与博大的爱。憎恨和冷漠永远与伟大的作家、伟大的作品背道而驰，毫无例外。

尽管人们都说，艺术是相通的，但戏剧与小说毕竟是两种思维和表现方式有着巨大差别的艺术。在戏剧舞台艺术中取得了突出成就的作者，突然写出那么一部底蕴深厚的长篇小说处女作《西京故事》，紧接着又拿出这么一部语言纯粹、叙事圆融、结构自然和谐，几乎如刀雕一样生动鲜活、深刻的一系列人物，确是一种巨大的艺术跨越。"这几天给话剧团装台，忙得两头不见天，但顺子还是叼空把第三个老婆娶回来了。"这个《百年孤独》《白鹿原》《安娜·卡列尼娜》式的经典开头，一下子就把人抓住了，读者不需要任何的过滤和酝酿，就进入了那个素不相识的刁顺子的生活和心灵世界，也就是小说的世界，与刁顺子、蔡素芬们一起体验着生活的艰苦，命运的艰难。在情节推进中，这条幽深的人生通道和心灵风景是用一个个浸润着生命质感的独特的生活细节，生动的人物话语，一处处让人惊叹的心灵透视和心理分析展开的。没有独特发现和人生体验的语言和生活是构不成一部小说的魅力和密度的，它们只是千篇一律的流水账式的交代，是作者贫乏而无趣的表征。《装台》人的故事，其密度却是如此之大，以至于让读者在每一句每一段每个细节上都需停留，一步一景,美不胜收,同时又承受着消化和理解的心灵压力和思想之累。读得苦,还读得慢,像年轻时读《红楼梦》一样,好多天都被莫名的忧伤所包围,好像笔者也成了走不出人生困顿的刁顺子。好小说似乎就应该是这个样子,它以语言文字为基本材料,搭建一个有生命的世界,并让读者随同作者这个导游,体察社会生活中曾被遮蔽的生活领域,体验人物的欢乐和痛苦,反省生存的质量和境界。

在几乎解不开的疙瘩中,刁顺子终于迎来了命运转折的奇迹,传说中的哥哥披金戴银地回来了,他对弟弟依然是那么关爱和理解,然他又落荒而逃了,除给弟弟留下一大堆赌债以外,又留下了一个更加绝望疯狂的菊花。又一个年关,这个家庭在菊花发动的战争中,终于解体了,养女韩梅因对父亲失望而出走,漂亮而体贴的蔡素芬大气而识趣地离开。生活给刁顺子的另一个机会是菊花随夫去韩国整容,她似乎终于找到了人生的归宿,然而……与其抱怨作者的残酷,不如说是生活、人生太残酷,命运太残酷。以往,人们只知道把自己的不幸归咎于外部环境和恶人,而《装台》却将善良者的不幸聚焦于家庭、亲人之间的巨大隔膜和误解,甚至指向善良者自身。在和平和进步的年代,这是一种已经被无数事实证明的巨大的人生黑暗啊!难怪儒家创始人将修身和齐家置于一个人立身的首要位置,在家与国、个人与社会之间,小说《装台》给今天的人们,打开了以往常常被忽视的另一扇人生社会之门,怎能不让人惊醒和思索!

但是生活和人生命运绝不可能永远残酷,永远一团黑暗。平日安慰并给刁顺子带来坚实希望的是劳动和收获,带来爱的是历经苦难的好女人蔡素芬的温暖,是知情知义的装台工兄弟的信任,是为他的人生指路的小学教师韩老师,是从来不仅不歧视他们,还同情理解他永远站在他这一边的瞿团长,还有那个"艺术疯子"靳导。如果说,好女人蔡素芬,善良正直的韩老师,还有装台工大吊、猴子、三皮、墩子虽然都有着撼人心魄的人生故事,却还只是几个性格生动鲜明的人物的话,那么瞿团长和靳导却是被我们的文学所常常忽略、极少涉及的艺术工作者典型。对瞿团长这个音乐艺术家，作品表现的只是他作为组织者、领导者的公正和无私，在由天才艺术家为台柱、各层次的专业服务人员所组成的表演团体中，他以巨大的牺牲精神和任劳任怨的领导艺术，刚柔相济、恶恶善善地使它正常运转，并尽力攀登着戏曲艺术的新高度。而他对编外的农民装台队的刁顺子的关怀帮助，不仅表现在他以及他一家人多年来对菊花这个孤女的关爱，还表现在慨然应刁顺子之约亲自出面对菊花进行劝导等等，充分体现了一个老艺术家崇高的人格境界。哲学家康德说，在善良的官员和官员的善良之间，前者更为可贵。而瞿团长的全部作为，说明了他不仅是一个善良的艺术家，也是一个善良的"官员"。至于在刁顺子眼中，处于天使和魔鬼之间，个人生活一塌糊涂，在艺术上却精益求精、一丝不苟的靳导，更有着一个天才式艺术家对艺术的爱，对劳动者的同情，比对自己个人幸福之爱更让人敬佩。

  读到在相互折磨中刁顺子家庭的解体，蔡素芬无奈出走，无心无肺的美女乌格格远嫁海外，菊花随酒贩子去韩国整容结婚，挥金如土的刁大军贫病而死，小说也似乎应该结束了。但是它却意外地开始了《人面桃花》剧组的进京演出、刁顺子装台队以"舞美二组"随行等一系列精彩的故事。在人地两生、条件艰苦的北京某工厂俱乐部礼堂，正是刁顺子"舞美二组"迎难而上，不分分内外的创造性劳动，在汇报演出的成功中起到了巨大作用。而大吊之死，更形成人物命运中一个新故事的节点。而在《人面桃花》剧演出结尾处，"桃花之死"的几段关于对灯光效果的要求的导演阐述，不仅让人们理解了戏剧艺术的微妙精深、至高无极，纠正人们对戏剧这种大众娱乐艺术的无知和偏见，更是一篇如鲁迅《野草》一样的至理至情、令人惊叹不已的美文，入神入画，如泣如诉，有着极大的心灵和视觉冲击力。我曾经怀疑，这段情景交融、撼人心魄、专业性极强的美文，是否为作者原创，但我更相信以前半生的经历钻研着戏剧艺术，并独创了轰动全国的三台大戏的戏剧家，他是有这个能力的。事实也正是这样。戏剧曾经是让他醉心的专业，他又在省级著名院团担任了多年院长。

"凤头、猪肚、豹尾"是元人乔吉对至美至善的文章最高的要求，陶宗仪把它解释为"起要美丽、中要浩荡、结要响亮"。《装台》完全当得起这个评价。凤头，从生活的极小处入手，似乎不动声色，却极富诱惑力；猪肚，从刁顺子写到城市、城中村内外，以广阔的视角与从容不迫的叙述，展开了众多人物的人生命运，描绘了一个欲望浩荡的时代；豹尾，则有着如豹尾那样的万钧之力，给予读者以致命一击，形成艺术的真正高潮。它的结局是开放的，却没有廉价的承诺。又一个失去丈夫（大吊）的女人带着一个伤残的需要救治的女儿，并以已死去的丈夫的名义，硬要嫁给"人好、心好"的刁顺子；而几乎与此同时，那个带着希望嫁给爱她并有钱的烟酒推销商人，却因售假酒被判刑，失去爱人又中断美容的刁菊花又失望地回来了。面对无法使她幸福的父亲的第四个女人，还有她的伤残女儿，这个家以及一家之长刁顺子又将经历怎样的家庭风暴和心灵苦难？

读长篇小说《装台》，我想起了路遥在二十五年前说过的一句话，"在中国，现实主义文学的真正高潮和收获期，尚未到来"。而《装台》正是继《白鹿原》《平凡的世界》《秦腔》《古炉》《带灯》之后陕西乃至全国现实主义文学的又一重要成果。至少，它有着如以上作品一样伟大而高尚的文学品质。

原载《文艺报》2015年12月25日，原题为《陈彦〈装台〉：现实主义长篇小说的重要收获》

一部融凝了文化精神"大传统"的厚重之作

——致小说《西京故事》作者的一封信

陈彦兄：

　　只有读了长篇小说《西京故事》，我才明白了秦腔《西京故事》为什么会写得那样好；同时也只有读了小说也才知道在秦腔《西京故事》赢得满堂彩之后，你为什么欲罢不能，见好不收，却还要耗神费力，写出将近50万字的同名小说。戏剧是你对如罗天福这样的"父亲"，这样的秦巴山乡人的爱和感激的一次释放。但因为舞台戏剧限制太多，要求太多，这种释放虽有银瓶乍裂的震撼，但对你来说，却是戴镣铐的舞蹈，难以将你对家乡父老的爱表现得淋漓尽致。因为有已成功的戏剧基本人物情节的限制，小说不可能拆掉重来，另立炉灶，我不认为小说《西京故事》就是你巨大的文学视野中的最理想文本，但我却认为这是一部起点很高并充分表现了你在戏剧文学、诗歌、散文、随笔、纪实文学才能之外的长篇小说才能的重要文学收获，即使放在当今陕西文坛与中国文坛上，《西京故事》也是一部上乘的值得重视的优秀之作。作为一个有着长期文字交往的老文友，特向你表示衷心祝贺！

　　在同名戏剧之后，小说《西京故事》的重要性和必要性，或者说在思想艺术上的新收获或闪光点，简而论之，窃以为主要有以下几点：

　　首先，罗天福这个形象更为丰富、深厚，更体现出这个秦巴山区农民形象的独特性,既有深厚的历史和文化底蕴,又有鲜明的时代与地域特征。至今在我们文坛乃至社会上,一提起农民,一些人就想到鲁迅笔下的闰土,一些人又想到高晓声笔下的李顺大,一些人甚至想到有些娱乐小品中那些形象残缺、精神畸形、愚昧无知的农民或农民工形象。以至贾平凹《高兴》中出现了一个爱读报关心时事、爱穿西装、不近女色的农民,一些新锐批评家就认为虚假不真实。而你笔下的罗天福则是在《高兴》之后,出现的另一个光彩照人具有一定文化知识的农民形象。他应该是"50后"一代农民吧,至少读过中学,当过多年民办教师,又当过村支部书记。这是一个未必读过多少《论语》《孟子》《大学》《中庸》等儒家经典,但却对儒家文化中重要的"修身"传统心驰神往并身体力行的农民形象。小说赋予了他许多在当今物质社会最为宝贵稀缺的思想精神和性格品质:吃苦耐劳,知道作为人子,作为父亲、丈夫,对母亲、对子女、对妻子的责任;能与邻里和谐相处,容忍别人的缺点;知道做生意之道,就是真材实料、诚实无欺、以质取胜等等。他的做人要"认卯"的观点,实在是被当今社会贫富差距凸显出来的"穷"者的一剂人生良药,这就是承认你不如人这个命运现实,并通过自己诚实的劳动,以加倍的努力去改变自己的命运。在物质上,罗天福绝对是一个贫困者,在精神上他却是一个真正的富有者,以致冷静观察许久的智者东方雨老先生深受感动,称他为鲁迅所说的"民族脊梁","以最卑微的人生,最苦焦的劳动,撑持着一些大人物已不具有的光亮人格",预言他"不会永久成为伛偻人"。作为一个文学形象,罗天福肯定寄托了你的人格理想,并有所丰富和提升,但毫无疑问的是,他是有着充分的现实依据的真实存在。同你一样,我也是一个至今许多主要亲人都生活在农村的地道农民后代,我知道在广大的乡村土地上,自古以来就有着多少如罗天福这样的诚实守道,不抱怨、从不嫉恨,脚踏实地的劳动者;而在中学教育已经相当普及的当今,就有着不少如刘高兴这样志存高远的农民,更有着如罗天福这样堪称乡村未来、民族脊梁的乡村知识分子或半知识分子。从更大的意义上说,他们正是当下中国乡村和城市的未来,是民族精神和民族文化的未来和希望。读罗天福,我确实想到了许多我所见到的或精神崇高、品格超群,却暂时处境艰难,或已经成名的了不起的成功者的农民形象。从这个意义看,罗天福不只是你的理想的对象化,更是你真实的发现。他不是浩然先生笔下高度政治化的"高大泉",也不是柳青笔下被农民父亲称作"伟人"的一根筋的梁生宝,他是共和国六十年、改革开放四十年的中国大地上成长起来的一代知识化农民的生动代表,而他的女儿罗甲秀则是他品德影响哺育下的新一代朴素无华的女大学生的优秀代表。

第二,小说《西京故事》中罗甲成的形象也更为丰厚、扎实、鲜明。在戏剧剧本中,他就不是一个通常意义上的"忘本"者形象,你没有也不会去重复别人,你把他写成一个城乡差别、社会不公的敏感者、不平者。贫富的差距,让他自卑,又是自卑,导致了他对自己人格尊严的极度敏感,老觉得别人在歧视他,达到了病态的程度,作出了许多过激的反应,导致了他与周围环境的关系高度紧张,出现了学习上成绩优秀、心理上极不健全的反差。这种敏感畸形的不健全人格,我在生活中也屡有所见,我也劝过有类似心理行为的年轻人,告诉他们维护自己的人格不能靠硬碰硬,强迫别人尊重,而是要靠自身人格的成长和强壮。看来,你我人同此心,你让罗天福告诉儿子:别人加给自己的屈辱,不是屈辱,屈辱的"是我们自己给自己制造屈辱","人不要争见眼前的高高低低",关键是自己要"有个长久的主意,长久的目标"。罗甲成曾经到漆黑的矿井找平等、找自尊,然而东方雨老人却以自己的皓首穷经,八十岁人生不离不弃的使命感,贫困同学白天亮以自己的乐观、坦荡、阳光、自信,终于使他幡然醒悟,找到了正确的人生道路。戏剧最难写的是迷途者的转变,你在舞台剧中努力了,但小说却表现得更加充分。罗甲成出走的理由更为合理自然,他在痛苦中挣扎的心路历程和人格升华令我十分感动。正是罗甲成的形象,使《西京故事》的视野进入当今万众瞩目的高校教育领域。暴发户子弟朱豆豆、官员子弟沈宁宁、教师子弟孟续子身上不仅有着各自不同家庭背景的影子，也与学者、教授子女童薇薇，贫困子弟罗甲成、白天亮一起构成了当今高校学子不同的思想精神景观。尤其是罗甲秀、白天亮、罗甲成三个贫困子弟的思想和行为、成长道路、精神走向更有着对青年进行励志教育的现实意义。

你在小说《西京故事》后记中，说过这样的话："我在写城市农民工，随之与他们产生对应关系的各色人等，也就不免要出来与他们搭腔、交流，共同编织一种叫生活的密网。"道出了这部小说辐射式的网状结构特征。居于这张网的中心空间的是文庙村这个西京市面临拆迁的城中村，而它的聚焦点却是豪华的西门锁家中由废弃的旧厂房所改造的简陋如蜂巢的出租屋，以及这些出租房中的农民工和罗天福一家的居所兼打饼作坊。房子的所有权是西门一家，而它的临时居住者则是以它为基地靠双手挣来的分分厘厘供一女一子上大学的罗天福夫妇。从小说切入角度和情节结构来看，正如勤劳的蜘蛛是它所织的谋生网的主人一样，勤劳的罗天福才是这张网的真正主角。由于戏剧舞台空间和演出时间的限制，它只能以千年唐槐为背景，把人物活动的空间集中于烧饼铺和西门家门廊的一角。而在小说中，以罗天福为中心的这张网却在空间和时间上向内向外得到充分的扩展舒张，不仅有罗甲成在学校的生活环境、人物故事、性格心理，还有罗天福所走出的山村的生活环境、人物命运处境。他在文庙村的邻居东方雨、房东西门一家同其他农民工兄弟的家庭生活、人生状态、思想精神也得到了更为充分的描绘和表现。除了舞台剧中已得到较为充分表现的老学者东方雨和任情任性、行为荒唐却也本真可爱的西门家独子金锁之外，小说特别完整，特别生动深刻、成功感人的还有无名无姓的罗天福的母亲和房东男人西门锁，以及西门锁的前妻赵玉茹。

罗母的形象是底蕴深厚的山村传统优秀母亲的代表，她是罗天福肉体的生身母亲，更是他所继承的中华优秀思想精神传统的母亲。你在她身上没有投入更多的笔墨，但仅有的几处，包括为了两棵数百年的镇宅紫薇而献出自己珍藏多年的陪嫁，对受伤野兔、山鸡的喂养，以及与老树、动物的通灵，都使一个有精神坚守、慈悲果决的伟大母亲形象，具有超凡入圣的神性光彩。我坚信，同在罗天福身上凝聚了你对父亲一代人的理解、感恩、崇敬一样，你在这位祖母身上，也投入了你深厚的情感和对故乡那些更老一代农民的人格精神和伟大灵魂的深沉礼赞。他们可能一字不识，与故土终相厮守，但吸收了那里山水自然中的精神、魂魄，像山一样沉默，像水一样奉献，自己也成了这山这水的一部分。在他们面前我们这些可称为有着这样那样专业知识的城市人是那样的渺小和浅陋。罗母能与动物、植物通灵和对话，让人想到了你商州前辈作家贾平凹《古炉》中那个神异的蚕婆，甚至有人认为你是刻意模仿他，但我却认为这是来自你们共同的对家乡这块土地和这块土地上的人和文化精神的理解。"天人合一"的自然哲学和人生价值观念，绝不只是专家学者口中的文化概念，而是深远传统中的中国人的生命现实和生活现实，只是今天这种精神和价值观却更多保留在偏远的未被现代科技文化、商业文化侵蚀的民间社会和老一代人身上，所以圣人才有"礼失求诸野"的洞见。

西门锁也是以罗天福为中心的网络边缘的人物，在戏剧原作中我记得他是闻其声而未见其人。而在小说中他却成为仅次于罗甲成的三号人物。正是他的成功呈现，使我们得以进入城中村食房族这类农民后代的家庭和内心世界。相对于市民、机关干部、企事业单位职工，他们是被城市边缘化的农民，但相对于进城打拼的外来民工，他们又是城市中坐收其利、不劳而获、衣食无忧的食利者、城里人。正因为得天时地利之便，西门锁在青少年时代，不用寒窗苦读，在支书父亲荫庇下过着公子哥儿的生活。他很容易就俘获了端庄美丽的幼儿教师赵玉茹，生下一女，却在与同样为食房者的郑阳娇怀子后与赵离婚。然而这种穷得只有钱、毫无精神支撑的家庭，却随着儿子的不成器，危机频出。郑阳娇越来越骄横偏执，儿子屡被学校劝退，在妻子身边得不到温暖的西门锁又勾搭上女赌友，使家庭面临破裂。年近五十的他终于良心发现，越来越思念端庄贤惠的前妻和被自己亏欠了的女儿。西门锁为求得女儿认可、前妻谅解长期而不懈地努力是全书十分感人的章节。这里表现的不仅是父爱的无私和坚韧,还有一个勇于承认自己年轻时过失的男人的勇敢和悔恨。西门锁求得前妻和女儿谅解的过程在小说中被表现得跌宕起伏、复杂曲折,而其结局却是悲欣交加的:赵玉茹死于清苦贫病,然而她寄予全部希望的女儿却走向成才自立。赵玉茹这个职业女性是小说中与郑阳娇迥然有别的另一种自尊自爱、无怨无悔、高贵无私的圣洁女性形象。

从小说《西京故事》中可以看出,你是一个生活阅历丰富、见多识广的作家,更是一个有着自己的人生信仰和强烈的历史使命感的作家。钱穆先生在其《中国文化与中国文学》一文中说,"中国文学之理想最高境界,乃必由此作家,对于其本人之当身生活,有一番亲切之体味。而此种体味,又必先悬有一种理想上之崇高标准的向往,而在其内心,经验了长期的陶冶与修养,所谓有'钻之弥坚,仰之弥高'之一境",因此,其所写"虽出于此一作家之内心经历,日常遭遇而必有一大传统,大体系……在其文学作品之文字技巧,与夫题材选择,乃及其作家个人之内心修养与夫情感锻炼,实已与文化精神之大传统,大体系,三位一体,融凝合一"。由于你长期从事戏剧创作,《西京故事》又由戏剧文学剧本衍化而成,还有一些戏剧化痕迹,但瑕不掩瑜,它究竟是一部视野开阔、体验深切、寄托了很高的社会人生理想的厚重之作。从对它的阅读,我进一步体会到关于文学须是文字技巧题材选择、作家人格修养及与文化精神之大传统"三位一体、融凝合一"的论断的英明与正确。

此外,小说中大学哲学老师童教授与他的女儿童薇薇的表现亦十分成功,既可说明你对这一类大师级学者及他的境界和人格的深刻理解,又表现了你对连许多哲学专业人士也望而生畏的康德哲学思想的钻研和了然于胸。对于一个作家,这是多么不易!童教授的女儿童薇薇也有着远离世俗尘埃污染、心灵纯净、大爱无疆的境界,她是你小说中继罗母、赵玉茹之后的又一个超凡脱俗的有着深切的悲悯情怀并具有某种神性光芒的人物。记得你在谈戏剧《西京故事》中的罗天福时说过,哪怕一个凡人,在其执着于某种事业和情感时，他就有了令人仰之弥高的神性。对此，我当时就深表赞同，并成为我那篇浅陋的剧评的一个重要观点。挖掘并弘扬普通人身上的神性或许正是你人生信念和文学理想的闪光之处。其实，从柏拉图的《理想国》到康德的"头上的星空与心中的道德律令"和叔本华、尼采的"超人"哲学，从儒家创始人的"君子小人"论到后儒程颐的"廓然大公"和庄子"大鹏"式的人格理想，中外圣哲都有在精神和境界上将人神化的重要思想，你和贾平凹等作家所做的，只是以自己的人性体验和人格理想，回归到古今中外大师们关于真正的人的"大传统"和大经验，并希望重建人性的"大秩序"而已。

这封信，原本希望能在两千字内传达我读了你小说的主要感受，但是却因自己脑笨笔拙，竟然写得这么长，而话好像还未说尽，离我所追求的"举重若轻"的文章境界好像越来越远，实在惭愧之至，乞谅！

李　星

2014年2月6日

原载《小说评论》2014年第5期

"空色"之间，顿悟还是更深沉的迷惘

——评《空色林澡屋》

迟子建的中篇新作《空色林澡屋》字数虽只有两万左右，但在如"俄罗斯套娃"般一层又一层的内向结构中，讲述了十多个人物的人生命运故事，既大面积表现了痛苦和虚无的人生本质，又以无限的悲悯热烈而执着地赞颂着劳动和爱于人生的重要意义。结构及故事的独特、情感和思虑的深邃与人生视野的广大，使《空色林澡屋》不仅具有随着作者年龄的增长而渐增的生命的迷惘和人生的忧伤，而且有着更为苍凉悲壮的以劳作与爱为核心的生命理想。

《空色林澡屋》"套娃"结构的最外层是迟子建的读者所熟悉的大兴安岭林区环境，是一支五人勘察小分队和它的向导老猎人关长河；它的第二、三、四、五、六层分别是关长河于月夜野营地所讲的那个面孔畸形的女人和她的伐木工人丈夫，一个偶然改变了她命运的盲人算命先生，以及把一半的"筋肉"给了她的货郎情人。而作为她老年同伴的则是一个被他绝望的儿子抛弃于刀锋岭的神经病老人老曲。第七层仍然是那个开口称"咱"的人称皂娘的老年女人，她在黄色木屋开了一间名为"空色林澡屋"的洗澡间，自己既是老板娘又是搓澡工，把全部的柔情蜜意献给每天只收一个的满身风尘的过路男人。这是一个升华了精神的与"色"无关的圣灵式的孤独女人。"空色林"既是"无色"更是"无欲"的爱与关怀。

再里层分别是勘察小队的队长"我"、老薛、老孟、小许、小李几个人各自不幸的人生，诠释着"幸福的人生是相似的，不幸的人生各有各的不幸"的个人或一代人的苦难和不幸。而关长河的人生不幸则是他"老婆是天上的云，不能要""情人是地上的霜，千万不能踏"的饱含着伤痛的人生体验。

"套娃"的核心层是颠覆着全作的面目全非的"那个女人皂媳"和"关长河"：关长河成虚报兽情和私藏子弹的嫌疑人，而那个皂娘则被人举报，成了"搞色情服务"的荡妇，最后竟不知所踪。他们都是被世俗社会妖魔化了的人。而那个美好的"空色林澡屋"是否存在最终也成了一个疑案。其实，"空色林澡屋"的船形木澡盆、女主人公脸型虽丑"却对得起自己男人"的健美身材，她被婚姻中男人和非婚男人们的忽视，每天只接待一个男人的服务方式及光顾她的男人都能得到极大的肉体和精神满足，年老的老曲竟然可以拿她的脸做移鼻游戏及皂娘对男性身体那出神入化的洗澡艺术，都给人一种"性"的暗示。或许，"空色林澡屋"原本就是一个曾经得不到异性爱的女人变态式的色情故事，是同为女性的创作者赋予了它爱和温暖，让女主角皂娘得到了苦难和灵魂的救赎。如此这般，"空色"也就不仅仅是"无色"，而是无限的色、无限的爱、无限的欲望和性。皂娘原本就是一个有着各种正常的人间欲望的健康女人，丈夫的歧视尚可理解，亲生儿子的背弃，更是一个为人母者不可承受的身心打击。驾"威呼"的货郎曾经用爱滋润了她，但那是怎样屈辱的爱呀，她连一个健康女人生育的权利都被剥夺了。她的世界是如此残酷！世界亏欠她的太多！

在迟子建笔下，鸟玛山区的空色林是个天人合一的迷人世界，这个世界月色迷人的夜晚，更是能让人摆脱一切尘世羁绊、一吐真情真言的世界，因此也是能够产生童话和寓言的世界。正是在这里，在这样的月夜，关长河、勘察小分队的人都曾经除却了世俗的束缚，留下了真人至情，讲述了各自的人生不幸，但是一到外面的世界，他们又都戴上了世俗的假面。"空色林澡屋"正是空山深林、月光之夜关长河所讲的故事，但当人们真要去找它时，却又难觅踪迹。那个圣洁温润的皂娘已面目全非，由天使变成了魔鬼。

　　由迟子建的《空色林澡屋》，我想到了与她年龄相近的另一个女作家铁凝的一篇随笔式的散文。名字忘记了，但那意思却令我感叹不已。她表现的是一个想要追求完美品行的人在世俗人口中是怎样被误解扭曲着，真是闲话如刀、人言可畏呀！人们似乎已经难以相信任何美好的事物。这让我想到了以一个曾经锦衣玉食的大家族的衰落，诠释着"色即是空，空即是色"的不朽文学巨著《红楼梦》。原来作家有了一定的阅历和体验，人到了一定的年龄，都会产生出"空"与"色"的顿悟与迷惘。或许，这正是《空色林澡屋》这部笼罩着神秘氛围的中篇小说的无解之解。

2016年8月

选自《2016中国小说学会排行榜》，二十一世纪出版社，2017年

充盈着诗意和哲理的人性寓言

——读高建群长篇小说《统万城》

无论就出身、人生经历、信仰和一生功业而论，赫连勃勃和鸠摩罗什都不仅毫不沾边，而且完全处于道德信仰的两极：大善与大恶。鸠摩罗什是一个传承释迦牟尼所创立的佛教教义的僧人、宗教学者和佛典翻译家，对佛典的中国化，以及三论宗、天台宗、成实宗、净土宗的确立作出了决定性的贡献，被称为构建了"东方文明底盘"的圣僧。而赫连勃勃则以匈奴与鲜卑两族的混血生命，信仰复仇，以连绵不已的征战，先后征服了威胁铁弗族的东西匈奴，建立了威震北方的大夏国，修筑了统万城，后又南下攻关中，即位灞上，既是一位为达目的不择手段的恶魔式的战争之神，又是一位促进民族大融合、创造了南部匈奴空前辉煌的英雄。这两位年龄相差了三十七岁的历史人物，却被作家高建群注意到了，并将他们结构在《统万城》这部历史小说中，以巨大而辉煌的想象力，再现了他们各自非凡的人生经历和历史业绩，在遥远的时间和空间背景上，让大善和大恶相望、相交、相撞击，成为一则永恒的历史和人性的寓言，又成为原典意义上的当代中国文学的灿烂史诗。

文学史上那些伟大、经典之作，并不都是产生于"预谋"，还常常产生于机缘命运。早在写《最后一个匈奴》、研究陕北高原"造反"文化和人种血缘时，大夏国—统万城—赫连勃勃这段历史就如闪电一样划过高建群的脑际，并使其萌发了写这一题材的强烈愿望。后来他接到出版和影视制作单位让他写鸠摩罗什的约稿，开始了写作的准备和研究。然而可信的历史资料太缺乏了，仅凭想象力很难支撑起一个传奇式的艺术大厦。在关于鸠摩罗什的研究中他却发现了历史的另一种形式的巧合，即鸠摩罗什作为前秦和后秦皇帝不惜用几次战争请来的座上宾，与当时投奔后秦的赫连勃勃，曾经同时期在长安生活过，这两个人很可能见过面。于是他产生了将这两个极端的人物融合在一个结构中的奇思异想。历时五年，经历了一次提前来的老年病的严峻考验与拖延，一部善恶同处一个历史舞台的史诗性的长篇终于问世了。

任何机会的获得都离不开一颗有准备的头脑，《统万城》也是这样。早从出道时那篇享誉文坛的《遥远的白房子》开始，高建群就是中国文坛一位踽踽独行的骑士，我行我素地高举起在当今文坛很不合时宜的理想主义、浪漫主义的大旗，以天马行空的想象力、诗意盎然的宏大叙事，赋予哪怕是凡夫俗子以真命天子般的心灵视野和精神履历，在被科技主义和物质主义所瓦解、失去崇高的文坛上，将高贵的精神、不屈的意志、伟大抱负与人格尊严融进他笔下的一个个人物，使他的小说既有如歌如诗的语言特质，又充盈着大写的人的神秘而高贵的气质。《统万城》可以说是他将爱恨交织的人的欲望生活诗意化、神圣化，将凡俗生活精神化、理想化的人格天赋和文学才能发挥到近乎理想状态的小说文本。

这是一部充盈着人性光芒和人类困惑的历史哲学文本。在精神信仰的意义上，鸠摩罗什是继基督教的耶稣、佛教的释迦牟尼之后的又一个学者式的宗教圣徒。而赫连勃勃却是一个信仰暴力的以征服和杀戮为职业的战神。相同的是，他们都是伟大的成功者。一个的成功在于精神信仰方面，影响当时后世的伟大贡献，一个的成功在于超额完成了部落和家族的期望和荣耀，创立了历史上如电光石火般灿烂的大夏王朝，并留下了当时"徽赫与天连"、今天却已成为神秘的文明废墟的统万城。在一般人眼中，结论和评价是显而易见的：一个速朽，一个流泽百世。而高建群却抛弃或屏蔽了世俗社会道德唯一的评价，不仅写出了他们各自不同的人格光辉，而且肯定了他们对中华历史文化、民族文明的杰出贡献，特别是肯定了他们作为大写的"人"的精神价值。"我向大地上遇到的每座坟墓致敬"（高建群语），表现出的正是作者对历史主义的坚守和尊重所有人的生命价值的博大的人道情怀。因为无论是功业显赫的"成功者"，还是老死一隅的"失败者"，在生命和人的意义上，他们都是平等的。即使那些为了自己的利益和目的而给他人造成痛苦、伤害的人，他们或已经忏悔罪孽，或已经受到惩罚，即使寿终正寝的死也是自然的惩罚。我们致敬的是曾经鲜活的生命，是已经为人类的延续而竭尽全力的逝去的灵魂。鸠摩罗什死于寿终正寝。赫连勃勃死于他的妻子鲜卑莫愁的报复，以生命偿还了自己的罪孽，留下的却是为中华民族大融合做出的历史性贡献，属于一个伟大的人的辉煌。

《统万城》中的鸠摩罗什和赫连勃勃，代表了两个人类性格的基本原型：面向自我的内敛型和面向外部的扩张进攻型。西方也有哲人将人的类型分为爱多种真理的狐狸型和只爱一种真理的刺猬型。其实，在一个人的身上也常常兼具两种对立而又统一的人格，所以一个人可以是专业学者、宽容善良者、宗教徒，同时也可以是各种形式的暴力主义者、排他的专制主义者。而在同一个人的不同生命阶段，因了环境的变化，他们又可以随时转换，呈现出不同的面孔，扮演不同的角色。高建群笔下这两种人格是极致化了的人格。它赤裸地逼近了人性的本质，也更易在对立和审美比较中，产生宏大深刻的历史张力，具有更强烈的传奇效果，它的最高境界就是史诗。鸠摩罗什是一部在善的追求中，以自己的生命培育人类精神大厦的宗教英雄史诗，赫连勃勃是一部不断地燃烧野心和仇恨、杀人越货、给自己民族建立起一座"人间天堂"的人间英雄史诗。昌耀的诗中说："史诗中死去活来的一章翻揭过去。但是觊觎天堂乐土的人们还在窥望着。""一篇颂辞对于我是一桩心愿的了却。对于世纪是不可被完成的情结。"一个秉持的是从兽性脱胎而来的自然的人性，一个秉持的是被信仰教化了的人性；一个不惜以摧毁旧秩序的恶来建立自己主导之下的新秩序，一个希望以人性的善来泯灭和化解人间的恶。人类的这两种基本性格的存在，对于人类社会来说恰是一种合理的互补。如果没有前者，历史的河流将因激情不足而缺乏荡涤积年陈腐的力量；如果没有后者，历史的河流将因缺乏道德理性的约束，而使人类蒙受本可以避免的许多灾难。不幸或者幸运的是人类历史永远运行在激情和理智的双轨上。《统万城》所揭示的正是马克思在《1844年经济学哲学手稿》中早已深刻论述过的永远无法解开的人性的悖论，历史的永恒之谜。

说《统万城》是历史的传奇，是人性的史诗，既包含着对历史、历史人物及更广阔多面的人性的历史的眷顾，更有着对历史的崇高赞美和诗意的叙述。从典籍中记载的片言只语，到小说中数十万言的对人物精神血缘、性格意志的破译，这需要多少历史知识和属于自己的人生体验，需要多么巨大的想象力。古印度宰相家族最后的宰相鸠摩炎的出走，以及与库车公主的结合，生下鸠摩罗什的故事，固然具有浓重的传奇色彩，而因为一个活佛式的天才的出生，他的父亲却又不得不隐蔽身份，带领追随者跟着儿子，一路东进长安，最后淹没于北方的匈奴铁弗部落，规划了史无前例的北国都市统万城。这是多么巨大的家族和亲情的牺牲，这里有着多么丰富的宗教和民族的风俗和禁忌。正是有了这样的家族、这样智慧的父亲和高贵的母亲，才有了这样的圣人。而刘赫连的父亲刘卫辰为了培养狼一样嗜血的儿子，更是煞费苦心。而从父亲被杀、部落毁灭的血腥中侥幸逃出的狼孩，终于将报家族的仇恨、复兴部族曾有的辉煌当作自己的终身事业。他是以爱的名义进入后秦北方重镇将领莫奕于的家中的，然而又以复兴部落的名义，暗杀了自己所爱的女人的父亲和母亲，骗取了后秦皇帝的信任，积累了此后更大扩张的资本。故事的背景或在大漠绿洲的新疆，或在青草群山的青海，或在沟岿拐岔的黄土高原，正是作者七年军旅生涯的所在地和后来又常去寻梦的地方，是作者度过了少年、青年时光，后来又长期生活工作的地方，而故事人物身上与生俱来的漂泊、行旅的经历，命运的大起大落，情节的大开大阖……所有这些小说情节的构成因素都正是写异域风光、行旅生活、传奇故事、崇高人物的高建群之所长所爱。在写作中，他一定有着如诗人昌耀意识中曾经闪过的：

> 重又看见了那条路：一端在迢遥的荒古隐没，另一端伸向旷茫无涯的未来。这是一条被史诗所曾描写，且为史诗般的进军永远开拓的路……看见月黑的峡中有青铜柱一般高举的哨石笔立。看见哨石群幽幽燃起肃穆。有一股浩然之气凛然袭来：——
>
> 黎明的高原，最早
>
> 有一驭夫
>
> 朝向东方顶礼。

正是这种"顶礼"的感觉和激情，使他把两个实在的历史人物，写成了传奇，写成了对人的伟大的礼赞；又把半真半假的故事，写成了面对苍茫历史直抒胸臆的咏叹调，将坚硬如化石的人物生命情感复活，成了长长的人的神秘命运的宏大叙事。

原载《文艺报》2013年1月25日

红柯长篇小说《生命树》反思：另一种人类文明的向度

从20世纪90年代初开始，红柯就以其展示西部独特自然和人文风貌的长短不一的小说，确定了自己在中国当代文坛的特殊地位。人们很容易将他视为闻捷、昌耀、王洛宾式的西部歌者，而对其小说中所蕴含的那种独特的文明视野视而不见。然而，对于一个以深厚的知识视野和文明观照为底蕴的优秀作家来说，他生命中的文学之树一旦冒芽出土，就会不管外在的天候是否有利，而执着顽强地生长，直至成为一棵主干挺拔、枝叶繁茂的大树，矗立于时代的文坛。然而在红柯的长篇新作《生命树》中的生命树，却不是对自己文学创作生命的隐喻，而是一种新的人类生存可能和文明方式的意象结构。

《生命树》与作者的前三部"天山系列"长篇小说《西去的骑手》《大河》《乌尔禾》相同的是，将以叙事见长的长篇小说抒情诗化，将人的思想情感和精神寓言化、神话化，极尽西部人文自然风光的瑰丽和神奇、人性的飞扬与逍遥；所不同的是由过去一组或两组的人物命运故事，变为四个家庭、四组人物的命运故事，日常化的现实描写更为充分。因之，他在以往小说中从一个点、一个角度对人类生存命运的反思和观照也形成了从西部到内地、从一个角度空间到多角度空间的拓展。

《生命树》中四个家庭的命运故事，既是日常生活中创造自己的幸福的故事，又是在价值观失衡、人们欲望膨胀以后所经历的心灵苦难的故事。种洋芋大户马来新家的不幸，先是上中学的女儿被歹徒强奸，后是女儿经营蔬菜致富后其丈夫因为不愿以神牛牛黄牟利而被贪利之徒打死；马来新的战友牛禄喜的不幸，是因为尽孝离婚又被陕西老家弟弟、弟媳骗光巨额积蓄而发疯；记者身份的徐莉莉的不幸是因不懈追求新闻写作的新高度而罔顾丈夫杜玉浦的心灵需要，致其抑郁而死；美丽迷人的王蓝蓝的家庭悲剧则来自爱他的高中教师陈辉的超常智力和预测成瘾，妻子因巨大的心理压力而发生心理畸变，夫妻分离。

红柯自觉地将其表现为融合各民族神话传说与当下日常生活为一体的内在的精神生态意识，也就是雅斯贝尔斯说的："人就是精神，而人之为人的处境，就是一种精神的处境。"[①]《生命树》是一部大西北的灵魂之书。外在的社会生态表现为四种"恶"的典型：一是疯长的人性欲望、贪婪和占有欲；二是中国传统文化中的阴谋文化和孝文化对民间伦理亲情的冲击，连一生是非分明、光明正大的母亲在晚年也成了夺产阴谋的工具，其侵蚀力量可谓触目惊心；三是以人生使命为核心的事功理想，对当代女知识分子人格心理造成的遮蔽；四是过于发达的技术和心智对人们日常情感欲望的压抑。概括起来就是：应时而长的人性之恶、中国传统政治文化之毒、过度功名心和职业化之弊与技术主义之罪。

冯友兰曾经说过，哲学"就是对于人生的有系统的反思的思想……但是对于人生有反思的思想的人并不多，其反思的思想有系统的人就更少"[②]。如果说我们在红柯以往小说中看到的是他对人生的反思的话，那么在《生命树》中我们看到的则是有系统的反思的思想，人们很容易将之

[①] 卡尔·雅斯贝尔斯：《当代的精神处境》，黄藿译，生活·读书·新知三联书店，1992年，第3—4页。
[②] 冯友兰：《中国哲学简史》，北京大学出版社，1996年，第1—2页。

与"反智"联系起来，但是在今天科技至上，日本地震导致核辐射引发全人类恐惧，世界性的"石油战争""货币战争"烽烟四起的时候，这种反思就有了一定的积极意义。特别是当个体在社会中遭遇考试不第、分配不公、权钱困扰的时候，这种换一个角度的人生思考，就不是退步而是中国传统哲学的伟大了。目前中国社会关于"幸福观"的讨论，正是这种应时而生的人生反思思潮。

有人问红柯，边地生活和内地生活孰优孰劣？红柯回答："人类生活无所谓边远与中心，哪一种生活更人性我们就过哪一种生活。"（红柯《最美丽的树》）边远与中心的差别往往包括经济的发达与欠发达、财富的多与寡，但却并不包括人性与不人性、人格心理健全与不健全、幸福与不幸福。在《生命树》中，红柯笔下主人公的家庭悲剧和人生挫折，却恰恰发生在经济富裕、事业有成的时候，而拯救他们心灵累累伤痕的，却是远离都市的优美的自然山水、淳朴的民风、诗意的劳作，以及凝结着大地和太阳生命魂魄的简单饮食。马来新与大洋芋的故事、马燕红与奶牛的故事、牛禄喜与牛粪的故事，是全书中最动人的生命和劳动乐章。书中不时出现的旋律简单、婉转绵延的"劝奶歌"，歌词虽只有一个字"奶"，但它却不只是以一种民俗被呈现出来，而是对大地母亲赐给人类的生命之液的崇高赞美与无尽感激。

《生命树》的思想和审美价值，绝不只是古已有之的因厌倦了都市文明、工业文明而起的逃避和隐遁，甚至根本与"隐士"文化和传统无关，它是生长在关中腹地又在新疆工作生活十多年的红柯的生命与人类文明感悟。人的生命源自自然，生命的进化和文明发展同样与大自然息息相关，人类理想的生活和人类文明更是人的自然化，而不是人化的自然。小说中神牛和乌龟拯救地球和造福人类的神话、生命树的寓言意象反复出现，在马来新、马燕红等人物心灵中扩大并发酵着，以至于他们的后代王星火从小就成了生命树的守望者与神牛的寻觅者。作者要告诉人们的是，人不仅是饮食男女和思想智慧的此岸存在，更是有着丰茂心灵根柢和家园彼岸的"神"的存在。红柯说："抒写人性的目的是探索人性的顶点即神性，没有人性内在的光芒，地球就是一堆垃圾。"（红柯《最美丽的树》）抒写现有物质文明和精神文明的界限和可能的危险，这就是《生命树》独特的文明视野和新的文学价值。

原载《文艺报》2011年5月9日

救赎与超越

——评红柯长篇小说《喀拉布风暴》

从20世纪90年代中期开始，红柯就以中短篇小说集《美丽奴羊》《金色阿尔泰》《跃马天山》《黄金草原》《太阳发芽》《额尔齐斯河》《古尔图荒原》《野啤酒花》，长篇《西去的骑手》《大河》《乌尔禾》《生命树》等600多万字组成的"天山系列"给"文坛吹来一股刚健清新的雄风"（冯牧文学奖评语），新世纪红柯又以幽默荒诞的长篇小说《阿斗》《好人难做》《百鸟朝凤》组成的"关中系列"给读者带来惊喜，仿佛西域阿凡提来到关中，激活了古老土地深埋于民间的讽刺幽默与喜剧意识。他的最新长篇《喀拉布风暴》更是以长天大野之力打通了西域与关中，犹如剽悍的骑手，以超拔昂扬的理想主义姿态，在中国文坛独树一帜，坚韧不拔地奔驰在丝绸古道上。

始读红柯《喀拉布风暴》就被其笔下阿拉山口地带飞沙走石、遮天蔽日、昏天黑地的风暴，奇异的沙漠地精，"60后"一代男女浪漫的爱情，张扬的生命意识，悠远广阔的时间和空间，从20世纪初到世纪末几代特立独行的男女人物追求积极人生境界的崇高所震撼。直觉告诉我，这是一部气势恢宏、境界高迈的长篇小说，不仅在红柯三十年的创作中具有艺术标志的意义，在当今，乃至百年以来的中国现当代小说创作中也是一个独特的长篇小说文本。

一

中国当代文学题材曾经被按地域、职业所界定、划分着。即如红柯的小说创作来说，也基本被定位为边疆故事，西部风情。以至于长期拘囿于陕西西安的笔者早从红柯以西部风情系列盛名于文坛时就杞人忧天地告诉红柯，你在新疆边地生活了十多年，你的根却在陕西关中西部，在这里读书学习了二十多年，现在又回到这里，你文学的持久生命力，归根到底还是要表现在关中，内地；边地小说的特色越鲜明，影响越大，对你回归内地，以内地生活为题材的小说创作的压力就越大。在《喀拉布风暴》以前，红柯的小说，包括长篇《生命树》已经大面积地涉及了内地生活，但因为有担忧与期待在先，我总担心他笔下的内地生活的光彩精神有塌下来的危险。《生命树》相当成功地描写了陕西牛禄喜家族的生存密码，最终造成牛禄喜的悲剧。而从《喀拉布风暴》中，我终于看到了他文学视野中光彩依旧、神韵不减、贴近关中大地风俗和人情的内地生活，才知题材相比于他处理题材的角度和立场，并不重要。

全书三章，实际是边疆—内地—边内融合的三大地理间，而表现内地关中西府农村、西安城市内容的最多，占了约三分之二的篇幅。他不仅写了关中西府农村张子鱼家族的典型的农耕文化生活，还写了武明生家族的以农为主兼及小手工的贩夫走卒生活。更重要的是对红柯来说《喀拉布风暴》第一次将自己或自己一代人的生活经历、记忆嵌入张子鱼的人生经历中，甚至包括自己感情生活的记忆。中国当代文学的现当代尤其是当代历史生活记忆，分别由20、30、40、50、60年代出生的作家书写，新中国成立以前，大都涉及国共两党的争斗和较量，抗日战争，国败共胜的解放战争，新中国成立以后则一律有土地改革、合作化运动、"大跃进"、人民公社运动、阶级斗争愈演愈烈的"四清"运动、"文化大革命"、粉碎"四人帮"，改革开放、分田到户、农民又能在自己的土地上收获等等。

而"60后"红柯的农村记忆却回避了这些几代人都耳熟能详的体制内的社会历史，而着重写了比社会体制更内在更个人化、家族化的生存智慧和不同的家族文化，以及他们各不相同的生存智慧和生存方式。他们是模式化的社会历史大背景下的生存，是不同家族性格和文化传承下生动真实的生存与奋斗。张子鱼爷爷以自己的聪明和智慧，在土改前导演了长子被土匪绑架，将足以定为地主成分的土地、牲畜、房子变卖为连家族人也不知不觉的通货财富藏匿，又以家长的权威让成婚后的五个儿子一夜之间成为无房无地的穷光蛋，逼迫他们自创一份家业，或外出谋生，有的成为外籍华人。然而精明强悍的爷爷却也遇到了三叔、四叔两个不同的对手，一个利用参军的机会，在千里之外自立家业，一个利用上大学的优势，拒绝为张家传宗接代。从家族传承的意义上，张子鱼是张家出类拔萃的孙子一代人的杰出代表，自从上初中遇到那个自强、自谦、自足的铁匠的儿子同学以后，他就知道自己与同班的县城职工子弟天然的不同命运，明白了自己的出人头地之路在于自己的勤奋和努力，而铁匠儿子这个领路人的不幸夭折，更成为他永远的心灵创伤。他不仅以张家子孙，也以铁匠儿子的冥冥之力，压抑着生存发展以外的欲望，奔向自己辉煌的人生理想。爷爷作为家族的专制者被自己的后代恨着，然而在他死后三周年之际，海内外的张家子孙却空前行动一致回到故乡，为自己的姓氏、家族、爷爷而骄傲自豪。

张子鱼的大学同学武明生的爷爷，以种族遗传的优势和骟匠的身份使家族兴旺。然而在"大跃进"的日子，武明生的四叔只能在水库工地塌陷的山洞里与全工地最美的女人演绎出惊心动魄的天仙配，而他的父亲却欠下了当兵驻地绝色女子今世永远还不了的情欲债，只能寄希望于来世。他的堂兄之一武明理天性善经商，爱上了小巧玲珑的美女售货员，却怜香惜玉，控制着与她的夫妻生活，将遍布各村的情人当泄欲的工具，播撒着武姓的种子。因此武姓男配大洋马式的美女，生育健全的武姓后代，成为家族的光荣与梦想。武明生大学时代最大的失败与遗憾是费尽心机却终究不能得到校花李芸的爱，败于不战而胜的张子鱼手下。在体制内当上科长的他与离异的西安女人有过一段让他刻骨铭心的性爱与情爱，然而他终究又竞争不过迷乱的情人的回头是岸。失意的他下海经商却取得了成功，终于娶回了一个大洋马式的西安外科女大夫为妻，成为家族的骄傲。在这个知书达礼宽厚大度优雅美丽的女人面前，他终于被驾驭得服服帖帖，在家族生活中成为她的陪衬。武明生念念不忘的时代历史记忆，是低标准年代兄弟几个用杂粮馍馍粘生产队油车抛洒在村路上的油渍，却被村领导以势赶走，让自己的孩子去分享这种难得的口福。然而与其说他记忆着的是贫穷与苦难，不如说是从此以后父亲为报复生产队长重新操起了骟匠的手艺，从此家中子女有了以家畜生殖器为食的美好日子。

  法国历史学家布罗代尔说："讨论文明便是讨论空间、陆地及其轮廓、气候、植物、动物等有利的自然条件。"[1]西陲—内地，草原沙漠文明文化与农耕文明文化的比较，空间文明与时间文明的比较在此发生。新疆长大的精河中学老师孟凯在陕西西安关中一带的"探险之旅"，终于感悟并发现："陕西人当常识的，在他眼里新奇无比。就拿爷爷来说，他爷爷还健在，外公也健在，他只是把他们当长辈当老人，而张子鱼和武明生的爷爷却让人一下子跟祖先跟历史联系在一起。……陕西有历史，地球人都知道。不是说新疆没历史，西域瀚海诞生了多少民族，又吞噬了多少民族，更多的民族走马灯一样匆匆而过，人们都是以民族和部落区分，家族观念相当淡漠，历史大多体现在神话传说史诗歌谣中，零乱如碎花，没有纵深，纵深的是生命本身。内地的历史纵深感更多体现在社会关系、家族关系，从而使生命显得萎缩苍白……孟凯的爷爷与外公总让孟凯想到天山阿拉套山艾比湖，想到天空大地，张子鱼和武明生的爷爷却紧连着历史，历史是记录老祖宗的。"[2]其实，孟凯的这些感悟，是应当作《喀拉布风

---

[1] 费尔南·布罗代尔：《文明史》，常绍民、冯棠、张文英等译，中信出版社，2014年，第41—42页。
[2] 红柯：《喀拉布风暴》，重庆出版社，2013年，第253页。

暴》全书的"纲"来看待的，它就是要拉开大架势来写内地与西部边疆、农业文明与草原文明，两种文化、两种生活方式、两种思维方式的比较。红柯从来没有人类文明的优劣感，他从来就是文明的互补论者，企图通过不同文明的互补来实现关于人性、人的精神的理想状态，来实现大中华文明以及中华民族伟大复兴的梦想。

二

如果到此为止，《喀拉布风暴》与红柯只能算是一个持人类文明大视野的各民族文明平等的融合论者，一个以个人感觉为幸福标准的类似于庄子那样的"齐物论"和清静无为的"自然论"者——他的意识中确实有庄子的"顺自然，任生死"的自然审美观、价值观。但是《喀拉布风暴》之从庄子始并超越庄子的却是他对当代——物质化、技术化所导致的人类生命精神蜕化的批判与超越的理想和执着。正是沿着这样的文明和生命理想，《喀拉布风暴》就不是概念化、教条化的文明对比和文明展示。他小说文本的最高视野就是在内地、边疆两个文明、文化板块（空间）中，以史的视野、自然地理专业知识的广博、人文艺术经典的深厚、开放的胸襟、恢宏的气度，形成草原沙漠文明和内地农耕文明向内在精神向度无限拓展。将叙述从现实引向历史，从人的世界引向植物、动物的世界，从物质社会引向精神心灵。在边疆是地狱般惊险的喀拉布风暴，是神奇的雅丹地貌，是河流在沙漠中的消失与再生，是动物界的金驼与神驼，是金驼精液所凝结演化的生命黄金肉苁蓉，是代表中亚与新疆各民族精神与爱情理想的伟大诗人马杰农与蕾莉，是怀着对恋人的思念和愧疚六次深入西亚及中国西部的传奇式的伟大探险家斯文·赫定，是马杰农的传奇凝结而成的情感象征《燕子》。以神话或传奇为小说的精神背景并不罕见，甚至可以说是中外经典小说的惯用手法，但如红柯在《喀拉布风暴》中这样，对这些涉及动物、植物、自然现象或传说或有历史可考的伟大人物的精神爱情，如此飞扬的想象、夸张，如此大篇幅、大角度的反复的铺陈与叙述、描写，贯穿作品故事和人物命运的始终，却并不多见。他们不仅成为小说的精神主轴历史背景，并决定了作品的浪漫风格和本质意义的史诗品质，而将之与当代爱情生活互相映衬，成为情节主体，却是绝无仅有的，它们有力地深入和扩大了作品的心灵空间和主旨意向。

其实，在陕西关中，西安的现实生活并时间化历史化的情节结构中，红柯同样在民情、风俗、文化和传统民间艺术中高密度地融入了传奇和神话、寓言及自然神的因素。如秦始皇的生母与男宠嫪毐的秘密、嫪毐可顶起车轮的阳器与武明生家族男性的秘密，以及对后代"大洋马"儿媳的家族榜样等，如张子鱼爷爷传授的回茬苜蓿地长"籽麦"的秘密，而"籽麦"面粉正是做正宗西府臊子面的秘密。这些风味小吃的秘密也是族群精神凝聚力的秘密。还有在长期的地域历史文化民俗中形成的古老剧种秦腔——易俗社与范紫东的《三滴血》，眉户与在新中国第一部婚姻法宣传中脍炙人口的《梁秋燕》，也成为新疆人孟凯在心理意识中了解西安进入西安厚重的历史文化并与西安美女陶亚玲相爱的钥匙与机缘。一般说如红柯这样的"60后"，深受世界文学艺术经典熏陶，特别是对西方现代派绘画艺术和古典音乐如此熟悉、如此深爱的作家，对今日已如贾平凹《秦腔》中所表现的已经走向衰落的秦腔艺术，应该失去兴趣并心有鄙视了，最多只能将其自己作品的风俗点缀，但红柯却写出了它们在当今陕西关中，在如此现代的青年女性陶亚玲心灵精神中的崇高位置。红柯显然对秦腔剧目有所钻研，他小说中提到并引用的一些剧目多年来已很少演出了，即使至今仍热演的《三滴血》唱词，他引用的竟然是范紫东原作的版本，而不是秦人所共知的半个世纪前的电影剧本。"西北地区走一圈，再回到西安，孟凯就明白西安人为啥围着城墙吼秦腔，那五六丈高三四丈宽的老城墙几乎是高原和群山的化身，这种元气充沛血性十足的腔调适合在大沟大壑间鹞鹰一般盘旋起伏，盘龙一样的古城墙能让人血气贲张，血脉贯通，提供大沟大壑高原峻岭一样的生命气场。""无论是演唱中的陶亚玲还是戏文中的梁秋燕,活脱脱一只飞翔在关中平原报春的燕子,孟凯把这只春燕跟中亚腹地阿拉山口暴雨般的燕子联系在一起。"[1]可以看出他对家乡剧秦腔的真诚喜爱。红柯自由的文学思维,还将看似不可能,可能也真的从未会面的瑞典探险家斯文·赫定与鲁迅等二三十年代文化大师联系在一起,与鲁迅构思很久却未动笔的杨玉环与李隆基的长篇小说联系在一起,写了两个民族与职业不同的伟大人物同样伟大的爱情,同样伟大的气度,他们之间的精神联系。这是小说对被湮没的史料的钩沉,也是对小说所涉及的历史时代和主题空间的开拓。将写于20世纪20年代刘半农、赵元任的爱情歌曲与中亚民族的情歌《燕子》联系在一起,更是博学与智慧的精彩之笔。东拉西扯无疑是个贬义词,但在红柯这里却成为揽四海于一瞬、抚古今于须臾的逍遥与博大了。小说这个体裁原本就应该有稗官野史的开放与丰富、精神视野的优裕与心魂的自由。尤其在E时代的今天,当现实中各种千奇百怪的社会现象、人生故事,已经被无限的传媒说尽的时候,它应该有更丰富、更新鲜、更贴近人们精神和心灵的历史与诗的结合。

三

《喀拉布风暴》一出版,很多严肃的批评家就看出了这部小说的不同凡响。一部小说的非凡之处,恰恰在于它内容的丰富博大,可以有多角度、多层面的解读与诠释。《喀拉布风暴》究竟是一部什么样的小说,可以说也有各种解读和欣赏的空间。从笔者有限的阅览看已有爱情启示录、爱情宝典的说法,也有成长小说和审美救赎的说法。但是无论多么雅致的解读,都不能回避,也不应躲开从开卷到终了,从西域到内地,从植物到动物到人,从沙漠到城市,从历史到现实巨大的性爱内容。以性爱的视

---

[1] 红柯:《喀拉布风暴》,重庆出版社,2013年,第302页。

野，引申蔓延的小说情节的巨大感染力，就是性爱与情爱及灵魂深处的大悲悯大慈悲的大爱。孟凯从新疆精河到西安市是由于与相爱十多年的女友叶海亚爱情的失败，张子鱼大学毕业后不辞而别的新疆之旅，也是因与李芸爱情的失败，而商人武明生到新疆也是为了已经衰老的父亲"偿还"当年对甘肃女人"情债"的还愿，而他之所以与孟凯能一拍即合，也是因为当年对美女李芸追求的失败——他们都是张子鱼或今天或昨天的"情敌"：醋意已淡薄，但妒意却成为他们共同的心结。当然我们可以高雅地将这些没有回避的性爱换成爱情，因为在今天，文明人仍然羞于从自己口中赤裸裸地说出性。但是这并不符合红柯及《喀拉布风暴》中的性爱观念与实际。第三章第十五节中，红柯这样写道："孟凯你想干什么？另一个孟凯告诉他我想打洞。显然是自我解嘲。他和张子鱼一个奔向时间一个奔向空间。地洞打到武明生家了。这是武明生不愿意看到的。武明生引孟凯来陕西就是想爆张子鱼的料却不想涉及自己的家族……历史是记录老祖宗的，祖宗的祖就是生殖器，就是阳物就是鸡巴。孟凯第一次走近帝王陵墓时马上就想到西域瀚海里的地精，地精个个生机勃勃，红光满面，而帝王的陵墓却弥漫着死亡的气息，每座王陵都依山而建，显示皇家的气势。势就是鸡巴就是阳物，草原上把阉割公畜叫去势。男人势大就是鸡巴大。扎势，显声势就是玩空城计玩空手道，该武明生出丑了。武明生家族历史上是给皇家养马的，失势后沦为骟匠。张子鱼家族让人伤感，武明生家族相当滑稽。"还写道："武明生抓一根地精在手，举到眼前看个不够。这玩意太像鸡巴了，大多男人都会想到自己的鸡巴，武明生没有，武明生首先想到猪呀羊呀这些动物的鸡巴，小时候吃过嘛，多么温馨的童年记忆。父亲为了给儿子加营养重操旧业。骟匠是让人看不起的营生，父亲忍辱负重骑着破旧的自行车在黄土高原的深沟大壑间奔波。"[1]

如果说武明生的四叔有西门庆的遗风的话，武明生父亲与甘肃女子

---

[1] 红柯：《喀拉布风暴》，重庆出版社，2013年，第255—256页。

在巴丹吉林沙漠上演的就是大漠里的红楼梦了，性欲上升到爱欲成为花儿中最感人的"有心了看一回尕妹来，没心了辞一回路来。活着捎一封书信来，死了托一个梦来"。武明生与孟凯交往中最内在的还有另一面，即中亚情歌《燕子》与甘肃花儿与关中眉户的交融。这部小说最初叫《地精》，在红柯眼中，动物都有爱情，何况人？

男女之爱的幸福是男女性欲情欲和爱欲，是延续种族的性本能。在《德意志意识形态》中，马克思、恩格斯说："任何人类历史的第一个前提无疑是有生命的个人的存在。因此第一个需要确定的具体事实就是这些个人的肉体组织，以及受肉体组织制约的他们与自然界的关系。"牟宗三在其《中国哲学十九讲》中一针见血地指出了现代社会种种的科学"对生命问题"本质的一层又一层的遮蔽："中国哲学，古人重视生命问题，现在没有人重视这个生命问题。现在人把生命首先变成心理学，然后由心理学变成生理学，由生理学再变成物理学，再转成人类学及其他种种的科学。"更为严重的是在无限扩大的阶级斗争路线下，不仅对人生命延续至关重要的性，与性有关的肉体组织成为文学的禁忌，就是性爱——男女爱情也被遮蔽着，以致"革命样板戏"中的英雄男女都成了单身。失去了性的人是没有生命的人，是被扭曲、压抑、囚禁的人。新时期中国文学的历程就是从人的解放开始的，我曾把它表述为"从人的解放到文学的解放"。但是随着无所不在的商业化原则对文学的侵蚀，在中国文化哲学传统中对生命与性的关注重视，也演变为一些文学作品中性的泛滥及性与人的生命本体的严重脱离，离开生命与爱的性成了金钱与地位的标志。但是从中国文化的演变历史来看，这种现象早从封建专制与层层加码的旧式礼教就开始了，一方面居于社会等级高层的男人们可以占有众多的女人，却以礼教之防剥夺并限制着广大男女爱与性的权利。现代社会越分越细的科学，贫富差距所导致的权利的不公平，社会意识与加剧的社会生存竞争，环境的污染，都在弱化并稀释着人们的生命力量，包括性和爱的能力。20世纪80年代中期产生的"寻根文学"所寻的"根"，正是被文明时代、现代社会所压抑的人类的生命之根，而其文学正是在"文学寻根"的大背景下产生的重要文学现象。

其实许多曾经被冠以"寻根"的作家，都在自己的作品中意识到了中华民族"种"的退化，生命的萎缩，贾平凹的长篇小说《高老庄》《怀念狼》都有对这种退化和"萎缩"的严重警示。而比他们年纪小了十岁的红柯，正是在80年代中期，只身从关中腹地到边疆的腹地，以"耕读传家"的农民子弟，去接受边地沙漠草原文化的熏陶和洗礼。他的小说，甚至长篇小说《西去的骑手》《生命树》《阿斗》等和散文、随笔，都是以张扬人的原始生命力，激扬奔放而热烈的精神为旨归的。在随笔《我爱燕子》《我爱童话》中红柯分析了《金瓶梅》与《红楼梦》的差别，贾宝玉的情感世界就是从袭人到宝钗到黛玉的上升过程即性欲到情欲到爱欲的过程。在《喀拉布风暴》中，他更是将这种精神从边地推向内地，从空间推向历史，揭示出作为人类和中华民族原始生命力和性在如张子鱼、武明生这样的家族史中的意义。红柯以不怕冒犯文明人的尊严而直接率真说出的，正是被文明社会层层累积的教条和禁忌所窒息的生命和人的本真。

贯穿于全书的主旋律就是那首《燕子》，作为爱情的象征引领芸芸众生从尘世到灵魂不断上升。这部书中性欲描写主要集中在三号主人公武明生家族，更多的是嘲讽和批判。一号主人公张子鱼和李芸、叶海亚则是情感和爱，是马克思在《1844年经济学哲学手稿》中强调的"自然的人化"和"人的自然化"。红柯小说对人类强大生命力的呼唤不仅来自一个个体生命的本真体验，还来自对人类生存现状的忧患和对未来的关怀，这是一个智识者的感悟和理性选择。这种选择和感悟融汇于蓬勃的从自然界的植物、动物到人类文明的现实，表现了对人类精神生活现状和生命现实的超越与梦想。他常常在将自己的感悟形象化、艺术化、情节化的同时，更忍不住地通过叙述和人物，形成一个又一个诗意化、哲理化的阅读亮点。他的小说是充盈着浓厚的诗意与哲理的小说，他的叙述是智性的叙述，他的小说语言是没有被干巴的教条所戕害的文化智慧型的诗化的语言。西安美女陶亚玲与孟凯新婚之后回到精河沙漠的体验充盈着浓厚的诗意。当陶亚玲不知不觉爬上了30米高的胡杨树时，孟凯惊叫："咱们是玩命啊老婆，摔下来的话不摔死也成植物人了。"陶亚玲回答："吓唬谁呢？要的就是这种疯狂的感觉，爱就是一种疯狂，明白吗傻瓜。"在胡杨树上用相机乱拍一通后她对孟凯说："谢谢你亲爱的，女人都把婚姻当作爱情的坟墓，你还是让我饱览了天堂的风光。"孟凯说："不是饱览天堂是进天堂。"①在沙漠中遇到叶海亚与张子鱼，交流了一些沙漠感受之后，陶亚玲还是对叶海亚不依不饶："我还是觉得女人最大的幸福不是在闹市中，是在神灵居住的僻静的地方……"②而已与另一个男子幸福结合的李芸，则动情地对陶亚玲谈自己对男人的体会："男人有时候就像孩子，嫁给他，等于让他从你生命中再生一次，其实就是他生命中最脆弱的部分，其他地方长全了，长坚实了，总会留下死穴，这是留给我们女人的。"③读到这里不禁让人联想到歌德《浮士德》和但丁《神曲》中引领我们上升的永恒的女性赞美。同样也是《红楼梦》所强调的女子是洗涤男人灵魂的清水，给男人以灵性，石头有了灵性就有生命就有活力，无灵气则心死，有灵气则心灵。《喀拉布风暴》中的飞沙走石同样被红柯赋予灵气与生命，在草原民歌《燕子》以外，书中反复出现的魔咒般的："喀拉布风暴冬带冰雪夏带沙石，所到之处，大地成为雅丹，人陷入爱情……"④黑沙暴实则心灵风暴。陶亚玲对新疆丈夫孟凯讲到她曾经在终南山住了几次所感觉的"妙处"："听风声鸟语虫子飞动，看露珠云朵月光溪水，万物都有灵性，特别是松香和莲花的清香，一下子让人放下所有的戒备，内心变得那么柔软，很容易跟天地万物接通，感受到前所未有的清凉和安静，心智和判断力也前所未有地强大。那一刻我才明白，一个冷静的大脑不如一颗清静的心，一个聪明智慧的大脑不如一颗充满灵性的心，大脑和心是不一样

---

① 红柯：《喀拉布风暴》，重庆出版社，2013年，第406页。
② 同上，第407页。
③ 同上，第423页。
④ 同上，第31、63、301、408页。

的，心心相印有高下之别，心机心计心术也能相印，也能默契，那都是坚硬的心，心有灵犀一点通需要的是有灵性的心、柔软的心，城府很深的人在月光下会变成小丑，终南山又叫月亮山，日月相汇的地方容不下一颗黑暗的心。"①这些都是笔者信手从连接十几页的书中随意地划下来抄下来的，它们表现了红柯小说的智性特征。

在红柯笔下，生命的奥秘还在于生命在转化。鸟儿化为鱼，鱼又化为鲜花与青草，正如13世纪古波斯诗人鲁米的诗："我死了，从矿石化为蔬菜五谷，作为蔬菜的我死了，化为动物，动物死了，我成为人……下次我还会死，然后长出羽翼犹如大使。会比天使升得更高。"这就是生命的不朽。而生命的本质和层次还在于爱，"爱山川河流爱大地飞鸟爱孩子"。叶海亚与张子角婚后五年没有孩子，但在面对孟凯的质疑时她却说："你不知道他多么喜欢孩子，爱山川河流爱大地飞鸟爱孩子，他没有失去爱的能力，他在恢复，他在为我们的孩子做准备，你不知道我有多么高兴。"②小说是通过性爱与情爱、婚姻来表现生命与爱的本质的，它通过叶海亚与张子鱼、陶亚玲与孟凯、李芸与气质独异的农民儿子丈夫、武明生与"大洋马"女大夫的曲折的爱情婚姻及幸福的家庭生活，固然说明爱情是疯狂的，性爱是天人合一阴阳契合的，它是人自然生命力的表现和需要，同时又是社会性的男女相互之间的评价与互相承认，它是种性的关怀与爱，又是爱自己与爱他人在社会伦理上的高度统一。

四

本世纪初，笔者曾就红柯创作的哲学美学本质，与陈晓明教授有过交流，在此后所写的《诗意的栖居》一文中，我说过："红柯在中国文坛，陕西文坛的真正意义，却是他美学精神和艺术哲学的独特性。陕西乃至中

---

① 红柯：《喀拉布风暴》，重庆出版社，2013年，第424页。
② 同上，第437页。

国许多作家的小说基本上是以社会历史为本体的，但红柯的小说却不是这样的，它是以精神欲望为本体，生命意志为本体。因此陈晓明说红柯的小说是现象学的。现象学的核心是，把理念完全悬置起来，把现象置于完全的思维前景，它并不是否认或拒绝事物的本质，而是企图更接近万物的本质。红柯的小说正是这样，它们很现象又很本质，很形而上的，可以说是从精神哲学的角度切入生活，切入人物，切入文学，很有哲学的高度……这里有飞扬的精神，有充分释放的生命意识，生命意志，还有作者独特的审美激情，审美个性。他写人物不只写性格，写他们做了什么事，这些当然不可能没有，但它们却毫不影响他奔向人的存在本体，生命本体，精神本体。"①十五年过去了，从《乌尔禾》《生命树》到《喀拉布风暴》他仍然坚定走在这条以人的生命精神为表现本体的创作道路上。

与早期的中短篇小说相比，与以前的充分意象化、诗意化、神话化相比，新作《喀拉布风暴》的人物显然多了些社会、历史、时代的现实背景，但仍未脱离一以贯之的精神、意志、生命原型。孟凯这个出身于城镇家庭的纨绔子弟，因读了斯文·赫定的《亚洲腹地旅行记》而确定了人生的精神目标，因爱上了同学叶海亚而使其野性得到了驯化，刻苦学习考上了重点大学中文系，成为一个安分守己的平庸的西部男子。直到失去了叶海亚之后，他仍然未能醒悟失去她的原因，他是抱着叶海亚必将回到他身边的期望，以经商的名义来到历史古城西安的，目的是调查情敌张子鱼的情爱劣迹，却融入了西安并爱上了特立独行风情万种的西安姑娘陶亚玲，找到了人生的归宿。他的商业伙伴武明生，却背负着失恋的感伤，在与不同的女人之间经受了引以为豪的性爱的幸福之后，遭遇了背叛，终于离开了刻板的体制，成为一个成功的商人，然而他一生最大的成功，是娶了一个知书达礼、能使他"放松"、看问题又快又准完成家族的"光荣与梦想"的妻子，然而从此，作为一个"骗匠"家族后代的男人，他的光芒也

---

① 李星：《诗意的栖居》，见《李星文集》第2卷，太白文艺出版社，2009年，第3—4页。

永远被她所取替。张子鱼是城郊农民的后代，他人生的第一次飞跃是英年早逝的铁匠的儿子引导他走出迷途活出自己尊严；第二次飞跃是读了斯文·赫定的书，知道怎样为自己的理想奋斗努力。然而，他在以斯文·赫定为人生榜样寻找自己的爱人米莉的青年时代却一而再再而三地碰壁。他在爱情上遭遇的远远不是背叛那样简单，而是关中腹地"历史隧道"中如蛛网般的家族网络对自己灵魂及感性生命力的束缚，于是他主动选择了逃离历史，"想在西域辽阔的天地间透一口气"，让生命在沙漠风暴中获得新的营养和动力。正是在精河沙漠自然的磨砺中，张子鱼终于明白了什么是真正的爱。"真心爱一个人，毫无保留地爱，就像沙漠，到了沙漠才明白要爱就毫无保留，一点不剩地把自己最真实的东西交出去……一点假都掺不了，沙漠里都是真实的东西，没有比戈壁沙漠更真实的了。"[①]这里的爱是男女之间的爱情，更是人类之爱、世界之爱、人伦之爱、理想之爱的真谛。

与三个男人相互映衬、相互撞击、相互理解，《喀拉布风暴》还以抒情的笔墨呈现了叶海亚、李芸、陶亚玲、外科女大夫，四个同样光彩照人、胸怀广大、境界不凡的青春女性形象。在叶海亚是对平庸生活的逃离，是对情人、丈夫的理解和等待，是给他心灵以"空间"；在李芸是对世俗喧嚣与热闹的拒绝，是爱的坚贞，是对个人心灵苦难的静默的优雅和从容，是审时度势的人生判断；在陶亚玲是一个漂亮女性面对群狼式的男人世界物欲的诱惑，在"女性江湖"闯荡的出淤泥而不染，对情投意合的真爱的追求和全力以赴的投入。这些女性形象也是这部小说从性欲到情欲到爱欲不断上升的关键因素。

面对红柯笔下那些脱离世俗低级趣味的大爱小爱兼备的人，充满生存智慧的人，坚定地追求自己爱情和人生梦想的人，我们看到的是人的伟大和高贵，想到了人类社会早期的轴心时代，庄子笔下所出现的脱离了现

---

① 红柯：《喀拉布风暴》，重庆出版社，2013年，第98页。

实和自然滞碍的逍遥的巨大无极的人。他们是背负大山，翼若垂天之云，抟扶摇羊角而上者九万里，绝云气，负青天，然后图南的鹏的人格鸟，是"举世誉之而不加劝，举世非之而不沮，定乎内外之分，辩乎荣辱之境"的"无己"之人。红柯认为："人身上有神性，写出这种神性是我的文学追求。"[1]超凡而入圣，体现的正是红柯所意识到的视野见识、眼光和思想。生活在当下中国的红柯，不是没有见过背叛和欺骗，也不是没有见识过明争暗斗阴谋诡计，更不是看不见世间的随处可见的聪明人的心机、心计、心术，在本书中他就评价这些所谓"城府深藏"的人有着一颗"坚硬的心"，是黑暗的心。但是他的笔墨却并不去聚焦于人类的"黑暗"和"坚硬"，而是伸向了如张子鱼和武明生家族的生存密码及其背后复杂幽深的礼教和家族制度秘密，以真诚与爱的单纯弘扬着社会与人的理想。他说："复杂中没有儿童一样的真诚透明和单纯，就什么都不是，没有一以贯之的精神。这种一以贯之的精神就是人类从远古文明之初时刚刚睁开眼睛打量宇宙天地的童年眼光。"他坦承自己的"大多作品都有童话色彩，特别是天山系列的几部长篇……（都有）中国大西北各族民间传说的大自然与大生命，天地大德日生。新作《喀拉布风暴》写神奇的地精、骆驼与爱情。爱的苦恼甜蜜，艰难与绝望中透出某种童话色彩"。"《易经》《山海经》《圣经》各民族的创世神话都有这种童年目光的品质。就连《红楼梦》也有童话色彩，大观园是个孩子世界，对应成人世界，鸳鸯火锅似的，成人世界的阴谋诡计刀光剑影污泥浊水与孩子世界的天真无邪相对抗。"他还说："老庄并列，其实庄子跟老子大不相同，庄子近于卡夫卡，外冷内热，有一种大悲愤绝望后的反击，曹雪芹鲁迅得庄子真传，绝望中有大悲悯。"[2]在斑斓复杂诡谲的社会历史现实人生背景下，一以贯之地发现着人的真诚、善良，表现生命与爱的真谛，抒发着对人高贵的精神的赞美，这是同当下中国大多数作家迥然有别的介入现实的方法和策

---

[1] 红柯：《拉近文学与人生的距离》，载《光明日报》2011年10月31日。
[2] 红柯：《我爱童话》，载《文学报》2014年6月5日。

略。红柯企图唤起人人内心都具有的生命的激情和高贵的爱的情感，以应对世道人心的黑暗。这就是红柯所传承的庄子式的绝望中的大悲悯、大关怀、大寄托。

红柯的《喀拉布风暴》是大生命、大精神、大人格境界的，又是大意象与大悲悯、大关怀与大爱的。它的题材是当代的现实的，充盈着对历史、社会与人的精神的历史大忧患。他的小说讲的不仅是当代人的故事，还有在更久远的时空背景下各式各样的张扬着生命意志和具有伟大精神力量的人的故事。相比大多数中国作家，红柯笔下的人物命运并不那么悲惨和残酷，他们企图改变的主要是自己的精神困境。他们的敌人不是别人，而是自己。推动他小说故事的动力是内省、感悟和爱。他的小说创作追求的不是情节和命运的大转折、大改变，而是内心生成的幸福感与心灵的归宿感。仅从《喀拉布风暴》一书中所谈及丰富多样的人类文明和精神文化，系统而不是零碎的经典意象，就能看出他的眼光和视野是多么广阔。他在教学和文学职业内外所发表的大量的散文和随笔，说明了对中外历史和中国现实及种种文化现象，包括经典作家的经典著作，他都有着自己目光独具的理解，《喀拉布风暴》所呈现的只是他心灵世界的一角。司马迁在《屈原贾生列传》中评价屈原的《离骚》说："国风好色而不淫，小雅怨诽而不乱，若离骚者，可谓兼之矣。"他还就其"文约，辞微"的特色说："其称文小而其指极大，举类迩而见义远。"庄子所追求的自由和超越，屈原式的美人香草，求索不已，或许正是红柯及其《喀拉布风暴》的民族精神和民族魂魄之所在。

原载《当代作家评论》2014年第5期，原题为《驰骋在丝绸古道上的骑手——从红柯最新长篇〈喀拉布风景〉说起》

深水静流　浑然天成

——读王安忆《天香》兼及对它的批评

安忆先生：

　　此前有山西评论家王春林先生告诉我，今年有两部好小说，一为贾平凹《古炉》，一为先生之《天香》。还未及读即见《文学报》黄惟群之批评文字，将《天香》说得分毫不值。正是带着黄文的"酷评"印象，我准备读一下《天香》，事先做好了"受苦"的准备（反正我兼职的单位，也随学校放了暑假），想不到只读了几页就沉浸其中，为其深蕴的历史文化氛围所笼罩，所感染。

　　作为渭河边上长大的北方农民的后代，我对你十来年关于上海人、上海精神、上海文化心理的小说并没有多少兴趣，也不认为这能成为一个大作家的归宿，所以尽管我十分喜欢《长恨歌》，并在当年的一次会议上，称其为"有香味的叙述"，但喜欢的也只是它的叙事和韵味、人物命运。及至读了《天香》，我才感受到了你这些年以上海历史风物、人物命运为背景的小说的别一番心灵寄寓。你不是以乡土、地域的狭隘眼光来看上海的，而实在是因为你从中找到了透视古老中国走向现代社会的历史进程中政治经济、文化心理变迁的一块沃土。这个变化是明中叶中西文化的频繁交流、商品经济发展、市民社会形成的必然，历经艰难曲折，付出了巨大的精神文化代价，因而也是惨烈的。你写了徐光启、阿施、阿潜这些传统生活方式的叛逆者，也写了蕙兰、戥子、乖女甚至希昭、闵女儿、小绸这些为生计所迫的大家闺秀坚守不了固有生活方式的无奈。堂堂申府后来竟靠闺中秀女的绣品而维持，蕙兰也因"天香园绣"而为孤儿寡女的张家撑起一片天，这是"造化"的捉弄，又是时势的必然。你写出了它的历史必然性，又写出了它悲欣交集的命运双重性。你的叙述如水银泻地，将历史命运、家族命运、个人命运天衣无缝地勾连融合在一起，让小说如"武陵绣史"沈希昭那些天人合一的精致绣品。《天香》实在是一部一气呵成的压卷之作。我从其中，始终未发现所谓情节的裂痕，或者功力之不逮之处，也未发现烦冗、琐碎的杂识对叙事气韵的破坏，感到的只是一个个真实鲜活的人物生命以及鲜亮饱满的自然和人间风景。

在感慨着岁月、历史、变化的无情和有情的同时，我还从《天香》中读到了先生如曹雪芹式的巨大的"悲悯"。所不同的是曹先生因看不到历史的归处而有着深刻的"虚无"，你却因知道了历史的归宿，而有着生生不已、新旧交替的些许欣慰和淡淡的忧伤。如蕙兰张家的命运，并不因申、彭两家的败落，张老爷及其子张陞的亡故而不可收拾，竟有了新的"中兴"。历史命运也如人的命运，它在关了一扇门的同时，又必然开启另一扇门。你是历史的乐观主义者。但同时我又隐隐觉出你是一个个人命运的悲观主义者，你以无边的伤感和无奈，写了一些健康活泼生命的衰老，也写了一些一尘不染的清纯儿女的变俗，更写了一个家族如何从兴旺繁荣到衰落萧条，更写了众多如花似玉的美丽女子的变老。以致你让历经磨难的少女戥子，仇恨婚姻，认为生儿育女是"造孽"，因为我们并不能给他们幸福。一方面只有大善、大爱之人才有如此痛心疾首的人生感悟，佛陀不就是以"苦难"来定义人生本质的吗？另一方面，它反映的又是经历了各种人间苦恼、心灵折磨，而又能清晰地感觉人生苦难的人的清醒。它带来的也不是悲观厌世而是改良世界人生的愿望和呼喊。《天香》是有改良人生愿望的，它是否也是作者于绝望中面对浩渺苍穹的一声悠长的叹息和呼喊？究竟《天香》中戥子可以不结婚，但却并没有妨碍她，甚至有助于她爱当年的半个孤儿灯奴、后来的受收养的孤儿送女。她对毁了容的远亲乖女的出路的精心安排，自己又冒了多么大的风险！

我对《天香》的又一喜爱之处，是它对"人情物理"精细入微的体察和表现。"人情""物理"是两门互相关联的大学问，对于作家尤显重要。我惊讶于你对这两门学问修炼的精透和深刻。"人情"集中表现于镇海媳妇与小绸（柯海妻）两妯娌在完全不对等的性格、教养、才情基础上的性命之交，在于小绸与闵女儿、与希昭心灵性格的对立统一。在前者是妻妾仇恨，在后者是婆媳在一种更高精神层次上的心智碰撞，然而仇恨终于化为同病相怜的"同党"，碰撞终于化为惺惺相惜的深层次理解。但是"同党"也好，"相惜"也好，终于又未达相融无间的层次，互有隔膜却又终于不失于相安、相得。对如此复杂的人物和他们的关系，拿捏得如此毫厘不差，实在是大家手笔。再如蕙兰之与希昭、与婆婆张夫人、与嫂子、与戥子的关系，分寸、界限也在紧张中有松弛，松弛中有紧张，处理得十分到位。男人之间的关系，如柯海之与阮郎、阿昉之与庶出的叔叔阿奎、阿施之与寺庙香火畏兀儿、灯奴之与洋教士仰凤也是各具境界神采，尤其是阿施与畏兀儿的生死之交，虽未正面写，却也十分完整，让人看到了人性中的光明、黑暗中的希望，给人以江湖之中有大爱的温暖。

"物理"方面就要复杂得多，你写了天象与人世、朝与野、雅与俗、乡与野、僧与俗、主与奴、时代与风情这些大范畴的影响与关联，又写了具体的建筑与园林、自然与美术、植物与动物、养殖与制造、书法与刺绣、时代与艺术，大凡外在世界与人生、心灵与艺术都在你作品中涉及了，这大概就是黄惟群所诟病的。但我却以为它们是过天命之年的一个知识女性对宇宙与人生、平民世界与精英世界、天之物与人之造的独特思考和心灵感悟。它们之出现在艺术结构中，或是为塑造人物所需求，如希昭在蕙兰张家说的一番话，堪称一篇绝佳的艺术论，但它却不是外加的，而是表现希昭这个"武陵绣史"的精彩神来之笔；二是营造社会文化和历史氛围所必需，如《红楼梦》之于衣饰、饮食、园林甚至药理；三是表现时代、环境、人物情感之需要，即如"天香园"兴旺时是一个样子，衰败时又是一个样子，彼时之上海也必然大有异于后来的上海等等。如此大范围而杂多的专业知识视野，当年成就了《红楼梦》，今天也成就了《天香》。文学从来不只是故事、情节，同时也是思想、精神、文化；读文学作品从来不只是图热闹，同时也是得知识、学识人。而社会——人从来都是与一定的文化相联系的，写社会、写人就必然要写到它（他）赖以生存的知识和文化。王蒙先生在80年代曾抱怨过当代作者的"非学者化"问题，经过三十多年的改革开放，承平日久，我们的作家有的走向了"学者化"道路，让文学的背景更丰富、深厚，更有内涵，这确实是文学的进步，而不是退步。

在商业尘嚣、娱乐文化膨胀得中国大地几乎放不下一张平静的书桌的时候，能读到安忆先生的《天香》、贾平凹兄的《古炉》，还有去年宁肯先生的《天·藏》这些逆娱乐潮流、摒弃极端商业化追求的小说，在我的有限的阅读中是十分欣慰的事。它们说明我们的作家并没有完全被世俗之风所污染，仍然保留着自己高贵的文化、文学信仰。早在前年，李佩甫先生就写出了《等等灵魂》，呼吁让灵魂不要与时俯仰，慢下来，冷静起来。你以自己的一部潜心静气的《天香》将人们导向人性、人生、文化、心灵深处的思考、反思，却又招来那些连起码鉴赏能力也欠缺的人毫无根据的批评和指责，是这个纷乱、浅薄、浮躁时代的必然。因为娱乐至死的时代，毕竟要培养出一批以娱乐为唯一目的的读者。以安忆先生在《天香》中表现出的通透和悲悯，想必不至于感到意外，并影响自己的创作情绪。

其实，我与先生并不陌生，80年代末在陕西作协会议室，白描先生好像为你的来访主持过一次少数几个人的座谈会，后来至少在作代会上，又多次相遇，不过由于我的自卑——农家孩子的拘谨，从来没有勇气当面、单独讨教。我在已近古稀之年（1944年生）冒昧写了如此杂乱、愤激的信，实是因为太喜欢《天香》了。我觉得一个作家一辈子有《长恨歌》

《天香》这样不同类型的小说，就足以传世，对得起历史，也对得起自己了。正因为如此，就特别在意对它无端的低层次的苛责，深为《天香》不平，也为作者不平。按说，以我的职业习惯，应该写一篇反批评文章，但面对《天香》这样一部浑然天成、深水静流的高蹈之作，又缺乏一些勇气——又是"自卑"，只能采用这种方式，聊泄积郁于心的块垒。至于安忆先生怎么看、怎么想，就都不会计较了。只希望此信能到你手中。

一场雨过后，西安转凉了，给我以终于又熬过一个酷夏的侥幸。上海当仍酷热，诚望保重。

  即颂

 撰安

李　星

2011年8月2日 于西安

他创造出一个精神和文学的高度

——读白描《被上帝咬过的苹果》

早在20世纪70年代初就与白描认识了，我是刚走上编辑岗位没几年的大学毕业生，他则仍在陕西师范大学中文系读书。他的学校采取了开放式办学方针，鼓励中文系的学生积极参与社会写作。他是因写了一篇关于杜鹏程一篇小说的评论而到我们的办公室的，同来的还有一个白白净净、眼睛大而亮的女同学，他介绍说这是他的女友毕英杰，原来是插队陕西的北京知青。那天，他们各穿了在当时很时髦的黑色短呢大衣，气质不俗，给我留下的印象是：这是郎才女貌、天造地设的一对，私下十分羡慕。毕业后他就到了当时的《陕西文艺》编辑部小说组工作，我们成了天天见面的同事，但并没有多少交往，主要是因为我天性中的自卑，缺少与出众而张扬的人交流的自信。然而，他骂我的一句话，却让我至今感激莫名，受益匪浅。事情是因为我当时经常因家庭琐事与爱人吵架，老伴又是一个不能忍让的人，受了委屈后就到院中给同事们说我的许多不是。一天，白描碰见我，劈头就骂："李星，你还算不算个男人？和自己的老婆为鸡毛蒜皮的事，整天吵，有啥意思？就不能像个男人那样忍让一下！"一语惊醒梦中人，我不仅没有因他的责备为忤，反倒从此豁然开朗，在内心以他为友。但真正与他像朋友那样往来，是他到北京工作以后。他的文章，我能见到的都认真阅读，他的片言只语的关切也常常令我感动。

直到去年，听说他得了肝病，并动了手术，正想说抽时间去看看他，后来又说并无大碍。读了他新近出版的散文集《被上帝咬过的苹果》，才知道他竟然从心理到精神上经历了那样大的磨难，并为他的大难不死，终于云破日出而衷心祝福。然而，白描以自己的一场走出死亡的大病为核心内容的《被上帝咬过的苹果》一书的意义，却不只是给朋友们和广大读者一份关于自己的病的报告，而是在与死亡的一次亲近后的关于生死的体验和思考，关于人生的价值和意义的感悟，一次精神和灵魂的飞跃和提升。对于任何一个人来说，生病都是不幸的，生大病更是一次大的不幸，然而，对于一个知识者，或者作家来说，这经历却可以转化为思想和灵魂、精神和文学的大收获。在白描这里，我们看到的正是这样由大不幸到思想和精神的大飞跃、文学的大收获。

不应该低估一个作家常常具有的体验他人及人间种种苦难和不幸的能力，他关于生与死的想象与感悟。但是究竟有"纸上得来终觉浅，绝知此事须躬行"的古训，只有史铁生这样多年徘徊在生与死之间的人，才能写出《我与地坛》这样不朽的文字。在此之前，白描写过长篇小说《苍凉的青春》等数百万的文字，但都是以一个作家关爱与悲悯之心去写另一些人的命运和遭际的，不仅境遇不同，而且隔衣、隔皮、隔肉、隔心，现在他要讲的是自己的故事，抚摸自己的伤痛，讲在死神降临之际，如何面对自己的心灵和思想。对于一个作家来说，这是一种极少遇到的生命际遇。一个怯懦者，可能早就六神无主，在惶惶然中等待死亡的降临，然而，白描究竟是一个勇敢的真男人，一个让理性压倒生命恐惧的真作家，在不失方寸地安排自己对父母、亲人的最后责任，进行最后的告别之后，他仍然镇定地安排自己的工作，给学生讲最后一课，出席最后的作协全代会……从容地扮演着可能是人生的最后的角色。

最感人者莫过于他在万籁俱寂的夜晚，在家乡的大地上，与天地之间的生死对话。"我说""我问""我抗辩"——天与地的"回答"，构成了一个知识者面对死亡时与空间上的无限孤独和时间上的心灵交响。正是从他在"寂静"中的心灵独语，我们看到了以往的文学，特别是所谓心灵散文中，难得一见的妙悟和哲思："寂静其实是一种声音，是自己的心声，它借助默然的外形喃喃自语或与某种客体交流，寂静是天语。是的，天有声音，地有声音……这是另外一种语言，静默的语言……"在回答关于"抛开肉体，还有灵魂呢，灵魂怎么安妥？"时白描让天地回答："灵魂的安妥不是最后时刻完成的，而决定于平素建立的精神坐标，灵魂宫殿的宏阔宽广取决于精神的高度，与生命长度无关……"如此得之于天籁的哲思妙语在他关于疾病与生死的篇章中，密集得俯拾皆是，不仅在当代中国作家的文字中罕见，即使与蒙田、歌德这些西方文学大家相比，也毫无逊色之处。这是一个作家在非常境遇下的超水平发挥。白描不仅对得起自己的那场病，也对得起他自己真诚浩荡的人生和一个作家的全部追求、付出。《被上帝咬过的苹果》中"生生死死"是一部诗意盎然、才情横溢的现代人生启示录。它必将以自己的思想和心灵力量，跻身于当代中国最优秀的散文行列，并因而成为中国散文的一个难以逾越的高度。如史铁生的《我与地坛》，这是真正用生命之血浸透的深厚沉重的文字。

　　从白描的书中，我看到了一个巍然而立的为以往朋友之间琐碎的日常小事所遮蔽的全新的白描，他不仅是一个真诚而坦荡的朋友，是一个关中农民和江西女红军的骄傲的后代，是一个始终关爱姐姐的好弟弟，是一个被北京知青毕英杰慧眼发现的好丈夫，是女儿丹丹的好父亲，还是一个有着广泛爱好、多才多艺的有品位的文化人，是一个富有担当精神、具有责任感和使命感的好干部，一个出色的文学教育工作者，更是一个对人类饱含关爱之心、心怀善良、才情兼备的好作家。从本书中，从白描和他的思想精神、人格境界中，我看到了一个并不完善、具有许多人格缺陷的自己。"高山仰止，景行行止"，或许，这正是我们的一切阅读和交往的最高目的。

　　原载《文艺报》2013年4月19日，原题为《一部现代的人生启示录——读白描〈被上帝咬过的苹果〉》，收入本书时略有改动和补充

我们需要什么样的争鸣？

——对董健先生《"秦家店"核心价值在当今的反动性》的质疑

董健先生的《"秦家店"核心价值在当今的反动性》一文，以"谈话"的方式，对孙皓晖先生的历史文学巨著《大秦帝国》进行了从文学到历史、从历史观到思想文化、从动机到结果的尖锐批判。作为和董健先生一样从极左年代和"文革"走过来的人，我是可以理解的，但这种以义愤代替说理，以臆想、推断代替分析研究的方法，以现实的需要代替历史事实的观点，不仅对孙皓晖及其《大秦帝国》不公平，对当代历史小说创作发展有害无益，对当前文学和思想文化界关于中国传统文化精神的深入反思和讨论也是不利的。

一、《大秦帝国》及关于秦文明的"正源说"是一个可以并且需要讨论的历史文化命题

早在2009年4月，在为有关方面拟在北京召开的《大秦帝国》研讨会准备的论文中，笔者就在《一部规模空前的中华文明史诗》一文中谈到了这个问题。但是因为身体的原因，笔者未能与会，只是将文章交给主办方，会后《文艺报》以纪要的形式，署名发表了该文的部分内容。后来全文虽

然收入河南文艺出版社出版的关于《大秦帝国》讨论资料一书，但影响范围很小，因此这里有必要摘录、重申当时的观点：

中国是一个具有三千多年文字史的古老国家，史籍的完备固然抑制着中华民族关于古史的神话想象力，却也发达着它在历史文学中的史传传统。由于官方史传的潜移默化，就连民间的文学艺术也常常打上了"统治思想"的深深印痕。进入近现代，列强所恃持的先进科技及新的"世界意识"对中国的屡屡侵犯，极大地挫伤了中华民族的自尊心，在检讨、反思中国历史文化的潮流中，激进的中国知识分子，发出了类似中国传统历史文化就是"吃人"的中华文化"原罪"说。持这种彻底的历史否定论的人们，固然有其渴望中华富强的良好动机，却也使历史虚无主义"必然而合理"地成为相当长时期内的中国社会主潮。直到改革开放以后，随着民族富强和重新认识世界，一种科学公正的中国历史意识和世界意识才日渐回到中国社会及知识界的视野中。然而囿于以往的种种禁忌和偏见，在历史文学写作领域虽有局部和个别的突破，但是在整体上却没有颠覆百年来的"原罪"史学的重要作品出现。当此之时，孙皓晖的长篇历史小说《大秦帝国》不仅以其五百余万字的长度和中国历史上第一个统一的中央集权大国的建立与灭亡过程的巨大规模，而且以其鲜明尖锐、颠覆性的思想观点，在文学和史学两个领域引爆了一颗"深水炸弹"。如，他关于不是被儒家创始人孔子所肯定的周代的"仁""礼"传统而是秦帝国的"变法图强"传统乃中华的"文明正源"的观念，他关于秦帝国非"暴政而亡"而是关外六国复辟势力和秦始皇、李斯"失误"的历史"偶然性"综合作用的结果的观点，他关于由秦嬴政开始的所谓"东方专制"的历史合理性的观点，他"非儒敬法"（与"四人帮"当年搞影射"周公"的"评法批儒"事件无关）彻底颠覆中国以"儒""道"为核心的思想文化史的观点，他关于"焚书""坑儒"的"真相"还原和肯定其历史正当性的观点，等等，都将在中国史学界、思想史界引起巨大的争论。

所有这些都须专门的史学家和思想文化史方面的专家来参与、讨论。

可以肯定的是，在今天这场立足"高端文明"（孙皓晖语）的讨论，既有历史的价值和意义，更有重新定位中华文明传统、弘扬民族传统精神、"重铸"（雷达语）民族性格魂魄的现实意义。这也正是孙皓晖由一个经济法史学者，转而以文学艺术这种大众易于接受的形式，写《大秦帝国》这部历史小说的根本动机。难得的是，他的转行既是出于秦帝国在中国历史的重大关头立法创制，实现了由"封侯建制"到"郡县制"，建设统一的华夏文明，影响中国历史两千多年的历史热情，又是出于对全球化、现代化背景下再造一个新的中华文明的责任感、使命感。这是迥异于当代许多舞文弄墨者的另一种文学的高度，别一种人格精神的风景。它让人想起在个人精神及肉体遭受了当权者残酷羞辱后，为了"究天人之际，通古今之变"，发奋著史的史圣司马迁。如果没有这样远大的志向，放弃已经实现的教授、专家已有或可能有的种种诱惑，辞去公职，"放逐"自己于人生地不熟的天涯海角，甘于寂寞数十个春秋，完成如此煌煌文学巨著，是不可能的。如此定力，在当代作家中可以说十分少见。

文中所列举的《大秦帝国》中种种颠覆性的历史文化观点，即所谓的孙皓晖向中国文学和史学投下的"深水炸弹"，正是以文学评论为主业的笔者的疑惑。对自己疑惑和限于知识视野、思想水平难以搞明白的问题，我采取了肯定作者勇于"标新立异"、创立新说的精神却对其观点"存疑"的态度。我以为这不是滑头或滑头主义，而是历史的归历史专家、文学的归文学评论的实事求是，是我的老实。但是，即使在当时，我也向从海南返西安的孙皓晖当面说了我的观点：不应该将亚圣孟子写成蒋干式的腐儒；中华文明的源头未必就只有一个，应该给"仁""礼"和"民为邦本"等周文明和儒家文明一席之地。

正是因为如此，我一直等待着史学界、思想文化界，给孙皓晖的观点以与他相应的高度和视野的狙击。但是，等来的却是董健先生给我的失望。他甚至连《文学报》组织这场讨论的动机都怀疑起来。

129

二、历史小说的观念虽然众说纷纭，但它的核心却是赋予历史人物以新的生命

德国哲学家恩斯特·卡西尔在其《人论》一书中说："艺术和历史学是我们探索人类本性的最有力的工具。"①"人类生活乃是一个有机体，在它之中所有的成分都是互相包容互相解释的。因此对过去的新的理解同时也就给予我们对未来的新的展望，而这种展望反过来成了推动理智生活和社会生活的一种动力。"②不能轻蔑和冷淡历史，不是要人们对历史顶礼膜拜，而是要不懈地发现历史的新价值。与历史学家不同的是，艺术家的历史发现不是要像历史学家那样去寻找新的历史史实，并以它作为依据重建一种历史解释，而是要在坚硬的历史后面，寻找并复活已经死去的人的思想、情感、精神。人，有生命力量的人，永远是一切艺术的出发点和归宿。《大秦帝国》的小说性正在这里，正如孙皓晖在创作中所感悟的："史料所呈现出来的，是既定的格局，是已经风干了的种种骨骼。历史小说的使命，是复活历史的脚步，是复原人物的血肉。"③从这个意义上说，历史小说的生命力与现实小说一样，都免不了想象和虚构。司马迁的《史记》之所以被称为"史家之绝唱，无韵之离骚"，兼具史、文两质，就是因为他不仅尽可能地还原历史真实，而且常常将个人的情感和倾向渗透进语言文字中，免不了细节和场景的想象和虚构。连《史记》都如此，怎么可能用完全的真实——哪怕所谓本质真实来作为评价历史小说的依据？《三国演义》尽管有"七实三虚"的说法，但罗贯中笔下的奸臣曹操，已远不同于《三国志》中那个文武兼备、雄才大略的曹操，诸葛亮、周瑜等人也与历史记载相去甚远，何谓"七实"？

---

① 恩斯特·卡西尔：《人论》，甘阳译，上海译文出版社，1985年，第261页。
② 同上，第226页。
③ 孙皓晖：《大秦帝国》第6部《帝国烽烟》，河南文艺出版社，2008年，第434页。

当然比起《三国演义》，人们对《大秦帝国》的要求可能不完全一样，因为学者化的孙皓晖赋予它了新的意义，这就是为三千年的中华文明史正本清源，为约定俗成的"暴秦"和"暴君"秦始皇翻案，为短命而亡的中央集权帝国的秦制、秦法叫屈，因此在基本的历史事实上人们完全有理由要求他忠于历史，更何况作者也是以自己占有足够史料自诩的。然而至今为止，笔者仍然没有看到历史学界对《大秦帝国》所涉及的基本历史事实的质疑，除了个别细节和语言的"硬伤"之外，无论是李建军，还是董健先生都拿不出足以证明孙皓晖造假的证据。

相反，在《大秦帝国》一书中，我们既看到了作者对孟子、荀子等儒家圣人批判性、讽刺性的描写——这让读过一些他们的伟大著作的笔者也难以接受——也看到了他没有回避法家人物在执法过程中的冷酷、无情、血腥。评价秦嬴政，"焚书坑儒"是个绕不过去的千古话题，看来作者对现有权威性的史料和说法是有所怀疑的，他给了一个反六国复辟的说法，并以此观念艺术地还原了事件的过程，嬴政所坑的人和六国之书数量也大为减少。包括董健先生在内，人们可以对此表示自己的愤慨，但言之凿凿的是作者对史料、旧说法的质疑：坑了那么多人，至今并无田野考察证明；焚了那么多书，但以《论语》《孟子》为代表的许多儒家经典仍然遗存于世。我们自己可以选择信，却无权要求所有的人都信。几千年了，不断有为秦始皇说好话的人，再多几个怀疑"焚书坑儒"的人，天能塌下来吗？秦始皇能活过来吗？没有秦始皇的时代，还是不断有书被焚，有儒被杀，这不是"榜样的力量"，而是制度与人性的必然，中国、外国历史上都有。以为把秦始皇钉在历史的耻辱柱上，言论和著作就永远自由了，是多么可笑的书生的执拗！相反，就笔者的阅读体验来看，宁愿相信孙皓晖的历史逻辑和人性逻辑。这究竟是一个旧制度崩溃，新体制、新政权艰难诞生的时代，无流血、无严刑峻法则不会有新制度、新秩序的诞生和巩固。这不是赞成还是反对暴力的道德观念之争，而是人性和人类社会已然和正然的现实。"一将功成万骨枯"，百姓固然无权选择，就是政治家常常也得作出与个人意志相反的选择。以为描写和肯定了历史上的暴力，就是肯定现实中的非正义暴力，就是嗜血成性的暴力主义者，不知从何说起！

与对历史——具体说就是对秦与六国战争中所坚持的历史主义进步标准不同，《大秦帝国》令人感动的却是作者对大历史背景下个人命运的感悟和悲悯，在这方面，孙皓晖无疑是一个悲观主义者，有着鲜明而强烈的历史悲剧意识。无疑，这也是一种人道主义的情怀。君王、权臣、改革家、军事家、策士，其个人命运无不以强大辉煌开始，以事业和生命的悲剧终。赵武灵王在位二十多年，何其英武威烈，却在最后因判事不明，被儿子领导的叛军围困数月，活活饿死；秦嬴政在政治、军事、外交方面是何其雄才大略，但被他赦免和重用的郑国却敢于当面指出其"大政有成，民生无本"的执政偏颇，直到病入沉疴却在接班人问题上犹豫不决，给奸人留下乱政亡秦的机会，就连自己怎么死的，也留下千年疑案。孙皓晖从来没有将包括秦孝公、商鞅、秦嬴政等推动历史进步、国家富强的人物完美化，写出了许多主要人物性格心理的多面性和复杂性。"性格决定命运"，在他们人生和事业的上升阶段，他们的心理人格缺陷被胜利、成功所遮蔽着，但一到历史的转折点，他们恶劣的个性和人格缺陷就凸显出来，铸成个人命运和历史命运的大错。如导致嬴政事业半途而废的，正是他性格中被刚毅、果决掩盖的好冲动、小仁慈和好大喜功。在书中人格与命运密切关联的描写中，最令人震撼的是李斯。这位才华盖世、能力全面的关东士子，以一篇反潮流的《谏逐客令》而被秦王赏识，官运亨通，成为统一之后影响未来历史两千年的政治设计师。然而正是这个稀世之才有着看主子眼色行事、私心过重的人格缺陷。大将军王贲在临终前特意遗言嬴政"丞相李斯，斡旋之心太重，一己之心太过"，可是已经迟了，在始皇病逝之后，李斯竟出于私心与赵高密谋拥立了胡亥，使自己合族俱灭，在刑场上向儿子发出了"吾欲与若复牵黄犬，俱出上蔡东门，逐狡兔岂可得乎"的名叹。仅从这里就可看出《大秦帝国》的人性、人生深度和人文情怀。以历史文化观点的不同，而否认《大秦帝国》在复活历史现场人物等方面的历史文学才能,并进而对作者的创作动机和人格素质加以怀疑,是一种"非我族类,其心必异"的狭窄与偏颇。

我始终认为,《大秦帝国》是存在着严重的思想艺术缺陷的:其一是以论入史、以论文入文本,使作品有以形象图解观念的缺陷;其二是历史观念上有偏颇,对儒家代表人物及其伟大思想、救世动机贬斥过甚;其三是虚构的白雪等美女、才女,名字不同,身份不同,但形象气质表面、单一,严重雷同。还可举出的例子是嬴渠梁神农山寻墨子的情节,过于荒诞不经,确实有受近代武侠小说俗套的影响的嫌疑。至于第一部所写的多国会盟伐秦的情节虚构,则完全是合理的。一是多国会盟,甚至联合匈奴伐秦之历史确实存在,就连《史记·秦本纪》也有记载,只是作者将之在时间上提前了;二是列国之间的吞并是诸侯国之间关系的常态,从来没有所谓的和平自守。即使没有秦的强大统一,其他国家中也会出现取周天子以代的统一者,因为这是民心之所向,历史的大趋势。但这并不是今天中国概念中的统一,诚如易中天教授所言:"显然,现代意义上的'中国',是国际社会之一员;传统意义上的'天下',却是整个世界。天下的产权是天的,治权则属于天子。天子是'天之元子',奉天承运,因天的授权而统治天下臣民。这个治权是遍及海内的,叫'普天之下,莫非王土;率土之滨,莫非王臣'。"[①]

三、董健先生的论辩方法和风度是不可取的

"闻道有先后,术业有专攻",在分工愈来愈细的现代化社会,要求每一个文艺批评家、理论家、专家、学者对面对的每一个历史、现实课题都熟悉、贯通是不现实的;但是我们却可以要求,面对《大秦帝国》这样一部规模空前的历史小说,以及对此段历史做了数十年研究的孙皓晖在小

[①] 易中天:《大同梦、强国梦与幸福梦》,2010年8月1日于北京大学百年纪念讲堂演讲录。

说中所表现的历史文化观点，果真要与之商榷、辩驳，要进行历史文化批评，自己至少也应做一些相应的案头研究工作，才能以相应的知识、视野与之对话。在这一点上何其芳先生可以说是我们的榜样，20世纪五六十年代，他在参与一些文学史案论争时，常常能沉下来，深入研究相关资料，然后拿出自己中肯而又有见解的观点。他在《红楼梦》研究、李煜词研究、《三国》《水浒》研究方面，特别是他提出"典型共名"说，至今仍有意义。比起辩论对手来说，他是后知、后觉者，但以深厚的文学鉴赏眼光和人性、人情为研究底蕴，以实事求是为人格支撑的他，其文章的说服力和美学价值都绝大于应阶级斗争之运而出道的李希凡。然而，从董健先生的文章中我们看到的却是与何其芳先生迥然不同的另一番风景：

一是，既无视小说文本现实，又不研究作者观点的望文生义、捕风捉影、无限上纲。即使秦文明、秦文化是中国文化、文明的源头是无知妄说，也是文化和学术观点的问题，怎么一下子就上升到"反启蒙、反现代、对抗和谐社会与以人为本的思潮和情结"？这中间的逻辑关系究竟是怎么一回事，让人有论者的思想方法至今仍停留在20世纪六七十年代之感。即使否认秦始皇是残民的暴君和秦帝国是所谓封建专制主义的说法，也不能说孙皓晖反对今天渐成共识的"普世价值"。正是在《历史主义是理清中国文明史的根基》一文中，孙用专门的章节探讨了"秦帝国的中央集权制是专制主义吗"的问题，其分歧也只是对西方"专制主义理论在中国适用性的"看法，对秦帝国政治制度实践的陈列与分析，要反驳它也得讲些道理吧，举一些相反的事实或对相同的事实有一些有利于自己的分析吧，何以如此自信而武断！

其实，关于秦政权的性质及后世影响，在史学界从来也不乏不同观点的争论。一是秦政权是专制的，它的后世影响也是更为专制的；二是秦政权是中央集权制，只是后世才蜕变为专制。即使以往史学界认识一致，也应允许今天的人有不同的看法，唯西方学者马首是瞻和以中国以往学者的论辩为不易之论，都不是与时俱进，都不利思想文化创新。何况据笔者所知，围绕所谓中国改革和未来前途、道路，及所谓"中国模式""第三条道路"，中国学界、国外学界观点也是五花八门，各有见解，孙皓晖虽然以《大秦帝国》客观上、事实上参与其中，不也很正常吗？何必无限上纲，陷人以不伦之罪？

二是罔顾基本的历史研究方法，自说自话。在《文学报》所发表的《历史主义是理清中国文明史的根基》一文中，孙皓晖以严谨的学术规范，首先谈的就是历史研究的方法问题，提出了判断文明价值的标准、原则是历史主义，并对历史主义的定义和内涵、应用作了具有学理价值的论述。但是董健先生对此几乎无一字的辨析和对自己观点的说明，径直拿来了俞吾金演讲稿中批评历史主义的说法，作出了前提不明的一系列虚假判断，说"喜欢放过历史罪恶，不愿接受历史教训的人，或者为了现实的需要而要从历史文化资源中吸收某些有毒材料的人，总喜欢搬弄'历史主义'这个概念"。仅仅从常识的角度看，历史主义也是一种既尊重历史的客观性，又承认历史的过程性、阶段性、特殊性的历史研究方法，我不知道这种方法何以如此让董先生反感，为它罗织了这么多的罪名？难道真如胡适先生所调侃的历史就是任人打扮的少女？是的，克罗齐说过一切过往的历史都是当代史的名言，但是他只是以历史的主角始终是人、人类生活是一个有机整体、历史的经验教训在当代思想文化的渗透影响几个方面来实现他的真理性的，绝不意味着"古今无差别"，可以脱离开历史的客观性、具体性，信口开河。孙皓晖认为理清中国文明史的根基，在于坚持历史主义的方法，你可以不同意，另给一种方法，却没有在辨析他的错误所在时断然否定他，且武断加罪的理由。这不是更加证明孙皓晖设定论辩的方法论前提，即历史主义是理清中国文明史的"根基"吗？

至于俞吾金教授的演讲稿，是不是彻底否定历史主义研究方法，我们可以不关心，但从董先生的转述来看，也只是说俞先生批评的是历史主义者经常会犯的错误，与该方法是否科学，完全是两码事。我所知道的是当代学人的文章，倒常常将历史主义和道德主义作为虽然对立但都可以并存的历史研究方法。至于董先生转述的俞先生文中所批评的历史主义的三个特点,过程崇拜、泡沫崇拜、对历史事实的厌倦,依笔者看是互相矛盾的,历史事实可能并必然包括历史的过程,何来重视"过程"就是崇拜过程?泡沫崇拜如果是放大取小、不见主干只见枝叶、一叶障目不见森林,将庄严的历史娱乐化、花边化,当然也确实成为当前历史题材创作的误区,但将历史小说中的合理虚构、演绎,一概视作泡沫,则是对"历史小说"这种文学体裁的抹杀。

三是离开对方观点适用范围的无限推理,置对方以无视人类和社会公理的荒唐境地。如"焚书的事关系到文化人、知识分子的思想自由和言论自由,这是历代都绕不开的问题,但显然作者大感不便,于是有意回避"。《大秦帝国》"回避"了吗?只是以现有史料作出了自己的阐释,提出了自己的看法。如果对一桩历史旧案产生了怀疑并作出自己的解释,就是否定知识分子的思想和言论自由,那孙皓晖的"自由"何在?

再如"按照《大秦帝国》传递出来的信息,就可能造成这样一种理解:等我一旦强力崛起,我就要用暴力把你吃掉"。不仅将孙皓晖说成暴力主义者,而且将其推断成鼓吹暴力吞并的侵略者,这真是欲加之罪何患无辞的荒谬推理!当时的诸侯国之间的关系以及当时人们对国家的理解,完全等同于现代意义上的国家关系吗?这种混淆正是拒绝"历史主义"方法所造成的。

还有"它(指《大秦帝国》)出于狭隘的民族主义的'强国'观念,颂'秦'挺'法',崇尚暴力和强权,否认人道主义,否认自由、民主、法制、人权这些具有普世意义的文化价值观"。"颂'秦'挺'法'"就是狭隘的民族主义,就是否认自由、民主、法制、人权?真是危言耸听得可以。

先秦法家的思想中,包括商鞅的法,韩非的法,固然含有治人的目的,但是由人治到法治,法不阿私,却难道不是历史的进步吗?我和董健先生一样不满的"文革"的一项劣迹不就是无法无天、弃宪法如敝屣吗?

法怎么和历史主义一样也成了罪恶的渊薮了呢？

四是以想当然为历史事实，在七国之中判定优劣。如"他居然把晚出的秦地文化说成是中华文化的源头，犯了常识性的错误"。究竟谁犯了常识性错误？只要翻一下《史记·秦始皇本纪》及《秦本纪》，就会发现连司马迁也不认为秦是后起之国："秦之先帝颛顼之苗裔"，"秦之先伯翳，尝有勋于唐虞之际，受土赐姓。及殷夏之间微散。至周之衰，秦兴，邑于西垂。自缪公以来，稍蚕食诸侯，竟成始皇"，并说秦"自缪公以来，至于秦王二十余君，常为诸侯雄，岂世世贤哉，其势居然也"。1973年出版之《中国历史年代简表》是从秦庄公开始秦之历史的，但也只晚于晋釐侯十九年。颛顼之后，唐虞之勋，周之赐国，六百一十岁，何来晚也？这是不是董先生所批评的"出身论"？

董先生还说："回到战国历史看，在当时的七个国家中，无论从文化还是经济看，秦国的文明程度比齐国、魏国都要落后得多。"并引用自己以前的话说："地处西部的秦国是一个野蛮落后之国，它以暴力与恐怖强国，又以暴力与恐怖灭了六国"；"秦国在文化上落后这一点是无须质疑的。它本身从弱小到强大，没有产生一个思想家，商鞅、吕不韦、韩非都不是秦国人"；"孙皓晖拿历史上落后战胜先进这样的例子来鼓吹暴力，就可以看出他在文化价值取向上存在严重问题"。这里首先要说明的是当时的西部、西陲，并不是今天，甚至也不是汉以后的西部，而是今天渭河的上中游流域，大致包括甘肃的东部、陕西的中北部，当时这里土地肥沃，森林草原覆盖，水源充足，是中华民族的发祥地之一，也有人称之为中华民族的摇篮，著名的半坡遗址、马家窑遗址就在这里；其次要特别指出的是，作为儒家思想文化源头的周文化，不但诞生在这里，而且随周武王、周成王灭商从这里扩张到中东部，董先生认为先进的齐和魏也是周的诸侯国。他总不会认为兴起于渭河流域的周灭商是落后战胜先进，是历史的倒退吧？最后要说明的是，强大与弱小不是天生的，而是由政治制度、思想文化、经济方式造成的。秦没有产生思想家，但它却是一个励精图治,走向法治,开放、包容的国家,商鞅、韩非、吕不韦不是秦国人,包括李斯、郑国也不是秦国人,但他们却能为秦所用,这能证明秦落后、野蛮吗?商鞅、郑国、李斯这样的经天纬地之才,为什么会被秦国重视,在秦国发挥出他们最大的才能,这不能说明秦国的制度先进吗?"秦,虎狼之国也",六国这样评价它的扩张野心,并试图以合纵之策阻挡其统一车轮,为什么没有挡住?

至于秦二世而亡的原因,历代的史学家、文学家皆有所论,暴政是主流的说法,重用了赵高,选错了接班人是一种说法,成功后的始皇帝骄傲自满也是一种说法,但是对统一以后不久的政权来说,旧仇新怨、原来为对外战争所缓解的国内矛盾之总爆发,都是可以想见的。孙皓晖的理解和认识并不是空穴来风。就连司马迁也不无惋惜:"借使子婴有庸主之材,仅得中佐,山东虽乱,秦之(旧)地可全而有,宗庙之祀未当绝也。"总之一个新政权、新生事物之短命,不一定就是这个政权"反动"(用董先生之词义),"汉承秦制"以至于几千年就说明了它的制度文明有它的合理之处。岂能以地域和国家出身的"落后""野蛮"一言以蔽之、毙死,把复杂的历史因果简单化?

四、扼守"人文语言的和平本性",以"谦卑友善"的态度争鸣

作为一个以文学鉴赏为基础的文学批评工作者,我始终认为自己并不具备就孙皓晖小说所提出的秦文明的性质、意义、历史价值与当代价值等进行争鸣、探讨的资格,本文所要做的只是维护他著作与言论的权利。因为至今为止,无论就《大秦帝国》小说,还是相关文章来说,他都没有离开一个著作者的学术本位,他的言论或许不无自以为掌握了真理的强悍霸气,但他是说理的、学术的,就小说来说则是文学的、艺术的,我不否认他的观点好像说的是历史,但针对的却是现实,有很强的现实指向。既能看出他对从鸦片战争以来,特别是"五四"以后,中国知识界主流的"西

化"的焦虑，也能看出他对当前"国学热""儒学热"的不满。他的偏颇主要表现在将儒家学说中固有的法治理论理想化，并将它与自己的母体儒家完全对立起来。这里有必要引述陈寅恪关于儒、法的论述："李斯受荀卿之学，佐成秦治。秦之法制实儒家一派学说之所附系。《中庸》之'车同轨，书同文，行同伦'（即太史公所谓'至始皇乃能并冠带之伦'之伦），为儒家理想之制度……汉承秦业，其官制法律并袭用前朝。遗传至晋以后，法律与礼经并称。儒家《周官》之说悉入法典。夫政治社会一切公私行动莫不与法典相关，而法典为儒家学说具体之实现。故二千年来华夏民族所受儒家学说之影响最深最巨者，实在制度法律公私生活之方面；而关于学说思想之方面，或转有不如佛道二教者。"（《冯友兰〈中国哲学史〉下册审查报告》）以陈寅恪之精粹高深，证之于历史印象以及个人多年来之观察，我以为是不应该怀疑他这段话的科学性的，孙皓晖能否再思之。但是陈之论述，却也不乏对孙有利之方面，如对始皇及秦制的充分肯定（至始皇乃能并冠带之伦），如他认为晋以后秦治的演进，是否留下了秦治是否"专制"的评价空间。实际上，关于几千年来的帝制社会，是否真的如许多研究者所认为的是皇帝一人的专制，杜维明就有不同看法，他说："如果认为中国整个古代文明都是专制的，认为知识分子没有独立性，这样的对中国传统文化发展过程的概括是站不住脚的，不完整。而且如果认为美国是一个完全的自由民主的发展过程，也是站不住的。中国和西方的发展中间都有非常复杂的现象。"他还认为"现代性是多元的"，"世界上还有其他现代性的可能"，"不能用现代性的几个普遍规律或是基本因素，概括庞杂的现代性的独特性"。（以上引文均见袁伟时、杜维明《如何看待中国传统文化》）不能认为杜维明的话就必然正确，但它至少可以说明，孙皓晖的"崇秦""颂秦"在思想、学术界并不孤独。

和儒家与法家、传统与现代的关系相比，董健先生与孙皓晖先生最纠缠不清的就是历史主义与道德主义两种标准的优劣，以及它所牵扯的中国改革的现实与未来了。一者公开打出了历史主义的旗帜，一者打的是与公平、正义相关的民主、自由、法制、人权的"普世价值"。其实，这也正是当前中国思想文化界分歧的主要根源之一，没有什么可以隐瞒，也没有什么是不可以讨论的。早在1993年，笔者就在一篇比较先锋主义和传统现实主义的文章中说"一个热衷于描绘自然的人性，一个迷恋于有教化的人性；一个不惜以赞扬摧毁旧秩序的恶来迎接新社会的生机，一个希望以张扬人性中的善来建立社会的新秩序；一个崇拜人的感性和潜意识，一个崇尚人的理性和自觉意识。在中国正在进行的现代化的过程中，这两种文化倾向的存在，恰恰成为一种合理的互补。如果没有前者，历史的河流可能会因激情不足而缺乏荡涤积年陈腐的力量，如果没有后者，历史的河流将因缺乏理智和思想的力量，而使人类蒙受本可以避免的灾难"，不幸或者幸运的是"人类社会永远前进在激情和理智的双轨上"。[①]其实这里所说的完全可以适用于历史主义和道德主义。记得李泽厚先生曾经将感性与理性、理智和情感、历史主义和道德主义，类比于马克思在《1844年经济学哲学手稿》中所说的："自然主义与人道主义"，"存在与本质、对象化与自我肯定、自由与必然、个体与物种之间的纠纷"。所不同的是，马克思认为这些"历史谜语"最终会在共产主义社会解决，而李泽厚则将它们称为"永恒的历史之谜"。——这是令人性论者和人类社会充满尴尬的两难选择。而由这些根本问题所牵出的许多具体的学科、专业领域的分歧，在面临社会历史大变革的当代中国，变得更为复杂、尖锐，许多专业学术的争论，还直接影响到施政者的现实选择，经济的政策、文化的政策等等。

遗憾的是，主流媒体特别是传统的纸质媒介，对这些专业学术的分歧与争论，罕有有组织的深入讨论。对《文学报》开辟版面，对长篇历史小说《大秦帝国》及其所涉及的相关问题进行讨论、争鸣，我是衷心拥护的。但是，我们需要什么样的"争鸣"？攻其一点，不及其余，无限上

---

① 李星：《李星文集》第2卷，太白文艺出版社，2009年，第37页。

纲、扣帽子、打棍子的文风必须改变；摆事实、讲道理、以理服人的学术立场必须发扬。我很赞成文化学者尤西林先生在其著作《阐释并守护世界意义的人——人文知识分子的起源与使命》一书中关于这个问题的立场，他说："当人文知识分子对意义的阐释与守护火药味过浓时，当这种阐释与守护从谦卑友善迸发为意气激扬，乃至颐指气使的教训（或者表面与之有别的孤高自傲）时，人们就应该警惕教化向权力的转化，而不可简单地视之为某种风格个性"，"对于我们重要的是，美作为真理发生的方式，在根本上已排除了征伐统治的真理观念。真理，意味着本然的友爱与奉献，意味着个性联合游戏地超出自我又丰富自我，意味着一个使人超越利己主义涵义界的人性意义境界"，"守护人文语言的和平本性攸关人类社会的安全与幸福。政教合一的意识形态语言的巨大危险，也正在于它恰恰使人文语言权力化了"。[①]他说得多么深刻、到位啊，好像就是针对目前的争论说的。扼守"人文语言的和平本性""谦卑友善"，这正是我对这场争论的期望和这篇文章所要努力做到的。如此而已，岂有他哉！

原载《文学报》2011年1月13日

[①] 尤西林：《阐释并守护世界意义的人——人文知识分子的起源与使命》，陕西人民出版社，2006年，第191、193、195页。

一部深耕着三秦大地的厚重之书

——读阿莹散文集《大秦之道》

无论对著者阿莹本人，还是对陕西乃至整个中国散文界，由人民文学出版社2016年出版的散文集《大秦之道》都有着重要的价值和意义。

这是一部主题散文集，有"汲古""仰止""雅鉴""游思"等四辑五十余篇，主要收录近四五年阿莹所撰写的散文。他以一个人之力，实现了对三秦大地的历史和文化、人文胜迹、先贤旧址和文明创造的一次大面积巡视和考察，以开阔的历史视野，深邃的人文眼光和丰富的考古、艺术知识，从一个个人和物的个案中，或发现着为时光遮蔽的历史隐秘，或重现着它们巨大的思想文化意义，或在蛛丝马迹中寻绎和复原着那些非凡人物的伟大业绩和人生命运轨迹……其历史文化含量之大和寄情之深，与那些文人雅士"到此一游"的海量的游记散文划出了明显的界限，进入了历史文化散文的新层次。它是作者对三秦大地丰富的历史和文化的一次深耕，也是他献给三秦大地和它的伟大的人民的一曲深情的颂歌。诗人艾青说过："为什么我的眼里常含泪水？因为我对这土地爱得深沉！"从本书阿莹的散文中，我所感受到的正是这种赤热的情怀，这份祖国、家乡、大地儿子的赤子之爱。

阿莹的历史文化散文是有执着的民族文化自信的散文，也是有自己坚定人民立场和崇高信仰的散文。《石峁城之古》《石鼓山之谜》《法门寺之佛》《地宫艺术之光》等不仅肯定了古代劳动人民的智慧创造，而且歌颂了在中华文明遭遇浩劫的战乱年代那些为保护中华历史文化和文明创造的仁人志士所付出的巨大牺牲和所作的艰苦卓绝的巨大贡献。《法门寺之佛》中，明代乡绅重修寺塔碑文中一处"伟大的遗漏"，抗日爱国将军一个"伟大的谎言"，"文革"中为护寺住庙法师的一次"伟大的涅槃"，感人至深，惊心动魄。在数百年历史风雨中，这些伟大事件的真相或已湮没，或隐而不存，但阿莹却通过自己的散文，将他们艺术化、情节化了，使其刀雕斧凿一样凸显出来，彰显于地宫宝库重见天日之时。在有名的法门寺塔和地宫之旁，为这些无愧于民族脊梁的人物立起了一座文字之碑、文学之碑。作为中国宗教文明一个伟大象征和见证者的法门寺塔不倒，这座抵抗邪恶、张扬正义、弘扬伟大爱国主义精神的文字碑就将永远为人们所铭记。

从《法门寺之佛》一文中，我们就可以看出，为了增强散文的可读性，阿莹从自己早有创作实践并颇有不凡收获的戏剧文学中借鉴而来的情节性、场景性因素。《乐游原之下》从武惠妃墓的被盗案引出韩休墓的被盗，又由韩休与《五牛图》作者韩滉之父子关系，联想到盗墓者电脑中所录存之韩休墓中失名的风景壁画，并推测画的作者或许正是墓主人的儿子韩滉！若果真如此，它揭开的不仅是一桩画坛的趣闻，而且还将改写中国风景画的绘画史！在作者以丰富的绘画艺术知识对韩休墓风景壁画的鉴赏中，我们看到的不仅是一个艺术家的情怀，还看到了一个官员的责任和担当。正是这些侦破式盗宝、卖宝事件，使《乐游原之下》一文，有着侦破小说般的艺术魅力。异曲而同工的，还有《仙游寺之宝》《上官婉儿之殇》《药王山之神》等篇目。

阿莹的历史文化散文，还是以人为历史主角的散文。《大秦之道》中的许多篇幅，虽然写器、写物、写事、写遗迹，但在阅读之后我却常被与它们相联系甚至共命运的许多伟大人物而感动，如《草堂之雾》《诗人之梦》《玉华宫之路》《上官婉儿之殇》等。《草堂之雾》之价值不仅在于对鸠摩罗什这个为佛教中国化作出伟大贡献的译经大师的赞叹，更在于对这位历来面目模糊的番僧的人生履历的清晰呈现：随母之走遍西域名山古寺，是他青年人生的第一阶段，滞留西凉的十七年应该是他汉化并坚定人生志向的更为关键的阶段，而草堂寺的译经盛场则是他结实收获之地。

《玉华宫之路》更是一篇因其对唐太宗、唐高宗两代皇帝与唐玄奘关系的独具慧目的透视而令人受到极大的心灵震撼的散文力作。在部分正史和人们印象中，玄奘与几代皇帝的关系似乎永远如新婚蜜月般美满，曾经有小说家就写过如此的玄奘传。阿莹却以现有史料为依据，揭开了唐太宗与玄奘这两位各有不同抱负的伟大男人之间关系的另一层真相：唐太宗对玄奘的器重固然有一个开国英主的胸襟气度与爱才之乐，但并不排斥有用这个传奇大师的声望来增加其从父兄手中抢来帝位的神圣性的动机；而玄奘与他的结交也有其使佛法得以弘扬，而且上升为国教的目的。这是人间皇帝与宗教领袖之间的特殊利益关系。《玉华宫之路》通过作者自己在交通发达的今天，也依然遥远曲折的瞻仰之路，以穿越式的联想复活了当年玄奘的通向玉华宫之路：

"玄奘当年一定是乘着御车慢腾腾进入这道门阙的，当时的心情也一定郁闷难耐。这位庄严博学的大德，在唐太宗给他营造的（长安城南村慈恩寺）曼妙氛围里，可能编织过一个藏于心底的大秘密，就是通过佛养滋润将唐太宗度为中国的阿育王，至少可以借助皇权推动弘法扬佛，否则他何必天天不厌其烦地伴随左右呢？然而，玄奘法师毕竟是一位出家僧人，他显然高估了自己与皇室的关系，竟然试图改变佛教的社会地位。文献记载，他几次向唐太宗表奏，要把佛教置于道教和儒教之上，使僧侣免受刑律的管辖。谁都知道李唐王朝一直将道教祖师李耳奉为祖先，这些懵懂的提议显然使圣皇感到了难堪。但唐太宗毕竟是个雄才大略的政治家，他后来下旨让玄奘将《道德经》译成梵文……以示警诫。"

玄奘的得意弟子、著译的得力助手辨机因与唐公主的奸情败露，被唐太宗公开腰斩于午门的惨烈，终于惊醒了懵懂、痴执的圣僧，明白了自己伴君如伴虎的处境，遂萌生离京去故乡河南嵩山少林寺修行之意，然而这一无异于自贬离京的愿望也遭到太宗之子唐高宗李治的断然拒绝。阿莹从高宗御批中挑出"切复陈情"四个字，浓缩了皇室对这个年过六十的高僧大德的绝情。如果说封建宫廷对失宠后妃们的处理是"打入冷宫"，而玉华宫对玄奘来说，无异于后妃们的"冷宫"。相比于国都慈恩寺的十二年，唐玄奘在玉华宫四年的心境可想而知！一次意外的小腿骨折（不是今天许多老人因严重骨质疏松造成的胯骨骨折）竟然能使他一命归西，就说明当时的他已经多么衰弱！

据报载，阿莹的散文《地宫艺术之光》中所写的三个伟大的护宝之举，已被敏感的艺术家改编为舞台剧，并颇受欢迎。那么仅从《玉华宫之路》所透露的一代大师唐玄奘从慈恩寺走向玉华宫的路，就包含了帝王与圣僧之间多么惊心动魄的命运故事，多么丰富深刻的社会历史内容！

书中《好古之吏》中对清代陕西巡抚毕沅保护三秦重要古迹之举的描述，令人在记住这位文化官员的同时，也联想到阿莹先生从未见夸耀的文化政绩，看到他散文中的职业视野。从阿莹这些历史文化散文中，我看到了一个有着文化发展和建设的全局工作经验的作家大异于一般舞文弄墨者的思想和高度。与一般领导不同的是，阿莹从青年时代起，无论岗位、职务如何变化，他对文学的热爱和痴迷却始终如一，这使他观察、处理任何历史和现实的文化现象时，始终有着对人的情感、精神的关怀和眷顾。正是这些原因，我从《大秦之道》中既读到了历史，理解了文化，更看到一个个具体生动的人。《大秦之道》——一个深爱着家乡故土的老秦人创作的，并值得更多地阅读和思考的，兼具思想性、艺术性、知识性和趣味性的厚重之书！

原载《文艺报》2019年4月25日，原文无副标题

《书院门1991》

——举重若轻的社会历史画卷

经过几代人的努力,古老中国的城乡面貌发生了翻天覆地的变化。当时,人们寄希望于中国文学的是,能产生更多的深层次表现改革开放伟大成就、记录它的伟大进程的作品。正是在这个历史和社会期待的节点,有幸读到了康铁岭先生一百余万字的长篇小说《书院门1991》这部堪称宏大叙事历史纪念碑式的新作。

一提起宏大叙事,人们首先想到的是中国古典文学《三国演义》中汉末的群雄割据,曹魏的称霸和统一,《水浒》中天下强人的江湖,《红楼梦》中的簪缨世家的兴旺和衰落。然而,铁岭先生聚焦的却是古都长安的一条有名的书画贸易小街。他笔下的人物不是主流文化界的文人雅士,而是一个遭遇家庭变故的外县穷教师,一个来这里碰运气的外县女演员。通过他们的结合与分手、恩爱与怨愤、所来与所往、所见与所闻,将社会骤变中各式人等为改变自己生存状态所做的灵与肉的挣扎,感性而深刻地呈现在读者面前:受以金钱、欲望为核心的价值观的冲击,一些坐吃山空的旧门大户彻底败落了,一些不满于安分古板生活的恩爱夫妻分手了,一些家庭解体了,来此打工、淘金的"冒险家"却发了文化的大财,在此站稳了脚跟。而那些有体制背景的管理者和德高望重的社区长者,却逐渐失去了一言九鼎的权威,成为新人物、新潮流的附庸和寄生者。

这是一部以史为骨、以世俗风情为血肉和细节的鸿篇巨制。令人惊讶的是，它的作者此前只有一部影响并不大的中短篇小说集出版。作者第一次驾驭这样的大作品就有驾轻就熟的老到，让人难以置信。早在元代就有人将叙事艺术的文章之法概括成"凤头，猪肚，豹尾"，并被人解释为"起要美丽，中要浩荡，结要响亮"，"起句要骤响如爆竹，结句当如捶钟，清音有余"。《书院门1991》可谓当之无愧的典范之作。作者的结构意识和结构才能，让许多文坛名家也自愧不如。其语言化俗入雅，雅俗相融，自然成趣，收到了浩荡响亮，令读者入脑入心、如临其境、如见其人的艺术效果。

　　"一枕黄粱成旧梦，满腔悲愤向苍天。"小说的结尾更有如撞洪钟、余音袅袅、发人深思的豹鞭之力。红尘修悟，槐荫梦醒。这是一个传统文人在权势和金钱面前的又一次溃败，也是一个诚实劳动者对一个物欲横流的时代的控诉和警告，是对一个公平正义的社会的热切呼唤。而《书院门1991》和康铁岭这个梦醒的作家，也注定会烙印在中国改革开放文学的历史之中。

原载《咸阳日报》2020年9月29日

乡恋和乡离:"第一代城市人"的尴尬和乡愁

——序戴吉坤的长篇小说《栀子花开》

本书的作者戴吉坤先生,十八岁就走出故乡的山水,开始了十八年的军旅生活,2000年转业进西安,现在是陕西一家大报的记者,在出色地搞好本职工作之外,他把自己全部的业余时间献给了从少年时期就曾经痴爱的文学写作。他再一次验证了笔者在长期的文学工作中所悟得的一条规律,每个曾经有过美好的文学阅读体验的人,都有过一个要把自己的浪漫而幸福的童年、可爱的故乡、可敬的父母告诉世人的梦想。每个人的心灵世界,都是一片丰厚的文学土壤,一有合适的机缘,它们就会生根发芽,结出或甜蜜或苦涩的文学之果。这也正是在当今电子传媒无比发达、大众娱乐文化无孔不入的时代,仍然有那么多的人热爱文学、关注文学的人性根源。

但是,向往和爱是一回事,写得好不好又是另一回事。在我阅读过的所谓文学发烧友的业余创作中,固然有天赋超然、一起步就令人刮目以看的人(其实,几乎所有的大作家,包括陈忠实、贾平凹、路遥等,都是从业余作者起步的)和作品,但更多的却是迟迟不能进入文学状态,词不达意、笔不称心的遗憾。就是带着这种怀疑与期待的心情,我阅读了戴吉坤先生的长篇小说处女作,并深深惊叹于他语言文字的表现力和长篇的结构能力。如果不知道他的写作经历,我们甚至会认为这部作品出自一个具有相当多小说写作经验的作家之手。

一般来说，初学写作者比较成功的长篇小说，大多或以自己，或以身边特别熟悉的人为基本原型，戴吉坤的《栀子花开》虽然不可避免地融会了自己全部的城乡生活体验，但就其主要人物高秀山来说，却是一个高度综合了的典型化程度比较高的虚构形象。它表现的是从农村走向城市的第一代城市人在爱情、婚姻、事业等方面选择的艰难、浓得化解不开的乡愁和心理处境的尴尬，揭示的是一个具有广泛意义的社会现象。虽然，从20世纪80年代初，路遥就预见了中国的城市化进程，并把"城乡交叉地带"作为自己创作的总主题，但自觉抓住在愈来愈加速的城市化进程中，第一代城市人的乡愁和心理作为自己的描写对象，并把它作为一个特定时期特殊的社会心理问题来表现，塑造出高秀山这样一个不无悲剧性的人物形象却是《栀子花开》的主要文学价值和贡献。

80年代中后期，针对文坛关于中国农村、农民题材小说创作普遍存在的"落难公子型"（如下放、受贬干部和插队知青）写作和后来进城的农民后代写作的明显的差异，笔者提出了一个"农裔城籍"作家的概念，将陈忠实、贾平凹、路遥、张炜们，同王安忆、李锐、高晓声们区别开来，它至今仍是人们观察研究当代中国文学的一个重要视角。《栀子花开》中"第一代城市人"的叙事角度，同"农裔城籍"作家的研究角度，有着声息相通、同工异曲的巧合，而这部作品又让笔者第一个读到了，实在是我和戴吉坤的文学宿命。

《栀子花开》中的高秀山是陕西东南部，毗邻鄂、川、豫的一个偏远山区农民的后代，他有幸成为自己家族，也是所在乡镇的第一名大学生，毕业后分配进省会城市的一家国营工厂工作。虽然只是一个与老工人一样在车间带徒弟的挂名技术员，但工作后第一次探亲回家却仍然成为家庭和所在村子的光荣与骄傲，当他花两万多元帮助家中盖起全村第一座小楼后，更成为人们的艳羡对象。正是在这种良好的感觉下，他不无坚决地拒绝了与自己青梅竹马，又是小学、中学同学，因为差几分未考上大学的村支书女儿李惠芹,热恋上父母是干部的同厂女工闵洁。然而,到了谈婚论嫁的时候,却遭遇了无钱无房的尴尬。在闵洁离他而去以后,高秀山只好与顶替工伤死亡父亲当上学徒工的女工吴馨恋爱结婚。这是双方都有着相近的出身经历的一对令人赞叹的好夫妻,但在工厂被外资买断、两个人双双下岗以后,高秀山还是又一次体会了"有钱男子汉,无钱汉子难"的尴尬,不仅吴馨对他冷若冰霜,就连岳母、儿子也视他为无能的外人。曾经因城乡差别、李惠芹土气而追求城市姑娘的高秀山,一次又一次被城市姑娘所轻视。固然有自身性格懦弱、保守的原因,但其根本的社会根源仍然是城乡差别。这是被农村家庭所拖累的第一代城市人的尴尬。

高秀山的另一重尴尬是其心理上浓重的恋乡情结与其不得不愈来愈远离家乡,成为一个事实上的城里人的矛盾。小说写了他先后六次还乡,尽管详略不同,但"自己已不属于这一方水土"的心理感觉,却越来越清晰、自觉。这种心理矛盾,是第一代城市人独特而又痛苦的心灵体验。不仅世居的城里人不会有这样的心灵之痛,就是有农村家乡概念的第二代、第三代城里人也不会有如此刻骨铭心的乡土体验。更为深刻的是,小说还写出了因为生活环境与生存方式的差异,高秀山与父亲、弟弟、妹妹之间越来越大的距离和隔膜,虽然亲情和爱仍然是那样浓烈,但随着生命的成长,新的家庭的组成,他们究竟各自挑着别人不可替代的生活重担,面对着各自不同的命运挑战。这里表现的实际上是爱和亲情的相对性。难得的是在作品的情境中,高秀山又是一个把对亲人的责任看得很重、对初恋女友李惠芹不能忘却的人,这就更加突出了他对亲人爱莫能助的沮丧、失败感,甚至将弟弟未能补习上大学、妹妹未能上学终于外出打工,归罪于自己当初为了脸面在家里盖房。这就使他本来就尴尬的处境更加尴尬,本来就浓重的乡愁更加浓烈。

高秀山的第三重尴尬是当年连他也同情、怜悯的农村人竟然因为走向"市场化"而富裕起来,他念念不忘的初恋女友李惠芹的丈夫魏建锋成了在省会城市颇有公关影响的企业家,而他和他的妻子吴馨都成了任他驱使的打工者，虽然待遇优厚，但他内心却极不平衡。

计划经济体制培养了高秀山这样一代人，宁愿忍受"公家"的支配和贫穷，却不愿将自己的服从和劳动交付给某个人，特别是熟人、朋友。所以当也成了茶山老板的李惠芹，以1.5万元礼品表示了对他和他家人的关心以后，他并不感激。农民在改革开放、市场化中富起来，一些山里人逆转了多年的城乡观念，这条情节线，和高秀山所在国营大企业的逐步被外资兼并，高秀山们所留恋不已的"铁饭碗"的不保，使《栀子花开》没有仅仅成为一部单纯的爱情小说和第一代城市人的人生命运小说，而成为一部以爱情为主要线索的社会历史小说，具有鲜明的时代内涵，也使"乡愁"这种为鲁迅先生在八十年前所重视的乡土文学概念，有了新的生命。这些与主人公命运息息相关的时代背景，在小说中并不是理念的强加，而是与人物命运、情感有机融合，十分真实自然。这使笔者想起别林斯基的一个重要的观点：所谓民族性、地域性、时代性等等人们所看重的文学要素，并不能刻意求之，作家只要现实地而不是虚假地描写了人物，它们就会自然呈现出来。当然，谁都会知道，魏建锋、李惠芹们命运的大转变，并不是所有农村人都会有的幸运，但谁都应该承认，改革开放确实改变了越来越多的农村人的命运，因此如高秀山一样的第一代城市人的尴尬和乡愁就不会是个别的，相反随着中国城市化步伐的加快、劳动人事制度的改变、私人企业的崛起，高秀山们的尴尬和乡愁，就有了更大的社会普遍性和历史的深度。

笔者不知道作者戴吉坤的全部人生经历，但是可以肯定的是，他有从乡村到城市的曲折生活经历，他自己就是如小说中的高秀山一样的"第一代城市人"。从这个意义上说，他写的就是自己和一代人的乡愁和尴尬人生。这种过来人的生命体验，不仅使他能将主人公高秀山的痛苦、得意、失意写得如此真切自然，而且能使自己的笔墨，从容地悠游于城市和乡村两个世界、两种生活、两组人物，毫无一些作家笔下常常出现的不平衡。国有大企业的环境和氛围和偏远山村人的生活和氛围，表现得都有一种让人如置身其境的现场感和亲切感。他以对家乡的无比的爱生动地展示了秦巴山区一年四季、白天黑夜的自然景观和人文风景，以及人们纯朴的情感；又以对工厂企业的熟悉，表现了城市工业社区的独特风貌和人情往来。他笔下绿意盈盈的陕南山乡风光，不输于名作家贾平凹和王蓬；他对城市工业社区的表现，更是独步于陕西文坛，至少笔者在近年间未读过如此生动真切的陕西工业题材小说。

车尔尼雪夫斯基说过："美是生活。"一个作家的才能不仅在于情节结构的能力，更在于在日常生活中发现美并将它通过生活细节表现出来的能力。首先是主人公在家乡和城市的三段爱情都写得很有特点：前者传统，但绵长、久远，使主人公回味一生；中者浪漫，似乎十分理想、灿烂，但却在主人公经济困窘面前，戛然而止；后者刚开始似乎并不在主人公视野中，被工友们提起后，他也并不在乎，但却在近乎彻底闹翻的"请假"风波中，绝处逢生，死而复活，并搭"十一"全厂集体婚礼之车，而闪电结婚，并很快生下一子。正在人们为高秀山幸福的婚姻家庭而庆幸时，却因高秀山的又一次类乎万劫不复的"铁饭碗"情结，这艘幸福的婚姻之船搁浅并几乎倾覆。三次婚姻爱情过程所涉及的李惠芹父亲、闵洁父母、吴馨母亲，以及潘师傅、王志，甚至张文学等人物，以及这些人物在他爱情婚姻中所扮演的不同角色，所发生的曲折龃龉，无不生动、贴切、鲜活，充分体现出日常生活中的人性美、人情美、生活美。20世纪90年代中，笔者在观看了刘惠宁导演的电视连续剧《老房子》之后评价其细节几乎"无一处不真实，无一处不妥帖"，现在我也愿用这句话，评价小说《栀子花开》。

第二，小说中主人公的五六次回乡的描写，并不都处于同一艺术水准线上，但起码有三次——工作后的第一次，李惠芹结婚那一次，带吴馨回家看父母那次，写得十分成功，构成了小说突出的生活艺术亮点。尤其是第三次回乡，从漫漫山路上的所感，所遇，到天黑时路过泗王庙街，高秀山背吴馨，无不充盈着普通人从艰苦生活中享受的无限情趣，困难中人与人的亲近。特别是父母亲在深夜等待城里媳妇回家的情景，母亲为媳妇打水、洗脚，在送别时送500元时所说的自责的话语，等等，无不让人眼热心痛——一个母亲的伟大心灵跃然纸上。如此美好而足以让任何人刻骨铭心的经历和细节，理应在高秀山和吴馨后来的生活中留下深刻的、回味不已的印痕。

第三，则是小说中的景物和环境描写，以及它们与人物此时此地心境的密切联系，可以说如水银泻地，行云流水，丝丝入扣，从中可以看出作者艺术思维的周详和细密。小说透过高秀山心灵和眼睛所感赏到的秦巴山区的明朗与神秘、美丽与诗意、民俗与风情，尤其是与陕北信天游迥然有别的陕南山歌，不仅表现了作者对故乡深厚的情意，还让人们看到了与以往许多文学中的黄土高原所不同的一方山水。就是在工业社区，他也有着独特的发现和体验。如多次写到的城市的灯火与雪景，工厂的公共广场"百米大道"的热闹与冷清等，都给人留下了深刻印象。就连阴暗破败的工厂单身宿舍的绕楼白杨树，作者也不仅多次写到它们不同季节的风姿，而且让它们成为窗内人生活的见证者，不时参与到或欢乐幸福，或压抑、沮丧的主人公人生经历中来。第一次写长篇的人，能有如此的心思和笔墨实在令人慨叹。

原来我猜想，如戴吉坤者，原本只是要通过一部长篇小说，来表现自己对处于秦巴山区的故乡的人文自然的萦绕于心的热爱，对自己父母亲等亲人的愧疚和怀念，但是因为记者职业所形成的对城乡变化的敏感和鲜明的社会历史观，对这种变化对如自己一样的第一代城市人的人生命运影响的不能忽视，才终于将《栀子花开》写成了一部既无愧于家乡父老，又无愧于我们这个伟大时代的厚重深刻的现实主义力作。读了他为本书所写的后记《诗意的乡愁》，我才明白戴吉坤并不是一般意义上的文学票友，《栀子花开》的写作是一次有着长期的准备和积累的并不偶然的文学出征。厚积薄发，大器晚成，是适合戴吉坤和他的《栀子花开》的。后记中如此氤氲的乡愁情感，如此优美自然的思想传达，表现着他的文学实力。

《栀子花开》也是在新的一年里,我所看到的陕西长篇小说的第一颗丰硕果实。谨以此文,祝贺戴吉坤先生小说的出版,希望他能以此为开端,在文学创作之路上取得更大的成就。

2008年8月

选自《栀子花开》,太白文艺出版社,2009年

为心灵寻找家园的一代人

——以"80后"杨则纬的小说为例

第一,以出生时间所在的公元纪年的十年为一期,将人分为"50后""60后""70后""80后""90后",找他们心理、思想、情感乃至人生命运的共同点,固然不会科学准确,但也不可完全排除这种观察和研究方法的合理性。以"80后"来说,他们一出生就赶上了改革开放时代,面临着相对开放自由的思想文化环境,没有经历过如"50后"以前所经历的中华巨变,那么多的政治运动,那样的物资匮乏,没有经历"文革"那样的社会动荡,以及"四人帮"的覆灭等社会历史大跌宕、大波澜。这是在共和国又一个春天所出生、成长,走上社会人生舞台的一代人,是在温饱和日渐富足中成长的以消费为特征的一代人。他们欠缺了父母一代人的社会历史大视野和国家民族的大情怀;没有享受父母一代人所享受的从小学到大学的全义务教育,未享受大学毕业就有稳定工作、组织关怀,有单位可依靠的体制内生活;个人奋斗、竞争成为他们从小学起就意识到的真实的社会和人生。比起老一代,他们有了更多的人生自由,但也需要自己去承担更多自由的责任和人生不幸。

"80后"如今正是三十岁上下的一代人,虽然一些幸运者已经结婚生子,并有了稳定的生活和人生,个别人已经在事业上出人头地,而更多的人却仍处在上不能、下不甘的人生的不确定之中。歌咏情,诗言志,"80

后"的文学和文学中的"80后"成为社会和文学的关注点之一，正是社会和文学的必然。他们不仅是中国社会及文学最可望的未来，更是最迫切的现实；虽然"小荷才露尖尖角"，还处于不完全确定之中，"80后"的作家和他们的文学却肯定要如"30后"的王蒙、张贤亮们，"40后"的陈忠实、路遥们，"50后"的贾平凹、莫言、王安忆们成为当代中国文学的光荣现实以至伟大未来。

第二，将"80后"作家概念化、抽象化并不妨碍我们对每一个具体的"80后"作家表达的关注。这里作为例子的，是我所熟悉的一个陕西作家——杨则纬和她的特征鲜明的"80后"文学创作。相比于偏远农村的贫困儿童来说，杨则纬绝对是一个幸运儿，她的父亲是从关中西部贫困农村一步步走向大城市并在改革开放后走出国门留学的"60后"，杨则纬就生活在这样一个有着专业支柱的"海归"家庭，并受到开放的良好教育。在中学时代就以交换生身份去了欧洲一个美丽的国家，得以体验那里的新鲜生活，交了那里的少年朋友。这跨时空跨语境的经历，给予一个少年的乡愁和思念、回忆，铸就了一个女孩的文学心灵和更宽阔的人生视野，她开始做起了自己的文学梦。从中学时代她就写起了长篇小说，得到宽容和爱女心切的父亲的支持而出版。《春发生》写的是一个经历了疯狂的升学考试的中学生在等待结果中的一次出游，一次有爱情成分在内的异性交往；《荼蘼花架》写的是一个性别意识初醒的女中学生对心中的"白马王子"的渴望与想象及"白马王子"的不幸与离去。那是一个女中学生真实的心理、心灵和对未来的浪漫想象。它们肯定还不是可以称得上完整结构的小说，更与真正的长篇小说距离甚远。但对于杨则纬来说，却绝对不是一次或两次的失败，而是一次又一次向着自己作家梦想的努力，是攀登的过程也是创作的练习。在局外人看来，这或许只是家境优越、衣食不愁的孩子的昂贵游戏，她的未来还处于许多不确定之中。她决定命运的选择发生于90年代前后。中国传媒界电视及电视主持人如赵忠祥、倪萍、周涛迅速走红并成为大众偶像的传媒文化，使综合性大学传媒专业在青年学子中具有巨大的吸引力。在如此巨大的时尚潮流之中，杨则纬这种喜爱幻想、热爱文学的文艺青年，很难拒绝传媒专业的诱惑。从以学为主的传媒专业本科到以实习为主（主持人实践）的硕士研究生阶段，杨则纬很快意识到这个行业竞争的残酷及受制于制片和栏目主持的行业潜规则，在大众面前光鲜亮丽、风光无限却无实力背景的主持人，在行业内部却只是一个逆来顺受、任人驱使的打工仔。在主持人的梦想破灭后，她写了成年后的第一部长篇小说《我只有北方和你》。小说中传媒专业的林薇薇有一个浪漫而幸运的学校生活，在专业实践中崭露头角，并开始了电视主持人的事业。然而这个"林妹妹"很快就被潜规则和人们激烈、丑陋的竞争压迫得出现了近似于抑郁、强迫性质的精神障碍。最令人惊心动魄的是书中的一个细节：平时为了保持体形美而残酷节食，却又忍不住去买一大堆被成年人视为"垃圾"的小食品，背着人吃得腹满胸胀，然后又捅喉咙，将吃进的东西全部吐入便池。这是小说中反复出现的细节，典型的强迫症现象，让读过小说的人难以忘记。如此之自虐行为，却出现于林妹妹式的美女主持人身上，体现了她在职业压力之下心理的变态和极端的空虚孤独。她对男人的渴望，似乎无关于性和爱，而是寻找一种存在的依靠和寄托，获得一种踏实感和安全感。当这个所渴望的男人不能给她所需要的优越感时，无论他多么有知识、有理想，还是要极端失望，弃他而去。心灵的空虚与孤独是她所要摆脱的，而囊中羞涩，不能满足自己体面需要的男人却更不可靠。

第三，说《我只有北方和你》的主人公只有物质欲望和功利心，没有真正的爱情和心灵之痛，显然不完全公平，但对于一个沉浸在童话记忆式的情感中，因现实职场种种压力而几近崩溃的曾经被父母百宠千爱的娇小姐而言，对于无充分准备而进入职场的人而言，命运就是如此残酷，现实就是如此残酷！物质、精神上的双赢理想，只能在如小托尔斯泰所言的"在清水里泡三次，在血水里浴三次，在碱水里煮三次"之后。

2015年第9期《中国作家》杂志刊发的长篇《于是去旅行》可以称为《我只有北方和你》的姊妹篇，林薇薇在其中成了一个陪衬的角色。她曾是主人公辛钰在电视台节目组的竞争对手，她在结婚怀孕后，决定休长假之时，曾对辛钰说过一段温暖而和解的话，但后来却因流产而失去婆婆和丈夫的爱，回来上班以后也是身心俱疲，不复见当年的风采。

比起前者的职场艰辛，《于是去旅行》上半篇更像一部表现"80后"心理成长的心理现实小说，后半篇却是一部爱情婚姻小说。杨则纬似乎仍然缺乏把人生体验打乱又重新组合，结构一部表现自己巨大的社会人生感悟的作品能力。她是有文学悟性的，她本来可以在《我只有北方和你》所带来的初战胜利奠定自己"80后"女作家身份之后有更多更充分的准备，再来一次更高的飞翔，但她却屈从于对自己新体验倾吐的欲望和外面社会的诱惑而选择了趁势而上。这在许多"80后"作家身上几乎是一种共性：前面几代作家正以稳固的文学收获和名声占据着文坛的显著位置，后面的"90后"已有人崭露头角，同龄人中已有人跑在自己前面，稍一松懈就会被文坛遗忘。厚积薄发，稳扎稳打，那是老夫子的见解，哪能适应当前文坛的新形势！柳青固然说过"文学是六十年一个单元"的长远事业，但在当今社会和文坛，即使六十年时间可以证明你做得很优秀，但你也只配吃冷猪肉了，甚至时过境迁连冷猪肉也吃不上。

第四，从大的形势来看，新世纪以来的中国文学已经走出了过去时代的单一化与模式化，到了充分个性化的时代。不能说现在就没有模式化的问题，但那也是个人重复自己表现方法的惯性，与曾经的"投合"（王蒙语）时代的模式化大相径庭。同样杨则纬的《我只有北方和你》和《于是去旅行》，不仅有这"后"和那"后"的差别，更有着与自己同代作家的显著差异。在文学上"差异"就是独特，就有创造发现在其中。与前作传媒职场新人的困窘相比，《于是去旅行》主要表现的已不再是主人公与职场环境的冲突，而是一种在优越环境下成长的一代人与自己心灵的冲突，自己与自己的战争。对许多曾经自命不凡的人来说，这已经是很难得了。在图书馆偷拿一本自己喜爱的书被发现，使她被父母从农村接往新疆上学，是她人生的第一次断裂；而曾经让她喜欢并引起她无限憧憬的男生，在一年后相遇时竟然不认识她，则在她的心中留下了沉重的挫折和伤痕。从此，她特别在乎别人对自己的评价，渴望被爱，渴望安全，渴望成为一个大众屏幕中看到的漂亮、美丽的主持人。而来自父母的爱和关护，却并不能使她快乐幸福。

学业的进步和事业的成功似乎来得很容易，最使她纠结并产生了巨大的困惑和挫折感的却是她的爱情。先是欣赏她的美丽并一往情深的学哥沈阳最终与有家族之谊的女友张倩结婚，在意识到自己的生活和人生完全被张倩安排，觉悟到自己过的是一种没有尊严的生活时他选择了自杀。辛钰与在西藏邂逅的日籍东北青年吴现更有着一段传奇而惊心动魄的爱情，然而却因她不愿离开中国无疾而终。她与成功商人师楠的婚姻基础并不牢固，但他的好性格和花不完的钱究竟在一时填补了她的情感空白和虚荣心。这时的她已二十八岁，并渴望有个家庭。导致她与师楠分居的原因似乎是他晚回家且经常夜不归宿，不能给她性的满足和长相厮守的夫妻生活，但在他太忙、太辛苦、商业应酬太多的堂皇说辞背后却隐藏着更多的玄机，或许他另有他欢甚至家室，而她只是一个以婚姻名义所供养的一个花瓶。作者对此有所暗示，却始终让他在主人公辛钰面前扮演着一个宽容本分、什么也不计较的好男人的角色，而宁愿十分残酷地去展示辛钰的不堪与丑陋。或用自慰器去满足性饥渴，或在网聊中结交冒充台湾商人的穷厨师，并尽情享受他给她的性满足。当对方频繁偷她钱之事败露之后，她既没有与之同归于尽的勇气，又没有深刻的自省，反而因无颜面对师楠的宽谅而下决心离婚，再一次踏上香格里拉的土地。敢于直面主人公被扭曲的欲望和心灵，表现她的沉沦，揭示她的丑陋，从"80后"自己身上寻找她不幸的原因，这是杨则纬认识上的一次飞跃。而在敢于面对并反思自己一代人的心理、情感与欲望时，却又没有写出他们背后宽阔的社会生活和更丰富多样的人生逻辑。在杨则纬的作品中，男性人物常常被符号化表面化了。在《于是去旅行》中作者符号化的不仅有吴现和师楠，甚至有因维护尊严而自杀的沈阳。作者没有展开师楠冷淡美女妻子的更多原因，没有面对更广阔的社会生活包括商人心理的写作信心。知道自己的阅历限制而止步,这是杨则纬的真诚和老实,但对于广大"80后"作家来说,这或许是一个普遍存在的致命缺陷。也许,这个缺陷会随着自己年龄的增长、社会人生的阅历增加而得到补救,如贾平凹们人生的成长与文学的成长的过程一样,日渐大气广阔,但是早自觉总是比迟自觉好!

第五,无论我们承认不承认,意识到或没有意识到,文学确是社会与时代的晴雨表,也是历史的活化石,是认识和观察一个时代经济、政治、文化、风俗、精神的窗口。我想起了《红楼梦》,它或许只是曹雪芹听闻或经历的自己家族由盛而衰的过程,对一些美丽鲜活的少男少女人生的悼挽和不幸命运的慨叹,但他却留下了中国皇权社会由盛而衰,直至灭亡的丰富信息;想起了巴金老的《家》《春》《秋》,只是要写家族中几个人的爱情、人生和不同命运选择,却写出了在王纲解纽后,中国传统家庭的解体和一个新时代的来临。曹雪芹找不到出路,导出了佛教色彩浓厚的"色空",巴金看到了形形色色的"主义"和思潮,让他的人物出走,走出夔门,走向广阔的世界。于是皈依虚幻的宗教信仰和出走,成为当代形形色色小说的母题。而到了"80后"杨则纬这里,皈依宗教和大团圆一样太俗太旧了,她让饱受挫折、失败、失措的主人公几乎无例外地选择了"旅行"。《我只有北方和你》是这样,《于是去旅行》更成了十六岁和三十岁的主人公辛钰忘掉伤痛、重拾人生信心的唯一选择。旅行是古代从屈原"行吟泽畔"到李白、杜甫、苏东坡那样的文人人生的宿命,有环境的强迫,也有人生的兴趣,并成了他们文学灵感的巨大源泉。但是古代的骑驴、骑马和徒步跋涉的旅行和今天的乘火车、坐飞机、自驾轿车的旅行却有着天壤之别。不只是慢与快,更是心情与心灵体验多少、深浅的差别。不是所有"80后"都能有走出熟人圈、长期"陆沉"于无踪的志向,而他们的属意之地无一例外地却是西藏或香格里拉,或着意于宗教心灵的体验,或者学一回陶渊明,亲近和拥抱自然,融于自然。尽管已成为旅行热点的这些地方,是否能拒绝得了无孔不入的现代文明和商业文化的侵蚀还是未知数，但是从一知事就享受到现代科技之利的"80后"们却坚信这些宗教圣地和自然天国的原始想象，这是他们的幸运，也是他们的悲哀。然而在连地球和大气也被现代生活剧烈改变的时代，或故乡，或自然，总得有一个可以称为心灵家园的寄托与念想，所以我们只能将香格里拉之地看作没有故乡的一代人的心灵寄托和象征空间。何处是故乡？故乡就在旅行的终点。

比早于他们出生的几代人幸运的是，"80后"究竟可以自由而坦荡地直视自己的心灵和身体，思考他们在生活中的位置，追求并寻找自己的幸福。但这只是他们和他们的文学成长的第一个必经之路。而他们文学和人生更大的前途，可能还在于能融自我于更长远的历史和更广阔的时代生活之中。毕竟，只有在祖国前途和民族命运中才能真正安妥自己的灵魂和人生，并实现自己伟大的文学梦想。

2015年10月5日草毕

诗词非小道　贵有真情寄

——读封志忠诗词曲赋集《梅苑撷英》

从20世纪90年代始，中国人口结构已提前进入"白发"时代，这个时代的标志之一是，由老龄人员自主参与的传承弘扬中华优秀传统文化的书法、绘画和古体诗词创作活动的蓬勃兴起，是从全国到地方的老年书画、诗词组织机构的纷纷建立且被国家民政、老龄机构所接纳并积极扶持，成为中国特色社会主义文化艺术中活跃的一部分。作为主流文化艺术补充，不仅发展与繁荣了社会主义文化，并使广大离退休人员老有所学，老有所为，为社会作出了有益的贡献。正是在这样的社会背景下，我有幸读到了长期在省委组织、纪律部门担任领导职务的封志忠先生积十多年之力所创作的古典诗词选《梅苑撷英》，从中既领略了中华诗、词、曲、赋艺术的丰富多样、博大精深，又以文会友，见识了封志忠先生深厚的诗词曲赋修养。而更令我惊讶的是，他在其五百余首诗作中所传达出来的一个人民公仆的情怀与赤子之心。在金钱和财富已被一些人当作人生目标的社会背景下，封先生这种情操和坚守更显宝贵，足资楷模。凌霜傲雪的"梅"的品质足可作为先生心灵追求的象征。

古体诗词即情即境快捷，体制短小凝练，格律严整，既可成为启迪鼓舞人民、传播社会正能量、抨击丑恶社会现象的武器，也可成为文人雅士抒发情怀、宣泄情绪、自娱自乐的载体。在我以往读过的诗作中，固然有许多忧国忧民、抒人民之情、言爱国之志的典范之作，但也有许多空泛肤浅、炫才逞技、缺乏思想价值和艺术价值的无聊之作。在古体诗词创作，包括老龄作者的创作中，还有相当一部分是往来应酬、自诩逞技之作，给人以华而不实、千篇一律之感。在《梅苑撷英》所收的诗中，并非没有"到此一游"或应酬之作，但其绝大部分都是有感而发，真诚呼应着民心党心，关怀着国命民瘼。郑板桥"衙斋卧听萧萧竹，一枝一叶总关情"的名言也是退出领导岗位的封志忠先生不变的情怀。同样是为建党九十周年而作的节庆诗，他却发出了新意新声："江平可载万年船，塘竭难寻穿草鲢。卧榻忧民常梦里，躬身解困矮檐前。安居助学谋医保，卸赋兴农稳价钱。折桂攀崖终不息，惟将百姓当成天。"（《建党九十周年民当为天》）此诗借助百姓为水、社稷为舟的古训，创造了塘竭无鲢的意象，不仅歌颂了党的一系列惠民政策，而且将"民以食为天"的古语翻新为执政党要以百姓为天的伟大理念。同样是游记诗，他的《大明宫遗址公园》却由遗址的千载烟迹、花木亭楼，想到了当年唐玄宗在这里奢侈腐化，使唐帝国由盛而衰，瞬即发出了"国弊早从危处解，何来鼙鼓缢娇环"的感叹！如果唐王朝能居安思危，就不会有安禄山的谋反，马嵬坡的悲剧。遂把庆颂之诗，化为思考治乱、评析王朝政治得失之诗，这正是志忠先生许多诗作的非凡之处。官员问责制早已有之，但长期以来却未得到切实执行，导致了一些党政领导急功近利的形象工程、政绩工程，严重损害了党在民众中的形象。党的十八大以后，以习近平同志为核心的党中央制定了切实可行的政策和措施，使问责制得以大面积落实，并处分了一些渎职官员。长期在省委组织、纪律部门工作的封志忠，自然是衷心拥护，大大称赞："官随民怨去，誉自众福来。痛饮渎职恨，难销肺腑哀。责权连广宇，褛祉系蒿莱。尔小民为大，焉无报效哉？"《问责》就这样以通俗易懂的诗句，揭示了官员政绩应以百姓的评价为标准并把评价权交给百姓的权责观。作者可谓与党同心，与民同德。这类"位卑未敢忘忧国"、退职不退忧民之心的精神情怀，在《梅苑撷英》中比比皆是，并且成为其书其作的总主题。

虽然有幸在近十五年间，与封志忠先生同住一小区一座楼，算是同里同村同巷，朝夕相见相遇，但难以想象他当年在职工作时的情景。从他的抒怀诗中，仍可隐约读出他当年参与协助省委考察干部，搭建一些地方或部门领导班子的情况，以及加强党组织、党员队伍建设的情况。当看到将德才兼备的人安排上位时他心情愉悦；看到自己曾经认可的人此后在岗位上的突出表现时他欣慰并释然；看到企业、农村、高校基层党员队伍发展壮大，以及模范作用的发挥时他由衷地高兴。印象中的他总是宁静淡然、好学多思的，但没有想到的是他诗中也不乏金刚怒目的激情篇章："丽日遇妖风，栋木摧为杖。惟见软凌霄，无本攀缘上。老鼠上仙台，蝙蝠充神像。原本一家亲，欺世罗同党。"（《生查子杂说》）朽木为梁，栋木为杖，欺上瞒下，结党营私，老鼠上了仙台，这是多么令他愤慨难当的选才用人的不正之风。虽然不知诗中的具体所指，但从中还是能窥见这个外表温文尔雅的谦谦君子刚正不阿的性格。鲜明的爱憎，与书中对普通劳动者和社会弱势群体的关怀与怜悯恰成为形象的对照，昭显着封先生坦荡磊落的风骨。退休后，他的爱与关怀更深更广，扩大到社会各阶层、各方面。《奥数班》《补课新招》等诗关心教育乱象对千万儿童身心的伤害；《掺假广告》《九两万岁称》《闹市烧烤》等曲作，可见对不良艺人和黑心商人的揭露和批判。呼唤公平、正义，彰扬诚信，反对欺诈，弘扬真善美，鞭挞假恶丑，这使封志忠的诗作充盈着社会的正气。也正因为书实感抒真情，他的这些不拘一格的诗作在艺术上也达到了很高的境界，具有很高的审美价值，有力地证明着前辈作家诗人关于创作规律的教诲：要作传世之文，必先有传世之心，"文章合为时而著，歌诗合为事而作"。

习近平同志在文艺工作座谈会上的重要讲话，谈到要传承和弘扬中华优秀传统文化时特别指出要"传承和弘扬中华美学精神"，并将之提升到"坚守中华文化立场，传承中华文化基因，展现中华审美风范"的高度。《诗经》、屈赋、汉乐府、唐诗、宋词、元曲、明戏，正是中华文化基因和美学精神的载体。因此，笔者充分肯定当前大众文化艺术潮流中以离退休干部、职工为主体的"古为今用""旧瓶装新酒"的做法，充分肯定以为人民服务、为社会主义服务为目的的作诗填词活动。也衷心希望封志忠先生在诗歌创作中百尺竿头，更进一步，创作出更多的佳品力作。

2015年10月25日

超越俗世苦难的唯美文本

——陈毓文学创作印象

从与现实的联系方式来说,作家是分为两类的,或者偏重于俗世苦难的现实派,或者超越俗世苦难的理想派,前者着重于物质,后者着重于精神,前者曳尾于泥途,后者飞翔于星空。陈毓的创作总体上,属于后者,精神上飞扬,艺术上唯美。

打从一开始看到那个叫陈毓的女子的小小说,我就喜欢起来了,总觉得那里面有一种难以言说、难以抗拒的力量在吸引着你、撩拨着你。后来在一次活动中,见到一位长相并不特别出众的女子,别人介绍说,她就是陈毓,你曾多次提到她的小小说。一和读她作品的印象联系起来,顿时觉得这个泯然大众的女子,果然在举手投足间有一种独特的气质,与她的吸引人的小说之间,与她在早期小说中所表现的那些如《聊斋》中所写的那些或为鬼、或为狐,或为妖的美丽女子形象之间似乎有一种神秘的关系,于是她在我眼中、心中突然美丽起来。原来陈毓竟也是个好像故意将自己隐藏的不显山、不露水的美女,她的美不在泯然众矣的美女概念或大众认为的美女标准上,而更在气质,在她并不自美的羞涩和涵敛中。正是这个具有非同寻常的美的女子,近二十年几乎是悄无声息地在全国的报刊上,不时地发表着她的那些短小而又篇篇美得让人难以言说的小说。我曾经为她的小说写过一篇小文章,为此也看过几篇佳人才子写的说她小说的文章，似乎与大家文有同赏，心有同感，但到动起笔来，却在一个冬天受尽了折磨，好像一肚子蝴蝶怎么也飞不出来，形不成文章，撕了几十张稿纸，勉强写出来，连自己也失望。

前几日省作协文学院的小冉打电话来，说过几天要开一个陈毓的创作研讨会，我因杭州的女儿已订好了去日本自由行的机票和旅馆，时间与之冲突，只能为错过听大家谈陈毓创作而遗憾。但在临行前夜，突发灵感，似有所悟，怕第二天忘记了，匆忙爬起来，把它写在纸上，或可为研讨会添一话题。

我突然觉悟到陈毓是个唯美或者干脆说是个唯美主义的作家。大家都说艺术、文学是一种审美创造活动，但在流行的文学观念中，美却又成了第二位、第三位的，仅仅是一个花边、花絮、技巧，使它堕落为社会人生内容的外衣。唯美主义源于康德等西方古典哲学，为歌德、王尔德、叶芝、西蒙斯、佩特等欧法作家拥戴信仰，成为浪漫主义文学的一个流派。但在我国却一度遭遇否定，连浪漫主义也受到牵连，以至于只在极少数作家那里孤独开放。贾平凹在他文学创作的《山地笔记》阶段，曾经被人说成是唯美的，但那是一种否定和贬抑，意思是社会人生负载轻薄，内容不够坚实厚重，有悖现实主义的文学传统，逼得贾平凹后来一步一步走向深刻、厚重。好在他并没有抛弃对结构、语言文字和辞章美的追求和探索，终于成为大家公认的名家、大家。今天，说陈毓是个唯美的作家，我却没有一丝一毫的批评和贬抑，并逼迫她深刻、厚重的意思，而是一种全心的肯定，一种衷心的赞美。发现并传达美，以美的生活、美的形象、美的情感、美的语言，表现一种优美、凄美、残缺人生美或完美人生、完满人格、完美精神、完美情感，梦境般的美，是陈毓文学创造的初衷，是她的动机，也是她以美动人、感人、化人所产生的审美效果。在当前陕西乃至全国文坛上，给我留下这个印象的作家，陈毓是独一份，是唯一的，特别稀罕，特别珍贵。她是真正的中国文坛的一朵奇葩，如古代的李清照、朱淑贞，如现代的张爱玲、冰心。陈毓与李清照、张爱玲的艺术美相似，却又与她们的自怜全然不一样。她有全然的自由，全然的洒脱，全然放下人生和社会的一切苦累，全然抛弃一切坏心情、一切不满、一切怨和忿，以单纯而明净的心境，以一颗慈悲而赞美的心拥抱人生、肯定生活，写出人和生活中种种奇异而超凡脱俗的意境和神韵。陈毓的小说已经进入一种如幻如仙却又十分真诚真实的美的梦的境界。这种美如花、灿如霞的艺术境界不是文人们做出来的，不是刻意为之的，而是生命的一种自然绽放，甚至是与生俱来的。贾平凹早期作品的唯美，在心性自然之中确实潜藏着自己的人与文学的美和理想，但也有与人生经历相关的涉世未深、社会人生体验的缺失，而到陈毓这里，早期或与年龄、经历有关，而人近中年她的唯美作品，却完全成长为一种自觉的文学立场、文学理想，成为一种成熟的与女性生命相关的人生境界和文学境界了。这种美的境界、美的情怀、美的内涵，正是当代中国文学所需要的，也是人们进行艺术欣赏所需要的。在当代中国文学的版图和天空中，该有它的一席之地。

  我反对一切劝她走向深刻、厚重的建议，而希望她的创作，她的小说、她的散文，像敦煌壁画中的飞天一样，衣带飘飘，永远优美在神界，在天上，在俯视尘寰的穹顶。美在她那里，既是内容，也是形式，既是人物，也是语言，也是叙述，永远以美示人，以美诱人，以美撩人，达到了美的极致、美的深刻。她以自己对美的人、美的事、美的心灵，美的各种姿态、神韵的展示，切入了人们黑暗而沉重的生命现实。然而，我也肯定她近几年来在《文艺报》刘秀娟所主持的专版上所呈现的小说的内在的变化，唯美依然，但其美好境界却在扩大，在曾经的优雅、柔婉和凄美、残缺美之外，多了一种沉雄壮阔、高山仰止的崇高之美，却并不失一以贯之的惊奇和优雅，甚至圣洁与神秘。人本来就与神相通，人身上本来就有有待培育提升的高贵精神理想，人的身体和灵魂本来就具有许多神秘感，人甚至本来就可以成神似仙。黄尘中的人，曳尾于泥途的人，他们的精神、理想、信念却完全可以飞扬在星空之上。应该把仙的一面还女人，把理想精神的一面还归凡世的人，不然人就活得太苦、太被动了。陈毓这个貌似平凡的女子，或许就真是那个永远心怀慈悲的女观音，她的文字就是观音怀中净瓶里的水和菩提枝，一挥一洒就让人超脱一切苦难，烦恼尽消。她或许并不能让人们脱离苦海，却把美好和希望通过她那些作品给予了人们。

获得1987年诺贝尔文学奖的伟大诗人布罗茨基在他的获奖演说《表情独特的脸庞》中说："就人类学的意义而言，我再重复一遍，人首先是一种美学的生命，其次才是伦理的生物。因此，艺术，其中包括文学，并非人类发展的副产品，而恰恰相反，人类才是艺术的副产品。如果说人类的什么东西使我们有别于动物王国的其他代表，那就是语言，也就是文学。"他从陀思妥耶夫的"美将拯救世界"的著名论断推出"美学是伦理学之母"的定义。正是以此为出发点，他不愿意展示"受难"，不仅仅是担心被利用，而是更担心由此变得庸俗和廉价。今天中国的文学，却有着铺天盖地的比赛"苦难"的廉价和庸俗，也有着许多恬不知耻的"为我所用"。因此，超越苦难，唯文学美的陈毓，飞扬着社会人生理想和文学精神的陈毓的小说和散文著作，或许正是诗人、散文家布罗茨基的文学理想、信念天然的继承和发扬者，她是布罗茨基在中国的文学理想的女儿。

2015年7月6日

虽已起飞，但还可以飞得更高

——读贝西西中短篇小说感想

知世方可论人，知人方可论文，至今我对贝西西这个人（姑娘？已婚女子？经历？）一无所知。但在她给自己的小说集写的后记中我却知道：她最大的希望是"从这个现实中抽拔出去构建一个新的王国"，"想看到语言在空中飞起来"，"无比自由，飞至空中，构造出一种抽拔出生活又与生活完全不同的东西"。她以小说家阎连科为师，极欣赏他在卡夫卡文学奖颁奖典礼上的讲演："我是一个命定感受黑暗的人。于是我看到了当代的中国，它蓬勃而又扭曲，发展而又变异。"一个妙龄女子，与在豫西焦枯大地生长的永远皱着眉头、写尽种种人生苦难，并且自己也陷入这苦难之中而不能自拔的阎连科却有如此的相通与默契，让我感到意外。

如若望文生义，贝西西似乎可以被认为是一个儿童小说家，也可被认为是咀嚼并传达着成长的烦恼与痛苦的小说家，但是她的《手机人》《捉迷藏》却又对当今职场白领生活有着极端深刻的描绘，所以我愿意以社会性的寓言作家来概括她。她看似儿童小说的小说，还有成长小说、职场小说都有着鲜明的寓言特征，寓言小说《蒙面之城》就是典型的例子。《老歪》中进入老年后因自己年轻时的狭隘、自私、冷漠而被悔恨燃烧以至被诊断为强迫症的老农民老歪的故事，都可以当社会人生的寓言看。她以各种年龄、各种职业的各色人等的各种心灵痛苦、各种生存现状，揭示着生存、社会与人性的黑暗面，并表现着如孩童、青年、明白过来的老人"抽拔"与"飞扬"的挣扎，奋斗并痛苦着，也痛苦着如我这样已经渐入老境的读者。由此可知，贝西西习惯的小说离儿童文学，离陷入成长烦恼的成长小说，这些望文生义、大而化之的文学体裁定位是多么遥远。无论她小说中的主人公是谁，小说提出并关注的都是社会人生的最根本问题。究竟是谁病了？谁是智障者？谁在笼里？谁在迷失的路上？谁应该被修剪？……这些鲁迅小说和杂文中曾经深刻质疑与抗争的主题，标志着贝西西小说的高度、思想的高度与文学品质的高度。而与作者路人似的匆匆一面，所留下的靓丽青春的印象，更让我困惑并想象着她是一个怎样的人！她的成长经历和人生现状如何！为什么一个如此年龄的女人却如此痛苦，对这个世界充满质疑，与这个世界对抗？她似乎是如此感性，却又如此深刻、理性，并有着明晰的文学承担。《透明阳光》《老歪》《仇恨树》中终于逃出父亲阴影的呛呛，《蒙面之城》中死后才被众人理解的人物天赐又是怎样在贝西西的心灵与文学思维中生成并成为一个个社会人生的象征形象？

　　贝西西的文学基调是鲁迅的冷峻和虚无、绝望，是阎连科深重的苦难和面对无边黑暗的极端痛苦，这痛苦、黑暗甚至阻塞了阎对光明的感知，连他人似乎都有了一些异化和扭曲。在感知人性和社会的黑暗与痛苦上贝西西与鲁迅、阎连科相通，但我独好奇于这个柔弱的女子对纯真无邪的儿童、对渴望活成自己的青年、对觉醒者的执着追求和坚定的信念。她是那么渴望以语言之力在空中飞翔，正如她在后记中所说的，"处在黑暗里便要想象光明，我想那是一种可以把一切都放弃的状态，灵魂飞跃至空中，在那里寻找，寻找自由的文字和抽拔出的现实"。她显然是语言即存在、存在即语言的海德格尔哲学的传承者，相信语言抽拔不仅标志着对抗和行动，更昭示着超越和新世界的构造。就此而言，贝西西是痛苦的，也是坚定乐观的，更是勇敢而强大的。她以心理和思想精神对自己性别和心理身份进行抗拒和突围，也是在绝望中对现状和观念的突围。

我还钦佩贝西西的想象力：以多个面孔来表现蒙面之城中人的心理痼疾；以不允许性爱欢乐时发出叫声来表现他们对人的自然生命力的压抑；以献心来象征天逸城来的天赐以牺牲自己来拯救蒙面之城人的努力与真诚；以老歪死后尸体的洁白和透明来形容他的觉醒和人格的飞升；以修剪树木来隐喻成人世界对儿童生命活力的扼杀。将一个动物园老虎吃人的新闻故事转化成为小说中一个人因对老虎威武强大的精神的向往，而甘愿成为老虎的口中食；因对阳光的热爱和享受表现一个乞讨儿童的美好的人生向往和追求温暖的执着。与此同时，贝西西还有着结构和将思想与生活感受情节化、细节化，讲好一个故事的能力与耐心，《失语》《透明阳光》《老歪》《向老虎诉苦的人》《蒙面之城》都有着一个完整的寓言故事，这使她的作品既吸引人又好读，又有思想、有细节、有生活和生命热力而耐读，而使人咂摸。

虽然我很喜欢贝西西具有自己独特思想和语言方式的中短篇小说，但是我仍然认为她是一个才开始、正展开的小说家，她走向一个大作家的路还很长。有一个老作家说过，作家最困难的不是开始，不是他的第一部或第一波作品，而是以后，不仅要保持不滑坡、不下降，还要面对自己和人们对他更高的期待。贝西西需要面对的不仅是自己持续却不重复的创作，还有对她这第一波作品某些缺陷的克服和超越。首先是在这波作品中她的文学语言还欠精到，似乎只顾着表达，而忽视或来不及对它精打细磨。因为对叙述语言处理的匆忙，有些作品中的表达给我以黏滞而不够清晰明快之感。我希望贝西西可以更加努力地修炼文学语言，找到与她的个性寓言故事相适应的语言个性、叙述风格。清秀端丽的贝西西，似乎应该将自己的日常生活姿态与写作状态相统一起来，以贾平凹、安徒生等中外大家为师，这是一个很高的要求，似乎严厉了一些，尤其对贝西西这样的年轻女作家，但我还是希望她能不断地向此方向努力。

原载《长江文艺评论》2017年第1期

展现曹氏父子与建安文学的力作

《风雅三曹建安骨》以史家之笔、诗家之韵、当代理性眼光以信史《三国志》为依据，杂以稗官野史，在诗文作品、父子家庭、妻妾床帷与士人关系中，塑造了一个具有空前思想深度的曹操形象。此书的文本价值在于对"建安文学"现象的历史演绎和全新透视，揭示了在"王纲解纽"后社会时局动荡和军阀权力高压之下士大夫们的沉沦和坚守、背叛与忠诚，在对无限制的权势拷问的同时，也拷问了人性的卑微与阴暗。应当说，作品的文化含量是非常可观、值得称道的。

《风雅三曹建安骨》不仅写出了曹操自己的政治野心和理解士、爱士、怜士却又不得不恨士、杀士的内心矛盾，而且写出了在评价历史人物时遇到的历史主义和道德主义的冲突。其实这正是早已为马克思指出的永恒的"历史之谜""人性之谜"（如他在《1844年经济学哲学手稿》之后，又在后来的关于费尔巴哈的文章中肯定了恶有时也是历史的动力）。应该说本书对统一北方、结束战乱、抑制豪强、创造并推动"建安文学"的曹操是肯定的，对他嗜性成癖、残忍屠杀反对者又是否定的，批判也是深刻的，雄才大略与忌刻猜忌统一在他身上，也是恰切的，构成了本书基本的历史立场和评价准则。作者新的可靠的历史观，是历史小说品位的关键所在。当今对曹操的评价，基本上已经不存在完全否定的声音。"至少是一个英雄"，鲁迅当年的感慨不能说不新潮大胆而十分重要，今天谈及曹操，就会对鲁迅十分敬佩。曹操"代汉"而不是"篡汉"，已经得到普遍认同。这集中体现在他和荀彧的关系上。于是，多次写到曹操与荀彧的相处，注意了二人关系发展的层次。应当说，曹操是坚定的、毫不留情的，但又是多情的。

崇尚节俭，这是曹门风气的重要内容。关于曹操的俭啬，记载很多，除了日常用度的极为细致的规定，还有他在铜雀台看见曹植妻子衣着华丽而下令将其赐死的情节。这无疑是一个生动的用得上的情节。王修其人，为主子高干收尸，忠贞之士，清贫廉洁，家里只有十斛谷子。曹操将王修请到家里，让此人成为曹家楷模，由此看出曹操在这方面的决绝之心。

曹操对不法豪门地主的打击、对平头百姓的体恤扶助，构成矛盾的线索，衍生了一系列故事，这是一种新的历史观的体现。曹操意在彻底改变东汉以来豪强愈强、贫民愈贫、两极分化严重的局面，创造太平世界，推行一条庶族政治路线，确实令人称道。王修，作为打击豪强的一线人物，他的坚定，曹操与他的配合，单耳人、嫽人、兰蕙、刘桢，他们成为正义的一派，吴质、曹丕、柴伦等被裹挟其中，与之作对，这样的矛盾线索，过去的文艺作品中是不曾出现的。

三曹与建安文人，无疑是书稿的重点。在这方面，正史记载及稗官野史较多，"刘桢平视"，路粹作奸细以刀笔杀人，既是很真实的素材，也是很生动的情节。建安文人及建安文学、建安风骨，是激励后人的重要一笔。"不为轩冕肆志，不为穷约趋俗"，庄子的逸气，对士人影响很大。文学的自觉，实际上是因曹氏父子对文学的爱好和重视起了作用。这是中国文学史上一段重要的佳话，也是此书文化含量加重的根由所在，也使此书成为写建安文学的扛鼎之作。

这个年代对于民众来说是灾难深重的，对于有些官宦士人家庭来说也一样天降横祸。单耳人、嫽人、兰蕙、蔡琰，她们有了特殊的遭遇。和春秋末年战乱不息的情形相似，那个年代有"易子而食""踊贵屦贱"的典故，但具体描写战争的苦难，还是三国时期的诗文为多，也更详尽。曹操的《蒿里行》、曹植的《送应氏》等建安文士的诗歌，将他们所见的凄凉惨景一一道出。这些诗作成了那个历史时代的文学代表作。下民如单耳人、嫽人、兰蕙，名门淑女蔡文姬，她们遭遇惨绝人寰的蹂躏伤害，这是唯有小说可以表现的精彩之笔。战乱让民众受苦，作家却有了想象的依据。嫽人被董卓蹂躏，她却将董卓点了"天灯"，后来被冀州土豪蹂躏咬断舌头成了哑巴，最后惨遭"大卸八块"。这些情节，为曹操这个杰出人物的历史进步意义作了强有力的反衬。

作者张兴海因为写了《圣哲老子》，积累了处理历史素材和写好历史人物的经验，在思想文化精神的追求方面下了功夫，此书在构思和写法方面显得更为老到。当今，表现曹操以及曹门的文学艺术作品不少，但是有较高思想和艺术品位的作品，尤其是以风雅文化表现曹操、曹门和建安文人的作品还很少见，此作填补了这个空白，是值得充分肯定的。

原载《文艺报》2019年1月30日

孙天才和他的另类散文

——读散文集《乐游原》

早从看到《老家》这本主题散文集开始，我就知道孙天才这个名字了。从随意翻阅的几篇文章中，我看到了他那细腻深情的文字，看到了面对家乡那些已逝将逝的人和事、景和物时，一个忧患、悲悯和沉思的智者的深厚的心灵。"老家是根，每个人都有老家，都有老家的故事，在这个浮躁的世界里，不妨抽一点宁静，看看我们共同的老家……"这是一段多么朴素却又具有心灵和文化深度的主题词啊！仅凭这一点，这个作者也就能令人刮目相看了。但是真正完整阅读孙天才却是读这本《乐游原》的书稿。

相比于《老家》和可称为《老家》续集的《福地》，《乐游原》书中所辑录的五六十篇文稿所呈现的面貌要斑驳复杂得多。这里有孙天才似乎常写常新的关于老家人和事的回忆，也有他对现在的居住地乐游原一带的人文环境的观察和思考，更多的却是他与书、画、文三界朋友的交往，以及对他们作品的欣赏和感想——可以称之为散文化的艺术评论。"我住在乐游原上已八年了。每一次日升月落，我都感受着这里的天地气息。我不想刻意地拔高这座原，我也不想曲意地贬低这座原，我只是写我亲历实见的人物和事物。当然，我也写了这座原之外的人和事，但都是蹲在这座古原上写出来的。所以，也就不分彼此地全部晾晒在这座原上了。"题记中的这段话，就印证了这本书与他的前面两本书的不同，也给想沿着一个主题顺杆儿爬的笔者，造成了不少的困难。好在无论怎样，这些面目各异的文字都出自同一个人真诚的心灵和头脑，我们还是能从中找出孙天才这个名声渐响的作家散文的一些与众不同的特点的。

读《乐游原》我的第一个印象是，孙天才是一个具有广泛的社会关怀和现实责任感的知识分子型作家，他的散文有着强烈的社会批判锋芒。在《乐游原》《祭台村》《石佛寺》《辛亮》等篇章，他以自己的现场考察，真实地记录了乐游原这片曾经引发了无数文人骚客诗情画意的土地，不过一二十年的时间，就变成了一块任人宰割的唐僧肉，疮痍满目，垃圾遍地，多年的古村古镇或消失或充盈着喧嚣的商业化气息，传统的行业、家族及其所具有的特产、特色消失殆尽，代之以林立的钢筋水泥造成的高楼大厦。而一些曾经作为唐代历史文化标志的寺庙和地标，或已彻底消失，或勉强存在却因周边环境的改变而风光难再。难能可贵的是，孙天才并不是一个守旧的复古者，并没有一概否定"发展""进步"。他说："一个美丽的活化的村庄消失了，代之而起的是一片崭新的楼群，这就是历史。一个村庄的消失，也如一座城市的兴起，都不需要太多的注释。"这里有对不可阻挡的历史潮流的达观，也有些许的无奈，他需要提醒人们的只是积极自觉的扬弃和传承、新生。这是一种理智而冷静的声音。其实，在文章中他早就在多处以肯定的口气，表现了在金钱主导下的商业氛围中，像辛亮、饭馆女老板等人的文化坚守，肯定了基层民主选举的希望之光。在一个时期，散文似乎成了风花雪月、个人情感中的杯水微波的天下。孙天才的散文远离游记、凭吊历史的模式，走出机关大厦，在乐游原上"挖一口深井"的现实关怀，令人感动。

孙天才的散文是有思想见解的散文，不仅深切关怀着现代化背景下人的心灵和精神归宿，还表现出自己独到的对精神信仰的理解。"在这充满浮躁的世界，我们的心灵应该安放在何处，我们的精神要归到哪里去？"可以说是从《老家》《福地》到《乐游原》的孙天才散文始终关注的主题。在《石佛寺》一文中，他就说："在这片古老而新生的土地上，我们至少不应该漠视传统，不应该荒漠文明。相反我们应该像敬畏神灵一样敬畏自然，敬畏祖宗，并以我们崇高的精神对社会道德有所担当。"在作品中，他对所有人物的臧否标准及关注点都在他们的心灵和精神。对老同事老苏他认同和发现的是他对父母的深厚情感，对家族历史和传承的苦苦探寻："老苏不容易，探访南北，查阅东西，不为吃穿，不图功利，只是为找到生命的根源和血脉的永续。"孙天才写自己的姥娘，没有写她一生的命运和奉献，却别出心裁地搜集了她讲的几十首谜语，这些谜语几乎赋予了乡间人从吃、穿、用到生产、生活活动所有的工具、用品、食品和劳动行为。孙天才以生命和灵性，既表现了她对生活的热爱，又表现了她安贫乐道的生存智慧。她不是诗人，却能把自己的日常生活诗化了；她不是哲学家，却从日常生产劳动中体验了"天人合一"的精神。这是一个多么乐观精神上多么富有的乡村老人啊！西方哲学家海德格尔是以"诗意的栖居"的哲理名言而闻名于世的，在孙天才的姥娘身上，我们看到的正是这种哲学精神的实践。面对她，我们这些饮甘厌肥而仍怨天怨地的城市人无地自容。

在《乐游原》中，对贾平凹、邢庆仁、白霜亮、赵心琴等人书画的品评，占了相当的比例。但相比于我这种人那种抽筋剥皮式的评论，孙天才的书画品评却能面对作品，神游八极，既有社会的批评又有人生的感悟、思想的启示。《寂寞党》从贾平凹的一幅画说起，以大量的网络信息和网络语言，分析了这种网络现象背后的本质和根源，指出："在这个如机器一般旋转的社会，因为城乡的变迁、收入的悬殊、人情的冷暖、社会的不公、环境的阴霾，加之信仰的缺失和精神的无着落，大家都有一种很大的'鸭梨'。这种内心的孤独和寂寞，是需要一种排遣渠道的，而网络似乎给这种渠道提供了四通八达的出口。"它传达出的是无奈和寂寞。在对白霜亮画作的品评中，他不仅看到了其中的色彩和生活，更看到了画作背后作者的心理，说："我也知道了，霜亮是在一大堆泼烦日子的背后，过滤着尘世的浮躁，而追逐着精神家园的一片净土。……在霜亮的那些明丽的色彩和飞扬的线条中，我看到的不仅是一种未被泯灭的理想，不仅仅是一种向往和希冀，不仅仅是一种向善的力量，从这些带有唯美主义的画面中，我似乎也看到了对天地和谐的美好反思和一种对现实人文的美好批判。"从这些浮想联翩、诗情画意的评说中，我们不仅能看到一个散文家的丰富而自由的想象力，而且能看到一个美学家敏锐的鉴赏目光，看到一个思想家深刻的穿透力和卓识洞见。

从他关于《老教堂》和《大雁塔其实是一个人》《老家的梦》等篇章中，我们看到的不仅是以往历史不载或少见的历史真相和历史细节，更看到了文章背后所揭示的精神信仰的力量和人格追求。从石佛及石佛寺的缘起和毁之又建、建之又毁，以及最后却鬼使神差地以另外一种形式在村民的信仰中重生，我们就感到了在人们的物质生存之上，精神信仰力量顽强的生命力。在《老教堂》中孙天才追忆钩沉的正是本村一个基督教堂的诞生和屡毁屡建的历史，揭示了宗教信仰对社会、人心不可或缺的吸引力和建设性作用。无论是战争、动乱和极左思潮，有形的庙堂建筑可以被摧毁，但无形的精神影响却有着社会意识形态所不能完全替代的意义。而改革开放的一个历史功绩，就是重视并弘扬优秀传统文化，又不否定外来文化，肯定了民间多样的宗教信仰自由。敢于直面这样的宗教信仰题材，并把握适当，表现民间多元信仰的历史和时代意义，对于孙天才这样的党员作家更是难得而可贵。而《大雁塔其实是一个人》，则从唐玄奘先是"违法"闯关，途中几十个追随者先后毙亡，他自己也几乎被徒弟所杀的历史真相中，揭示了这个后世被神化、实际上也是肉体凡胎的俗名为陈祎的和尚非凡的精神力量和立志寻根溯源、穷极佛学真理、弘扬佛学佛法的人的非凡功业。最后，作者说："有的人活着，但却死了；有的人死了，但还活着。"大雁塔是唐玄奘伟大人格和不朽精神的载体，还是"一种颇有典范意义的民族性格或中国精神"。大雁塔——唐僧，唐僧——大雁塔，正是如此，他们成为中国性格和中国精神的生动象征。

按照马克思对象化的观点，作品是作家思想、视野、人格的对象化，他们写人写物写生活都无可隐匿地将自己的形象烙印在自己作品的背面。如果说从以上这些篇章，我们已经能看到一个对象化的作者形象的话，从《老屋的梦》《有这样一个族类》《新莲说》《等你一千年》等作品中，则能看到一个更加鲜明的作家形象，看到他所尊崇的美德、他所信奉的人生哲学、他所羡慕并追求的人格。如以自己和平、不争的方式在竞争激烈的自然界生存的大熊猫；如出淤泥而不染、美丽而高贵的莲花；如圣徒约瑟那样忍辱负重，宽恕那些害过自己的人；如《月亮的故事》中的女性那样的不凭心机生存的无羁和洒脱。《等你一千年》的意义更在于已为人夫、人父的作者以第一人称的口吻，坦承了自己至今追悔不已、失之交臂的一段爱情。在由贾平凹画作《鹰步》所引起的《雏鹰之精神》一文中，他对在五十年来成为散文艺术经典的"形散神不散"，进行了颠覆性的解读，指出那是在计划经济，高度政治化、思想封闭时代对散文属性的定位，而在改革开放解放思想，诗歌、小说等文体都发生了革命性的变革的历史新时期，如性灵散文、在场主义散文、主题散文已经远远突破了这个定义："既然如此，我们无妨也把我们自身的精神还原起来，不妨再解放一下我们这些封闭的思想，闯一闯在我们的理论和观念上的险滩。在这个充满创造和变革的时代，我们何妨也冒胆说上一句颠覆传统的话：形散神也散。"一如俯瞰天山、凌空翱翔的雄鹰，以无羁的精神、自由的魂魄，远航高翔。在关于袁国燕散文的文章中，他又说："我不喜欢太过修饰的散文，就像给本真的生活，披上了一件漂亮的外衣。""无论是散文，还是小说，……能把生活中的一根草、一棵树、一条河、一个人、一个村子的原本的面貌，本真的状态和生命的精神，在自己的文字中表现得就像一根草、一棵树、一条河、一个人、一个村子，那其人可能就是真正的大家和名家了。"证之于他的数百万字的散文，他是真的那样做，那样写，并取得了一定的成功，表现出了自己的散文个性，与那些字斟句酌、精雕细琢、章法结构四平八稳的名家散文划清了界限。但是读《乐游原》一书，我还是觉得其中有些篇章太过自然，主要是那些写人物的文章，给人以写实不够或欠缺之感，让思想大于形象。"太过修饰"得失去了本真固然不好，但在本真中能体现出语言文字之美和无章法之章法，岂不更上一层楼？谨以此作为我对孙天才先生的期望。

原载《西安晚报》2014年9月3日

一个经世致用者的思想之光

《精神澡雪》，在进入知天命之年的张锋先生著作中，我读出了他的故园之情、忧患之思，也窥见了他的思想之光、人生智慧和深切的现实人文关怀。

有对"人生的本质是知世、知己，知足、知止、知恩"的温婉感恩；也有对背弃、背信、虚伪等不良现象的透彻分析和轻弹一指的讥讽。

书中关于"思想主导一切，支配世界的不是既得利益，而是思想""创新是思想解放的一种饱和的表现形式，是思想解放在生产力领域的高度释放"等宏大之语，都给我以社会和智慧的深切启示；对"双碳"战略、共同富裕、基尼系数、乡村振兴等经济社会重大热点话题信手拈来，用散文随笔的方式深刻阐释，举重若轻，通俗易懂；他以楼层比喻人生境界的说法，对系统反思人生、大道至简的哲学世界的推崇，既与西哲马斯洛的学说相通，又体现了中国智慧与东方思想的独特光芒。

他的思想是高蹈的，给人以"虽不能至"却"景行行止"的高远与深邃；但又是可攀的，快乐工作，愉悦生活，防范风险，"把隐患当事故来管"，更可成为从普通职员到居于各色权力之端人等的处世箴言。

张锋是知识界较少受社会文化领域"浮躁"之风影响，视野宏大而开阔的经世致用型人才，尤其是相对于笔者这类虽不乏心灵敏感，但缺乏更多承担社会压力的责任使命的专业人士来说，他们更为当今社会所必需。

因此，他哪怕是在主业之外所显露的才情与胸襟，仍然让我顿生钦羡之慨，如细流之望江海。

2021年冬月
选自《精神澡雪》，陕西人民出版社，2022年

为光耀千秋的文化伟人立碑

——读李盛华长篇小说《我本儋耳人》

无论从哪个角度看，苏轼都是居于中国文化顶端的一代伟人，不仅在生前就得到同时代除了政敌以外的政治家、文人雅士和民间百姓的喜爱，也得到死后千年来无数文人雅士和广大读者的拥趸。他是一个中华文化史上顶尖级的艺术家、作家，又是一个心系天下、悲悯慈悲、言行一致的好官。道德文章，光耀千古，堪为中国知识分子的光辉典范。正因为如此，历朝历代关于他的传记、文章、传说、故事不可胜数，到了现当代，林语堂的《苏东坡传》、余秋雨的《苏东坡突围》更是扛鼎之作，影响广泛。林语堂在他的《苏东坡传》的序言中说："元气淋漓富有生机的人总是不容易理解的。像苏东坡这样的人物，是人间不可无一难能有二的。对这种人的人品个性做解释，一般而论，总是徒劳无功的。在一个多才多艺、生活多彩多姿的人身上，挑选出他若干使人敬爱的特点，倒是轻而易举。"正因为他生动鲜活、太丰富太复杂、太多面太深邃，所以他有无数个解，又永远无解。也正因为如此，在当今中国，虽然他的"大江东去""明月几时有""也无风雨也无晴""横看成岭侧成峰"几乎稍识几个字的人都可以随口而出，但他的人格形象却并不如康熙、雍正、秦皇、汉武之类人物"普及"，所以社会大众对他的"全人"又十分陌生。令笔者想不到的是，在新世纪的海南儋州，却有一个喜爱苏词的作家李盛华，写出了一部以他贬谪儋州的三年生活为经、以他一生经历为纬的苏东坡传记长篇小说《我本儋耳人》。

这是一部再现了苏东坡的性格和心理，还原他的伟大人格、崇高精神境界的书，又是一部以海南儋耳黎汉两族人民的名义，对苏东坡在海南岛兴办学校、传播文明、移风易俗、促进民族团结的伟大贡献，表示了崇高敬意的书。作者作为一个作家、词人，又将自己对苏轼同代的诗、词流派和代表人物的理解融入创作中，所以《我本儋耳人》兼具小说、评传、词论诗话的特点，具有多方面的历史价值、审美价值和诗词知识价值、民俗风情价值。在商业化的潮流已经过度侵蚀到文化、文学领域和文化人的精神人格的当下，长篇小说《我本儋耳人》不仅是一部纯正的历史人物小说，而且是一部以苏轼的人格精神为榜样，切中时弊，以重塑当代作家、艺术家、文化人人格形象为矢的书，理应受到肯定和引起重视。

小说的章法结构没有完全走法俄现实主义流派的中国现代小说的路子，而且借鉴了史传体的中国人物作品的写法，章首有章题，章尾有作者（西塬斋主人）的评语和即景生情的词，颇有《史记》中"太史公曰"的风范。这些有感而发的议论和词作，寄托了对东坡先生不幸遭遇的愤慨和对其人格精神的赞美、理解。作者在忠实于历史事实、不作戏说之言的同时，也坦承他采用了一些"移花接木"的方法，以联想和想象，将彼时彼地的人物所为所言，移于此时此地，并加了注释。同时除了到达和离开，各章内容并未依时间顺序结构。这些写法和结构法，一方面保证了尽可能的历史真实，另一方面不仅每章故事情节都有着艺术的张力，而且各章顺序的安排，又有着情节和人物命运的关联和因果，不但不给人以散漫之感，且形成了一个个情节的高潮。诸多诗论、词话和议论的加入，并没有影响情节故事的悬念和读者的阅读效果。

想象——虚构毕竟是小说创作的基本法则之一。《我本儋耳人》虽然忠于历史，到了东坡先生的一些话语，就连那只活灵活现的黄狗"黑嘴儿"也见之于史籍，因为先生有关于它的诗作，但是也免不了在人物和生活细节方面有所虚构。它虚构的主要是当地几个本土人物，如汉族大户黎子云，如黎族老两口"白鹤翁"和"春梦婆"及他们的孙女"伊哩哩"。这些人物都写得生动、真实，除了为原本的汉族孤女"春梦婆"设计的来历过于简单，与她哲人式的人生智慧不相当以外，"伊哩哩"的性格、行为最为饱满突出。她勇敢上山当面与青年"生黎"退婚、拒绝"纹首"的行为和对苏氏父子的关心与照护都十分令人感动。她与苏轼三子苏过的爱情虽然笔墨不是很多，却合情合理，十分自然。而东坡先生对儿子的婚外恋的宽容，也十分符合先生悲天悯人的伟大情怀和特殊情况下的父子之爱。她在官兵排黎迫害下不知所终的结局固然让人同情、可惜，而苏过坚持认为她已化为一只灵动美丽的小鹿的想象，更符合海南黎族人对鹿的图腾崇拜。小说将始终帮助和崇拜苏轼的基层官吏张中处理成驻中和镇的驻军领导，总让我觉得不如林语堂"苏传"中的县令合理，难道作者有新的史料发现吗？如果是为了强化当道者对苏轼的迫害，改成军使更能使当苏面杖笞张三十，然后开籍更合理的话，我以为这是小说的又一处败笔。

苏门"六君子"之一的李廌在悼念先生时，痛切地指出以先生的才德，之所以遭贬斥，命运多舛，其原因就在于"道大不容，才高为累"，因为他的精神境界浩大无边，所以不仅不容于朝廷，也不容于同时期的其他政治家；因为他的才华太突出，目光太犀利，所以才成为一些人的攻击目标，必欲除之而后快。他在这里指出的是历史和现实中许多不苟流俗、才华杰出、人格高尚、境界远大的天才式的伟大人物的共同命运。

在历史教科书中被写成对内对外无所作为的北宋政权，是一个腐败无能的政权，但在钱穆、余英时等中国思想史家的著作里，宋代却是中国历史上思想文化的一个灿烂高峰，原因就在于宋太祖赵匡胤虽然马上取天下，却知道文化在治天下中的重要作用，"用文吏而夺武臣之权"，留下了中国历史上旷古未有的"未曾戮大臣"的遗训。宋神宗甚至接受了与士大夫"同治天下""共定国是"的主张，所以在宋代的一个时期，士大夫不仅以文化主体、道德主体自居，而且俨然成了政治主体。欧阳修、范仲淹、王安石、司马光、章惇等出身下层的读书人正是因此而为宰相，攀上了国家权力的高峰。然而皇权所给予读书人、士大夫的宽松环境和政治上的重用、一大批各抱治国之志的饱学之士的攀上高位，却也给自古"文人相轻"的士阶层内部的争斗留下空间，在繁荣了思想文化的同时，也造成了知识界内部的朋党之害，以至于与学术思想上的濂、洛、关、闽四派相侔，在神宗、仁宗时期朝廷官场就形成了洛、朔、蜀三党的竞争，互相攻伐，无所不用其极。

《我本儋耳人》写出了在三党斗争中，苏东坡多次被贬谪的特殊原因，与党争中他的蜀籍有关，但根本上却是由于他的"道"和"才"以及一针见血、直言不讳、不肯以牺牲原则和理想换取权位的个性品德。作者写出了苏东坡在晚年对自己恃才傲物、因言获罪的反省，但更充分肯定了他在政敌看来"多面人"性格的内在肌理，这就是既反对包括弟弟苏辙在内的"安石之法"的过于激进苛民导致了赋税过高，新法遭到抵制，徒扰天下百姓；又反对所谓"旧党"司马光的尽废安石之法，连它有利百姓的"免役法"也否定了；至于"鬼相公"章惇，更是小人得志，妒贤嫉能挟嫌报复。而当章惇落马，戏剧性地被贬到苏轼当年被贬的"瘴疠之地"雷州之后，他却给担心他得志报复的章惇的亲属写信极尽同情："闻其年高寄迹海隅，此怀可知"，至于章惇整他害他之事，他又以"定交四十年，虽中间出处稍异，情固无所增损也"轻轻带过。何等胸怀，何等境界！其悲天悯人之博大，不仅至于汉黎百姓，至于黄犬，还至于仇敌。被《我本儋耳人》作为苏东坡给儿子遗言的《潮州韩文公庙碑》上，他赞同样因言获罪的韩愈说"浩然之气，不依形而立，不恃力而行，不待生而存，不随死而亡……故在天为星辰，在地为河岳"，其实这也正是他人格事业永远不朽的写照。

笔者浅陋，虽在多年前读过林氏苏传，但对"元祐党人碑"的历史却毫无印象，可能因阅历所限虽充耳却不闻吧！读《我本儋耳人》却使增加了一些阅历的笔者感慨万千。权势者、小人们总想将德才高于己的政敌永远打入十八层地狱，抹去他们在政坛、文坛的一切印痕，不但刻石立碑于朝堂，还要遍立于州县，将他们永远钉于历史的耻辱柱上，然而历史却比权势者和小人们的一时之力大得多，不几年，给别人立的耻辱碑却成了自己的笑柄，成了自己永远洗不掉抹不去的耻辱标志。荒淫无耻的娃娃皇帝宋哲宗是这样，小人章惇等是这样，此后有意无意效仿他们的权势者也是这样。

《我本儋耳人》作者李盛华祖籍浙江金华，生于西安，长于西安，后在咸阳就业，1996年调入海南儋州工作，至今已十七年。这些南籍北长、后来又到更南的海南岛的漂泊历程，加之古典诗词艺术的熏陶，使他更能体会苏东坡官场浮沉、异乡漂泊所经历的人情冷暖、世态炎凉、人生艰难，以及对儋州地理风光、民情风俗的体验和了解。而对苏词的五体投地，更易使他为苏轼这样恢宏豪迈的词人所感染。他写的是自己人生中的苏东坡，同时也将自己的情感和心灵印记留在苏东坡身上，我从中看到了影影绰绰、无处不在的作者的影子。海风山骨汪洋恣肆、激情奔涌，是苏东坡，是《我本儋耳人》，也是作者自己。他用儋耳山的墨黑色石头为光耀千秋的一代文豪苏东坡建立了一通巨大的历史文化纪念碑。严格说来，它虽然尚显粗糙，但毫无疑问却有着元气淋漓的情感生命力，寄寓着制造者及其后面的万千海南黎汉人民世世代代的无限真情。

原载《海南日报》2014年3月20日

"笑将浮云推心外，方寸一点常留真"

——孟建国诗歌集《黄楼吟》序

早在十多年前，就听泾阳的文友说，他们那里有个县委书记叫孟建国，大胆改革开放，支持农民企业家，并努力为农民减负，是个难得的好官，几年后由著名儿童文学家李凤杰介绍，我终于见到了当时已在省土地局任局长的孟建国，想不到这竟是一个温文尔雅、长相气质颇类似台湾著名影星秦汉的读书人，声音低话语少，丝毫无一方主官的张扬，但显然不是故作矜持一类，而是沉静的天性使然。又几年，在一次杨凌作家作品的研讨会上，我又见到了已调任杨凌科技特区管委会书记、常务副主任的老孟，并承蒙他以诗集《风雨尘声》相赠，有文学前辈李若冰病中为他写的序。沿着李老的序我信手翻到了他为民请命的《减负歌》，又从附在书后的傲骨铮铮的杂文家冯日乾先生的评论文章读到了《塘莲》《下乡途中》等几首诗，心头为之一振又一热。"农人稍温饱，摊派接踵来。体小背负重，其苦亦何哀！……譬若唐僧肉，争食亦哀哉！愧我执县事，止遏力未配。兹事枉食禄，殷忧常萦怀……"如此痛察民疾，为百姓怀忧，并且想到自己责任的"执县事"者，不禁让人为有这样的好干部而欣慰，也让我想到了杜甫、白居易、陶渊明、郑板桥等先贤名士。而且就诗歌艺术本身来说，这也是当代拟古诗歌的佳品，平白如话，而又结构规整、节奏铿锵、好读易记。让人过目难忘的还有《塘莲》：

同流合污非夙愿，冰清玉洁事也难；

且将足腿入泥水，留得身首作青莲。

自宋代哲学家周敦颐的《爱莲说》以来，莲成为入污泥而不染、冰清玉洁的人格象征，并成为古今士人理想的精神境界。孟建国却一反其意，以一个官员的独特体验，赋予莲以全新的意涵和特征。在长期以来个性和私人空间很小的当今社会，《塘莲》以罕见的直率、真诚，表现了作者的无奈和纵使足腿陷入泥水，也要"留得身首作青莲"的坚定人格志向。连品评人物一向严苛的冯日乾先生也竟以"松竹正气，冰雪诗心"来形容孟建国和他的诗歌。

《黄楼吟》收录的是孟建国先生《风雨尘声》以后所写的诗歌，主要为任职杨凌和省政府期间所写，也有个别篇章为前两书未及收录的旧作。西安新城"黄楼"因杨虎城将军主陕时曾长期在此办公和"双十二"事变中关押过蒋介石而成为文物保护单位，为新中国成立后历届省政府领导办公场所，书名《黄楼吟》首先是因为它是在这样一座"名楼"编辑成书的，其次是因为书中许多诗都是在这期间草成的，并有2008年2月一首承昨启今的《黄楼吟》在册，明正而言顺，足见作者的命运感和历史感。

读完全书的七十余首诗，我的第一个印象是与前书相比，如《村野晨秋》这样乡土气息浓厚的作品和如《减负歌》这样直接为底层百姓"鼓与呼"的作品少了，而出国访问、考察，送往迎来、同事应酬之类的诗歌多了；第二个印象是"正派诚可贵，有时不值钱""坏人有武器，名曰卑鄙剑"这样金刚怒目式的作品少了。虽然仍然也有如"倘使不存良善愿，信耶信佛皆枉然"（《登里约耶稣山》），"半生匆匆无驿站，一路漫漫有荆榛"（《又别西安赴杨凌》），"江湖长叹人情浅，蹉跌总谓世路难"（《看花》）。这样怨怼不平的诗，却常以"风雨看花春秋异，艳淡开花皆自然（《看花》）"，"江湖风雨急，且作壁上观"（《再致L君》）和"人生深义在，过程即本真。走过便是命，无论有鸿踪。穷通都在途，俯仰皆一生"（《华山秋》）宽慰和认命。"怨而不怒"成为《黄楼吟》人生感悟诗的主调。

这里说到前后两书题材的差别，绝没有褒彼贬此的意思，而只是要提醒读者注意到另外两点：一是作者工作性质的变化导致诗歌内容的变化。走南访北、调查研究为省级领导决策提供依据，承上启下、送往迎来贯彻落实省政府重要方针政策，处理日常各项杂务，正是作者新职的特点，所以被作者当作"另一种形式的日记"的诗歌，内容的变化也是顺理成章、合情合理。二是由当年的"金刚怒目"，到今日的"怨而不怒"表现的却是作者走进"知天命"之年后人生体验和心理状态的变化。孔夫子关于年龄与心理关系的哲理化描述，了不起的地方也正在这里。这是随着社会阅历的增加，人不断走向成熟的过程，也是在主客观关系中日益理解、和谐、包容的过程。但并不是所有的人都能如孔圣人所希望的那样走向主客观关系和内在生命的和谐，常见的有更不负责任变为"滑头"主义的，有抓住权力的尾巴更贪婪、更自私的，有享乐主义、保命主义者等等。高兴的是孟建国先生并没有改变自己前半生所坚持的认真作风和淡泊名利的情操。"任事唯恐辱使命，竭诚总耻问前程。石痴难融江湖水，树直不随流俗风。笑将浮云推心外，方寸一点常留真。"《黄楼吟》与《塘莲》中的他一般无二。"浮云流水五十春，半是风雨半是晴。关中亲友如相问，一碗岐面味无穷。"（《五十初度》）人生之途依然伴随着风雨和阳光，阴晴不定，不改的是乡情和乡味，淡泊自安。"检点行囊傲无物，回道旅程笑浮踪。留点天真顺人忙，伊谁忙碌追浮云？"（《五十自度》）你笑我忙忙碌碌，身无余财，我笑你孜孜矻矻，求官索利，就像浮云一样，空忙一场。"清高书生一朝老，勤劳附吏两鬓斑。心气渐消浑常事，痴情散漫随世缘。"（《牛年除夕》）"清高""天真"本是一种不从流俗的人格境界，但在当今特定的话语圈中却成了一种遭否定的品德，孟建国却坦然以此自诩，这需要多么大的勇气和人生信念的支持！

上善若水。《黄楼吟》还多次写到海与水，从中获得人生的激励和至大无极的感悟。如在《里约海滩》他写道："大海天涯际，胸襟宽且饶。

无论清与浊，无论大与小，是水皆容纳，亦不论迟早。何物此肚量，吐纳皆从容，化解亦巧妙。""造化功无量，何曾言功高？海为人之师，人为海儿少，肃然致敬意，爱海情不老！"在《九寨沟的水》一诗中，他说："我愿化作一滴水，汇入这诱人的泉壤，随着这么高洁的弟兄，奔向神圣的远方！"文学作品通常在以下几种情况下描写和表现大自然的风光：其一，歌颂故乡和祖国山河的秀丽或雄伟；其二，以景寓意，以自然物的阴晴雨缺、花开花落表现特定情况下人的心理情绪；其三，以自然界的真和美衬托人世的假和恶；其四，从自然景观中获得对人生、世界的永恒感悟。正是这后一种情况，在表现一种对现世功利的否定和超越的同时，也常常使作者的心灵进入一种空灵的境界。庄子如此，陶渊明、王维更是其典范和代表。在孟建国的一些诗中，笔者也窥到了类似的情境和心情。

比较典型的是《院中》和《痕迹》两首自由诗。前者描述了在自家小院所发生的一件事，实际上它并不是一件有头有尾的故事，而是生活中一瞬间的情景：我在院中侍弄着花草，母亲依在桐树下，满脸笑容地看着儿子。正是这一瞬间的画面，母亲的白发和多皱的脸，如花的笑容，突然定格在"我"的面前，在让我感到无比幸福的同时，也顿生否定一切功名利禄、成败毁誉的感悟："我心静如水/无欲无念/如院中花草般轻快悠闲/我举头望天/天空一抹瓦蓝"。因为母亲的爱，我在瞬间变成了无忧无虑的幸福花草，心灵如天空一样明净。这完全是一种融入自然的体验，尽管它是短暂的，但却在偶然中显其必然，表现出作者潜在的心灵方向。还有一首写作时间早于此诗九年的《痕迹》："鸟儿已经飞过 天空没有痕迹/虽然没有痕迹 曾经划过天宇/虽然划过天宇 尔后仍无痕迹/虽然没有痕迹 飞翔却是充实/虽然没有痕迹 前行从不回羽/鸟飞岂为人看 鸟飞岂为痕迹"。虽然从字面上看，它脱胎于苏轼的"雪泥鸿爪"和人们常说的"雁过留声"，提醒人们谨慎对待自己的行为，是入世的，但诗中关于鸟过无踪的发现和绕口令式的回环往复、哲理化演绎，却将其推到一种"无"的全新意境：鸟是为自己飞的，人是为自己的信念活着，既然如此，人生还有什么可计较的？如此的高远，又如此的空灵，如此的实在，又如此的玄妙难测，让我想到李商隐至今为人们所索解不已的诗篇《无题·琴瑟》。

一位美国汉学家在其影响很大的《空谷幽兰》一书中指出，从尧时代起，中国士阶层中的优秀人物一直有"隐"和"达"的两面，正是这种"隐"的一面才使他们为世人所尊敬和怀念，如屈原、张良和诸葛亮。受它的启示，我们是否可以认为当今引人注目的"官员"写作现象，是他们别一种"隐逸"的形式？白天忙公务，晚上忙写作；上班作"官"，假日求"隐"，给心灵和人生一点独立的自由空间。这样的官员往往能保持心灵的"仁慈"，如果他们能写出好文章，就更为人们所尊敬了。孟建国就是这种处于"达""隐"之间的业余诗人。《黄楼吟》中也有相当一部分他作为"达"人的诗作，如他关于自己任职八年的杨凌的诗就有二十余首，还有一些表现视察、节庆、送往迎来的诗，或讴歌祖国变化，或歌颂改革开放新成就，或记叙宾朋友情，都很好，有的还写出了同类诗歌的高水平。

作为一本诗歌集的序文，本文已经很长了，但最后还不得不谈一下孟建国诗歌的形式。在《风雨尘声》后记中，他说写诗是为了"记录我一段工作生活的心路历程，喜怒哀乐，写下来大半意在自娱自察，如同另一种形式的日记"。既然把诗歌创作当作工作生活和心情的"日记"，所以他在诗歌形式选择上也完全随其自然，有散漫铺陈的古风体，有规整的诗词体，也有大量的当代新诗体，即使写律诗、填词也只顾及字数、韵脚，而并不去计较平仄之类——其实当今中国能够像古诗人那样严格符合《佩文韵府》要求写的，也没有几个人。孔子说"辞，达意而已"，《毛诗大传》说"诗言志，歌咏言"，形式规范永远只是第二位的，第一位的却是传达。笔者是在新中国教育下成长起来的，也从来不主张写诗要"作茧自缚"，偶然写点诗评，也从不以此责人，无论是古体诗、格律诗、自由诗，我看的首先是是否言之有物，有感而发，其次是真诚，不矫情，不作假，再就是形式规整而让人好读、好记，有美感，有诗的意境。孟建国的诗完全符合这些私设的标准，无论哪种形式的诗都平白如话、朴素亲切，于平实中凸显自己那一颗真实的诗心。

2010年9月

选自《黄楼吟》，中国文联出版社，2010年

后 记

依笔者观察,许多有着阅读文学作品兴趣的读书人,同时也会被激发起自己的记忆和想象力,并萌生将它们说出来或讲给别人听的强烈欲望。早从中小学时代,有了一定的阅读体验之后,我就有了将自己或身边人的故事写出来的冲动。记得早在初级小学时期,我的一篇作文就写过我的父亲,将出门给人打短工的父亲,说成"工人"。

1964年,我刚刚走进中国人民大学,校报就在显著地位,用整版篇幅,发表了我写父亲的记叙文。本来,我也是想当一个作家的。到西安建国路陕西作协以后,我就以《刚强老汉的一夜》为题,写过一篇小说,并将它交给《延河》编辑部小说组。"不幸"的是,在发表之前,小说组长却将它交给在此当见习编辑的路遥审稿。他已经在文字上编辑完了,却又将留下他许多笔墨痕迹的原稿退给了我,说:"你这小说像论说文,不好发表,你以后可以写论文。"从此,我这个此前已在《延河》发表过短篇小说《机声隆隆》的人的创作梦就彻底结束了。

因为当时在理论批评组当编辑,而陕西第一理论批评家胡采就成了我评论批评的第一个老师,并以他指导文成的第一篇综合评论文章在省委机关报的显著位置以整版发表。从此我就与小说创作无缘。但路遥却以自己的一篇发表在《文艺报》的《懂生活的批评家》一文,肯定了我的文学评论写作天赋与特征。

评论家出书难,2009年出版的三卷本百余万字的《李星文集》是省委宣传部动员、省财政厅资助得以出版的,此后我又有百余万字的批评文字发表,敝帚自珍,以为知识视野和文字能力应有所提升,但因已退休多年,羞于再向上级宣传文艺部门求助。谨以此文,感谢省协作、陕西文学院和陕师大出版总社策划出版这部"评论文丛",使本书得以顺利面世。

李 星
2023年2月15日